Des noces en or

DE LA MÊME AUTRICE

Le Secret de la Truyère, Les Éditions du bord du Lot, 2010 ; 2013 ; Éditions De Borée, coll. « Terre de Poche », 2020.

L'Étrange Locataire de Madame Eliot, Les Éditions du bord du Lot, 2012 ; Éditions De Borée, coll. « Terre de Poche », 2022.

Les Justicières de Saint-Flour, Les Éditions du bord du Lot, 2012 ; réédition sous le titre *Deux justicières*, Éditions De Borée, 2022.

Le Silence des Hautes-Terres, Les Éditions du bord du Lot, 2013 (prix du roman Claude Favre de Vaugelas 2014) ; Éditions De Borée, coll. « Terre de Poche », 2018.

Un été à Rochegonde, Calmann-Lévy, 2014.

Les Ruchers de la colère, Calmann-Lévy, 2015 (prix du salon La Plume et la Lettre 2015) ; Le Livre de Poche, 2016.

L'Auberge du pont de Tréboul, Calmann-Lévy, 2016.

L'Héritière des Fajoux, Calmann-Lévy, 2017 (prix Arverne 2017 ; prix Lucien-Gachon 2018).

Rendez-vous à Bélinay, Calmann-Lévy, 2018.

Le Cercle des derniers libraires, Éditions De Borée, 2018 ; J'ai lu, 2020.

Terminus Garabit, Calmann-Lévy, 2019.

Le parapluie de la discorde (initialement paru sous le titre *Un coin de parapluie*), Calmann-Lévy, 2020 ; J'ai lu, 2021.

Le pacte des filles du volcan (initialement paru sous le titre *Impasse des demoiselles*), Éditions De Borée, 2020 ; J'ai lu, 2022.

Une miss pas comme les autres, Calmann-Lévy, 2021.

Les Petits Meurtres du mardi, Calmann-Lévy, 2023.

SYLVIE BARON

Des noces en or

ROMAN

J'AI LU

Ouvrage paru sous la direction de Julie Fallon

Pour ma fille Claire,
mon mari en souvenir du 15 mai,
Sandra et Nicolas qui auraient pu se marier
à Chantelauze...

Prologue

Hiver 2012

Chantelauze.

Un mot qui fond dans la bouche comme un bonbon sucré.

Un nom de village, riant et prometteur, situé sur la Planèze au pied du Plomb du Cantal.

Pourtant, quand les lauzes des toits frémissent plaintivement sous la morsure du vent, on sait ici que leur chanson annonce le froid, l'hiver, la neige et une poignante solitude.

Chantelauze aujourd'hui fait pâle figure avec sa grande rue déserte, ses boutiques cadenassées, ses volets clos qui recèlent autant de vies évanouies que de métiers disparus.

Chantelauze est triste, Chantelauze se meurt.

Victime comme tant d'autres villages de la désertification rurale : départ des jeunes pour la ville, vieillissement de la population, absence de nouveaux arrivants, suppression des activités et des infrastructures essentielles, comme ce dernier médecin parti à la retraite et qui n'a pas trouvé de successeur.

L'école a perdu une classe, les cafés et petits commerces disparaissent, le bureau de poste est fermé et le presbytère est vide.

Marcel Pujol est né ici, dans une grande ferme bruyante où se côtoyaient plusieurs générations.

Contrairement à d'autres, il n'est jamais parti.

Son village, il l'a dans la peau, il en connaît chaque maison, chaque pierre, chaque histoire.

Les Pujol ont toujours tenu la mairie de Chantelauze ; son père, son grand-père, son arrière-grand-père même et bien d'autres aïeux encore avant eux.

Maintenant, c'est lui le maire, depuis deux mandats déjà.

Il avait promis de réveiller Chantelauze, de le redynamiser.

Pas une promesse d'homme politique lancée au hasard pour récolter des voix. Non, une vraie promesse, une promesse d'honneur, de celles qui mouillent les yeux, triturent les tripes et serrent fort le cœur.

Sans opposant, Pujol n'a pas besoin de mentir, il a déjà eu suffisamment de mal à rassembler une équipe municipale de quinze personnes.

Des hommes et des femmes qui comme lui veulent faire revivre le village, le sauver tout au moins, en empêchant la fermeture de l'école et celle du dernier bistro.

Que faire pour retenir les habitants et surtout en attirer de nouveaux ?

C'est désormais la question rituelle, celle qu'on pose au début de chaque conseil, de chaque réunion, de chaque rencontre, de chaque décision.

Une question qui taraude Marcel Pujol. Il s'endort et se réveille avec, son honneur est en jeu.

Il doit trouver une solution, il l'a promis.

Cette question lancinante fait maintenant partie de son quotidien, elle empoisonne sa joie et fige ses rires, lui qu'on a toujours qualifié de bon vivant.

Chez lui ou à la mairie, son bureau est curieusement rangé de la même façon avec une répartition des documents en deux tas.

À gauche les mauvaises nouvelles, à droite les bonnes.

Pourquoi à droite ?

Parce qu'il est droitier, plutôt conservateur et suffisamment baigné par son enfance catholique pour pouvoir encore espérer siéger un jour à la droite du père.

Ou tout simplement parce que les bonnes nouvelles sont si rares qu'il peut ainsi poser son coude, sa tasse à café, son Smartphone, son journal ou ses lunettes sur cette partie délaissée du meuble.

La pile de gauche prend par contre chaque jour de l'ampleur, menace même de s'écrouler.

Elle regroupe un ensemble informe de directives diverses et de mesures urgentes que Marcel Pujol résume d'une formule laconique : « Des recettes en moins, des dépenses en plus. »

Sur le haut du tas on trouve en vrac l'annonce d'une nouvelle baisse des dotations de l'État et celle du départ définitif de la gendarmerie, un devis pour le changement de chaudière de l'école, la facture de la réfection du toit de la mairie, le plan de lutte contre les décharges sauvages et la dernière obligation préfectorale de mise en œuvre d'un plan sécheresse.

Tout cela n'est en somme qu'un problème de ressources.

De sous, de gros sous, même, aurait dit son père.

Des sous qu'on ne trouve pas sous le sabot des vaches.

Ce ne sont pas les quelques exploitations agricoles restantes qui feront vivre la commune.

Il le sait.

Comment lutter alors contre cette désertification ?

D'autres ont réussi en mettant en avant un atout essentiel de leur ville, en jouant la carte du tourisme, de la culture ou en s'appuyant sur une industrie locale forte.

Il y a bien pensé, Marcel, il ne pense d'ailleurs qu'à ça, mais il n'y a hélas à Chantelauze ni célébrité, ni antiquité remarquable, ni même de château classé ou de fontaine miraculeuse pour organiser des pèlerinages.

C'est un beau village pourtant, blotti au pied des montagnes qui veillent sur lui.

Un village austère et fier comme les gens d'ici.

Un village de caractère mais enclavé, trop loin des voies de communication que le volcan omniprésent a rendues plus rares qu'ailleurs.

Un gros bourg de mille habitants, tout en pierres et en lauzes, flanqué d'une grande rue droite et d'une myriade de ruelles tortueuses. On y trouve au centre une église avec un clocher-peigne qui donne sur une place suffisamment grande pour avoir porté autrefois l'appellation audacieuse de foirail. L'école avec ses tilleuls, son préau à l'ancienne et sa cour de récréation pavée ne manque pas de charme.

Le charme, cependant, se conjugue mal avec les directives pédagogiques.

La mise aux normes du bâtiment a coûté les yeux de la tête, mais peu importe, Marcel se bat pour son école, il sait bien que sa fermeture sonnerait le glas de la commune.

Le camping municipal, aujourd'hui délaissé, montre que Chantelauze essaie depuis longtemps de résister.

Hélas, l'époque bénie du tourisme vert, familial, simple et rustique fait partie du passé. Aujourd'hui, il faudrait investir dans des bungalows avec des sanitaires individuels ou des gîtes plus tendance comme des yourtes ou des cabanes perchées.

Marcel Pujol y pense, il ne rejette aucune idée, même les plus saugrenues.

Chantelauze vaut bien une messe.

Cependant, il voudrait être sûr, sûr que cet argent ne soit pas dépensé en vain.

Les modes de consommation changent si vite, les séjours sont de plus en plus courts, les gens zappent sans cesse, leurs exigences deviennent sans limites.

Sur le bureau de Pujol, ce matin, Simone Fressange, la fidèle secrétaire de mairie, hésite.

Le papier qu'elle tient à la main devrait atterrir sur la pile de gauche mais elle sait qu'il va provoquer chez le maire un de ses soudains abattements qui la laissent pantoise.

Elle l'aime bien, Pujol.

Elle le connaît bien aussi pour avoir fréquenté comme lui les bancs de la communale, dansé au son de l'accordéon les soirs de 14 Juillet, partagé avec lui des centaines de truffades et pratiqué des randonnées à ski sur les pentes du Plomb.

Du temps de leur jeunesse, bien sûr.

Les fêtes étaient nombreuses alors, surtout en été, et Chantelauze vibrait sous les rires et la prospérité.

Aujourd'hui, ils approchent tous deux de la soixantaine. Pujol est marié, il est même grand-père, son ventre s'est arrondi tandis qu'elle est restée aussi sèche que ces saucisses plates qu'on coupe ici pour accompagner l'apéritif.

Peu importe.

C'est resté son héros, Pujol, têtu comme un âne derrière ses airs de gros mouton avec un orgueil chatouilleux et une bonhomie matoise.

Elle croit en lui pour sauver Chantelauze.

Elle aime ses rides de soleil au coin des yeux, son sourire de paysan rusé, qui amincit ses lèvres, ses discours enflammés capables de galvaniser les plus somnolents, et même sa mauvaise foi parfaitement assumée.

C'est que Marcel sait arranger les choses avec élégance et toujours pour la bonne cause.

Finalement, elle attend son arrivée pour lui remettre la mauvaise nouvelle en main propre, elle préfère être présente pour amortir le coup.

— Qu'est-ce que c'est encore ? Oh ! Toi, tu as la mine d'une souris qui a accouché d'un nougat.

Il a des formules comme ça, Marcel, des devises bien à lui qui ne ressemblent à rien, qui ne veulent rien dire mais qui, selon les circonstances, la font sourire ou hausser les épaules.

Ce matin, elle ne sourit pas, elle attend.

Pujol lit sans broncher, seuls ses yeux se plissent de déconvenue et de rancœur contenue.

— Ainsi les Verdier s'en vont, tous les deux. S'ils croient qu'ils seront mieux à l'Ehpad de Murat qu'ici…

— Ils se font vieux.

Il lui lance un regard furibond.

— Bien sûr qu'ils sont âgés, mais ce départ, c'est une nouvelle maison qui ferme, deux habitants en moins. Et puis Verdier est une figure de la commune, un ancien instituteur, pensez donc !

Cette fois Marcel a l'impression que c'est vraiment la fin, le livre se referme, son village est en train de mourir.

Simone a fait du café, du bon, du fort.

Pujol boit la première tasse d'un trait. Il a le regard un peu embué. Un regard triste.

Surtout, il n'a pas mis de sucre et ça, c'est mauvais signe.

Quand Marcel est de bonne humeur, il est capable d'en mettre jusqu'à quatre.

Le nombre de sucres dans le café du maire est pour sa secrétaire le meilleur baromètre de son état d'esprit.

La réflexion qui suit en est la preuve.

— Une maison de retraite, ma pauvre Simone, après tout, c'est peut-être ça, l'avenir de nos communes, avec l'agrandissement du cimetière en prime, une belle perspective !

Simone ne répond pas, c'est trop triste, les mots lui manquent toujours dans ces cas-là.

Heureusement, Marcel est tenace, elle le sait.

Une deuxième tasse, toujours sans sucre, et il se reprend un peu, cherche à modérer ses propos.

— Bon Dieu, que faut-il donc faire pour les retenir ? D'un autre côté, comment leur donner tort ? On n'a même plus de médecin ! Cette mairie déserte est un vrai sarcophage. Depuis combien d'années n'ai-je pas célébré de mariage ?

Il cherche dans ses souvenirs, compte sur ses doigts. Une main suffira.

— Le dernier doit bien remonter à quatre ans... Ben oui, c'est ça, celui de la petite Brémond et encore, un mariage de Parisiens dans leur maison de famille, ça ne compte pas vraiment. C'était un beau mariage tout de même, la salle de la mairie était pleine comme une couveuse, tu te souviens ? Les parents avaient apporté des monceaux de tulle blanc, on en avait mis partout, y compris sur le portrait du président.

Cette évocation le fait sourire, il prend une troisième tasse avec un demi-sucre cette fois.

Simone aussi se souvient de ce moment de joie. La grande place remplie de voitures, l'allégresse des klaxons du cortège, les marches en basalte de la mairie recouvertes de riz et de pétales de rose...

C'est si loin déjà.

Marcel a repris son air bougon.

— N'empêche qu'ils n'ont jamais daigné revenir ici, les mariés, même pour une petite semaine de vacances. Si ça se trouve, ils sont déjà divorcés !

— Ah ça non ! Je peux te certifier qu'ils ne sont pas divorcés, je le saurais !

Simone a pris sa voix autoritaire, celle que Marcel qualifie de « maîtresse d'école », celle qui l'horripile car en général ce ton supérieur signifie que la secrétaire est sûre d'elle et que, par conséquent, lui est dans son tort.

Il préfère la brocarder gentiment.

— Qu'est-ce que tu en sais, toi ? Tu récoltes les confidences sous la couette maintenant ?

En raison d'une canine cassée qui la contrarie, le sourire de Simone est toujours un peu contraint. Elle a pris l'habitude de relever à peine les commissures des lèvres, ce qui lui donne une expression de commande, stéréotypée et guindée.

« Un sourire à donner des engelures », selon Marcel.

Ou « un sourire de Joconde », quand il cherche à lui faire plaisir.

Aujourd'hui pourtant, la malice s'inscrit dans le regard de la secrétaire, elle lui renvoie un vrai sourire, un sourire conquérant.

— Je le sais tout simplement parce que aucune mention marginale de divorce n'a été apposée sur leur acte de mariage.

Simone est contente de clouer ainsi le bec de son patron. C'est sa petite revanche ; depuis six mois elle numérise à sa demande les actes de l'état civil pour les transmettre aux archives départementales, un boulot ingrat et chronophage qui s'est ajouté à ses nombreuses tâches quotidiennes. Pujol, qui ne s'est jamais intéressé à la tenue de ces actes, lui a délégué la demande sans même solliciter son consentement. Pire, il ne lui en a plus jamais reparlé.

Pujol reconnaît sa défaite en poussant un petit sifflement d'admiration.

— Bien pensé, je dois le dire. C'est vrai que ces actes sont une mine d'informations susceptibles de faire exploser tous les secrets de famille. Les registres vieux de cinquante ans sont malheureusement plus fournis que ceux d'aujourd'hui. Je m'en suis rendu compte quand j'ai descendu toutes nos archives du grenier pour la numérisation. Tu en es où, au fait, avec ce travail de fourmi ? Tu arrives à t'en sortir ? Je ne me souviens plus de quel délai on disposait mais...

Simone l'interrompt d'un ton triomphant.

— J'ai terminé depuis quinze jours. Je ne t'en ai pas parlé parce que j'avais besoin d'approfondir un point vraiment... passionnant.

Pujol lui lance un regard étonné. Qu'on puisse aimer un travail si rébarbatif dépasse son entendement.

— Et alors ?

— Alors c'est fait, et ma conclusion est étonnante, assez extraordinaire, même !

Simone jubile maintenant en se trémoussant d'aise sur sa chaise comme une écolière facétieuse.

Son trop visible contentement exaspère Pujol.

— Tu m'en diras tant, ma vieille linotte, qu'est-ce que tu as pu trouver d'intéressant dans ce fatras ? À moins de se passionner pour la généalogie ou la statistique, je ne vois pas trop à quoi ou à qui ça peut servir.

— Il s'agit de statistiques, justement.

Simone s'arrête un instant pour retenir son scoop, éprouvant ce besoin grisant de savourer seule encore un petit moment cette découverte sensationnelle.

Le coup de menton puissant de Pujol la presse d'en finir.

Elle lâche alors sa petite bombe :

— Figure-toi que pas un seul des mariages célébrés à Chantelauze ne s'est soldé par un divorce ! Incroyable, non ?

— Tu me fais marcher !

— Pas du tout ! J'ai vérifié plusieurs fois, tu sais, nos archives remontent à 1792. Aucune mention d'un quelconque divorce n'est inscrite en marge des actes de mariage consignés par la commune.

Il n'en revient pas, Pujol.

— Comment est-ce possible ? Aucun divorce ?

— Aucun, je te dis.

— Bah ça alors ! J'ai du mal à le croire. C'est vrai que mon grand-père Louis racontait des histoires de ce genre. De son temps encore, je veux bien, ça ne se faisait guère dans les campagnes, mais aujourd'hui, presque un mariage sur deux se termine ainsi, et ce n'est sûrement pas parce qu'on réside au fin fond du Cantal qu'on échappe à la règle.

— Il faut croire que si ! À Chantelauze, en tout cas, on ne divorce pas, je suis formelle !

— Attends, attends un peu que je me rappelle, le père Boucharinc il était bien divorcé, non ?

— Oui, mais il s'est marié à Paulhac, pas ici.

— Et les Menestrel, alors ? Je suis sûr qu'ils ont célébré les noces ici, c'est mon grand-père qui les a mariés.

— Ils avaient des demeures séparées, je te le concède, pourtant ils n'ont jamais divorcé et aujourd'hui ils dorment ensemble au cimetière.

— Bizarre. Bon, ça ne nous apporte pas grand-chose, mais je ne sais pas pourquoi, j'en suis fier tout de même. Savoir que Chantelauze garantit le bonheur, c'est positif, non ?

— Bah oui, un mariage durable à notre époque, ça vaut de l'or !

Simone rit en découvrant ses dents pour la deuxième fois de la journée, si contente d'apporter sa pierre à la pile de droite qu'elle en oublie ses inhibitions.

Pujol, lui, semble plongé dans ses souvenirs, essayant de se rappeler toutes ces anecdotes sur la fidélité, qu'il assimilait alors plutôt à des racontars de vieillard.

Il ne rit plus, son regard se fige, il bouillonne, on entend presque ses neurones fonctionner.

Il se ressert un café, quatre sucres, pas un de moins.

Simone attend, elle réalise qu'un tsunami, incompréhensible pour elle, le traverse.

Pujol, le grand Pujol, est de retour.

Subitement, il se lève, lui prend les mains, il veut tout voir, tout vérifier par lui-même, compulser les registres, contrôler ses dires, comprendre, être sûr.

Heureusement, avec la numérisation, la recherche est rapide, il suffit de taper la requête « divorce » dans la case correspondante.

Rien, rien ne s'affiche.

Sur les 4 615 mariages civils célébrés ici à Chantelauze depuis le décret du 20 septembre 1792 signant la création officielle de l'état civil, aucun ne s'est terminé par un divorce.

Une totale incongruité.

Il préfère ce mot à « chance ».

Il ne cesse de le répéter d'un air ébahi.

C'est pourtant bien une chance qui se présente.

Marcel comprend intuitivement qu'il tient peut-être dans les registres de son état civil la solution à tous ses problèmes.

Une formidable opportunité s'offre à lui.

Il doit la saisir.

Certes, l'idée reste encore floue mais elle est bien là, elle envahit son cerveau, le submerge, le galvanise.

Toute la nuit il ne pense qu'à ça, dans une espèce de rêve éveillé, les récits ignorés du grand-père Louis refont surface pour former le socle d'une merveilleuse légende.

Le lendemain, il met son bureau en pagaille pour dénicher un document poussiéreux : *Guide pratique d'information sur le mariage civil à l'usage des maires, des élus et du personnel de l'état civil*.

Il le compulse fébrilement jusqu'à cet article dont il avait oublié la formulation exacte. Un article qui le réjouit, pour un peu il danserait la bourrée : on y parle de l'obligation légale pour au moins un des futurs époux de résider un mois dans la commune avant la publication des bans.

Un article qui va lui permettre de repeupler les logements vides du bourg.

Car il y croit maintenant, il s'y voit, il sait qu'il a raison.

Tout devient très clair, tout s'enchaîne formidablement.

Chantelauze deviendra le « village du bonheur » !

Dans une société où près de la moitié des mariages finissent par des divorces, avoir la certitude de réussir son union est sans nul doute un argument suffisant pour attirer les fiancés dans sa ville.

Multiplier par 10, par 100, par 1 000, et plus peut-être, les mariages à Chantelauze, c'est ouvrir des restaurants, des hôtels, des fleuristes, des photographes, des boutiques de vêtements, de cadeaux, de souvenirs...

Il calcule, extrapole, suppute, transpose, conçoit.

Il ne rêve plus, il sait.

L'idée qu'il cherchait, elle est là, dans un cri de ralliement incontournable.

« Des noces en or ! »

C'est ça qu'il va faire miroiter à tous les amoureux, c'est le slogan qui fera revivre sa commune.

Il prend Simone dans ses bras, la fait virevolter dans la pièce, pour un peu il l'embrasserait, il est tellement content.

Il se retient à temps, se rappelle qu'il est marié. Or le mariage à Chantelauze, à partir de maintenant, c'est un sujet sacré !

1

Dix ans après

— Au fait, Fanny, tu sais qu'on parle de plus en plus de ton patelin ? Chantelauze devient un *must* !

La jeune femme interpellée sourit d'un air intrigué. Avec ses cheveux bruns retenus sagement par une queue-de-cheval, sa bouche aux lèvres fines, son corps svelte, ses vêtements élégants portés avec une certaine nonchalance, elle a ce petit côté intellectuel et mondain qu'on prête volontiers aux Parisiennes.

— Comment ça ? Je ne comprends pas, tu connais Chantelauze, toi ?

— Mais qui aujourd'hui ne connaît pas Chantelauze, ma chère ?

L'homme a haussé le ton, la musique des conversations s'interrompt, remplacée par un brouhaha confus d'approbations.

— Quelqu'un cherche donc à se marier ? lance un convive à la cantonade.

Fanny reste dans le brouillard, elle garde un petit sourire crispé, craignant qu'on se moque d'elle.

Que vient faire Chantelauze dans cette réception mondaine ? Un must *? Comment mon village perdu au fin fond de l'Auvergne peut-il intéresser tous ces gens ?*

Elle se traite de sotte, se morigène, regrette d'avoir évoqué un jour son enfance dans ce bourg vieillot et reculé.

Qu'est-ce qui m'a pris de raconter ça ?

Tous ses amis ici sont de purs Parisiens, pour qui franchir le périphérique constituera toujours une redoutable expédition. Certes, comme la plupart des urbains, ils ont des racines provinciales ; mais bien plus nobles, avec en toile de fond villa familiale à la mer ou propriété en Touraine. Rien à voir avec Chantelauze, où elle a vécu de ses six à ses quatorze ans, jusqu'à la mutation de son père, fonctionnaire des postes, pour la capitale. Aucune attache particulière ne la retient plus dans ce lieu qui a pourtant bercé son enfance.

Chantelauze, ça lui rappelle quoi au fond ?

D'abord, l'école communale, avec Mme Paillette qui portait bien mal son nom, une piètre pédagogue aussi attrayante qu'une endive.

Fanny a toujours détesté les endives.

Lui reviennent aussi en boomerang des souvenirs plus joyeux de luge, de bonshommes de neige, de balades à ski de fond, de baignades dans des cours d'eau glacée et de courses folles dans les prés en évitant les vaches rousses.

Elle préfère les refouler pour se focaliser sur les interminables trajets du car scolaire pour rejoindre le collège. C'est là, elle en est certaine, qu'elle a dû user toutes ses réserves de patience. Sa vie trépidante aujourd'hui l'atteste, elle veut tout, tout de suite.

Pire que ça pourtant, l'image de Chantelauze qui hante son esprit et gomme les autres, c'est celle d'un village de vieux. Des vieux qui s'ennuient tellement qu'ils guettent les faits et gestes des jeunes derrière leurs fenêtres pour les rapporter vite fait à leurs parents. Le baiser au fils Védrine, la cigarette grillée derrière l'église, le tour à moto avec un gars au prénom oublié, tout, ils savaient toujours tout, ils répétaient tout.

Son plus proche voisin prend pitié de sa mine contrariée et de l'incompréhension qui ternit son regard. Il se lance dans des explications qui lui semblent tout d'abord aussi impénétrables qu'insensées.

— « Chantelauze, village du bonheur ! »

Ça la fait rire.

Qui a pu trouver une ineptie pareille ? Et tous ces idiots qui semblent marcher dans la farce, ce n'est pas croyable !

Elle s'efforce cependant de prêter une oreille attentive.

On lui parle d'un reportage très sérieux sur une grande chaîne nationale, on lui cite surtout le nom d'un footballeur renommé, Cristiano Méhoui, le célèbre Ballon d'or.

Fanny ne s'intéresse pas au foot mais admet tant bien que mal que le mariage il y a quatre ans de ce VIP hors norme à Chantelauze a contribué pour beaucoup à la gloire du village.

Les propos de l'assemblée lui parviennent, assourdis mais aussi étonnants les uns que les autres.

— Imagine un peu : on lui prêtait autant de conquêtes féminines que de jours dans l'année, mais depuis son union, *nada*, il file le bonheur parfait !

— Tu te rends compte qu'il n'y a jamais eu de divorce dans cette commune !

— Si on veut donner une chance à son couple, c'est là qu'il faut se marier !

— Autant la loterie du mariage me fait peur, autant savoir que cette union sera forcément durable me pousserait à sauter le pas. Avec la crise sanitaire, j'ai appris combien la stabilité est importante. Ne prendre aucun risque n'a pas de prix !

Fanny trouve toutes ces allégations aussi stupides les unes que les autres, elle tente de poser une question plus concrète.

— Le fait de ne pas divorcer garantit-il pour autant un mariage heureux ?

Quel gouffre n'a-t-elle pas ouvert ! On lui tombe dessus avec condescendance.

— Ça, ma vieille, c'est une autre histoire. Chantelauze semble garantir la fidélité, et à notre époque, c'est déjà beaucoup.

— Un mariage durable révèle forcément une compatibilité de caractères et une harmonie de vie.

— Moi, je crois que les couples qui font l'effort d'aller se marier à Chantelauze sont ceux qui dès le départ ont envie de réussir leur union.

Fanny hausse les épaules.

— Si les gens décident de se marier c'est *a priori* toujours pour rester ensemble. Après, ce sont les aléas de l'existence qui font que ça marche ou non.

— Pas forcément, prends le cas de Barbara Kitchen.

— L'actrice aux deux Oscars ?

— Je dirais plutôt l'actrice aux quatre maris. Durée moyenne de ses unions : quarante-cinq jours ! Maintenant, puisqu'elle a convolé à Chantelauze, ça va changer.

— Non, vraiment ? C'est une blague ?

— Pas du tout, c'était dans toutes les revues à potins du mois dernier. Remarque, avec elle, Chantelauze prend un sacré risque.

— Au contraire, elle a choisi Chantelauze pour cette raison, elle a besoin de solidité. Je crois avoir lu qu'elle y a même acheté une propriété.

J'imagine mal cette actrice bling-bling à Chantelauze. Pire, je crois que j'en suis incapable !

— Tout ce que vous me dites me sidère réellement, je tombe des nues, je n'étais pas au courant.

— Parce que tu ne t'intéresses pas à la presse people. J'ai toujours dit que tu étais trop sérieuse.

— Fanny, je crois que tu es une cachottière. Avoir la chance d'avoir vécu à Chantelauze et refuser de nous en parler, c'est vraiment très mesquin. Explique-nous au moins ce qu'il y a d'extraordinaire là-bas. Dans le reportage télé, on décrivait un air de gaieté qui flottait dans tout le village, c'est vrai ?

Pour la seconde fois de la soirée, Fanny croit à un piège, une immense plaisanterie pour se moquer de son côté « trop sérieux ».

Pourtant, elle ne connaît même pas la moitié des participants de cette soirée, or tous semblent attendre avec impatience sa réponse, pire, ils ont l'air sincères.

Elle soupire profondément, cherchant l'esquive. Elle ne peut se permettre de perdre la face et encore moins d'inventer des histoires.

Comme elle ne sait pas mentir, elle prononce d'un air pincé qui la rend un peu donneuse de leçons :

— Quand je suis partie de Chantelauze il y a quinze ans, c'était probablement un beau village, avec ses maisons de caractère, mais, pour moi, c'était surtout vide et triste. J'étais contente d'aller vivre ailleurs car je m'y ennuyais à mourir. J'ai du mal à concevoir qu'il puisse en être autrement aujourd'hui.

Pour faire bonne impression, elle se sent obligée de concéder dans un sourire :

— Si votre histoire est vraie, alors il ne peut s'agir que d'un autre Chantelauze !

L'idée d'une méprise flotte un moment dans la pièce, très vite on sort les Smartphones pour vérifier.

Il n'y a aucun doute, le Chantelauze en question est bien situé dans le Cantal.

— Ma petite louloute, tu ne t'en sortiras pas si facilement, la prochaine fois tu nous apportes des photos de Chantelauze et de toi ado.

La petite louloute acquiesce. Elle sait pourtant qu'elle n'osera jamais exhiber les clichés en question.

Trop rondouillarde et très mal fagotée, voilà comment elle était à l'époque.

Fanny, qui cherche toujours la perfection, en a rétrospectivement froid dans le dos.

S'ils savaient…

Perdue dans ses pensées, elle remarque à peine le grand barbu qui s'approche d'elle.

— Ça vous tente ?

Il lui présente un toast de pain azyme recouvert d'une sauce rougeâtre.

En matière de tentation, on fait mieux.

Fanny n'ose pas avouer qu'elle trouve au pain azyme un goût d'hostie et préférerait de loin une coupe de champagne.

Elle a cependant bien fait d'accepter.

Le barbu se révèle être un étudiant en sociologie.

Étudiant attardé vu son âge, mais étudiant quand même puisqu'il parle de thèse et de doctorat.

Grand, ascétique, vêtu de sombre, sur sa nuque ses cheveux longs et fins sont roulés et attachés par un élastique en une espèce de catogan qui se veut sûrement élégant.

Une manière de faire savoir d'emblée qu'il est intellectuel, supérieur, un être dans la pensée plus que dans l'action.

Fanny trouve ça plutôt pitoyable. Heureusement, il a de beaux yeux, verts, lumineux comme elle les aime.

Des yeux doux et sensibles où il doit faire bon se noyer.

Cet homme est peut-être ridicule mais il n'est pas méchant.

À cause de son regard, Fanny prend un deuxième toast, malheureusement aussi fade que le premier.

Jean-Cyril Messahel, c'est son nom, se révèle moins coincé que son personnage. Il a la logorrhée facile et opte rapidement pour le tutoiement.

C'est évidemment à cause de Chantelauze qu'il s'est rapproché d'elle. Passionné par les phénomènes sociaux et en particulier la sociologie du mariage, il semble intarissable sur le sujet.

— L'alliance entre individus a toujours été une préoccupation sociale dans toutes les civilisations connues. Le mariage n'est qu'une forme juridique singulière de cette alliance. Sais-tu que certaines sociétés, comme les Na en Chine, n'ont jamais eu recours à un quelconque rituel institutionnel ?

Son nez fin semble s'allonger quand il parle, sa voix est basse, légèrement enrouée, ses mots se perdent parfois dans sa barbe.

Fanny se moque des Na, de Durkheim ou même d'Irène Théry qu'il cite fréquemment, car il a travaillé sur ses textes et publié des articles au moment du « mariage pour tous », qui, de son opinion bien personnelle, se résume ainsi : « Le mariage n'est possible qu'avec soi-même. »

Trop occupée à émietter discrètement le pain azyme derrière sa chaise, Fanny n'a pas vraiment suivi sa brillante démonstration.

Comme beaucoup de jeunes de son âge, elle n'a pas d'opinion arrêtée sur le mariage, mais connaît tant de divorces autour d'elle qu'elle ne voit pas la nécessité d'une entrave supplémentaire. Ce n'est pas non plus une réfractaire à la chose. Ce qui compte pour elle aujourd'hui, c'est sa carrière. Un jour lointain, peut-être, dans la perspective d'avoir des enfants, elle pourrait envisager de convoler.

L'opinion du sociologue est nettement plus tranchée ; pour lui, l'institution du mariage est complètement désuète.

— L'alliance d'un homme et d'une femme ou de deux personnes du même sexe se noue aujourd'hui dans d'autres termes et autour d'autres enjeux. Non plus le contrôle de l'autre mais l'adhésion, non plus l'assurance d'une descendance mais un désir partagé d'enfants, non plus la subordination mais la démocratie participative.

Sa suffisance commence à irriter Fanny.

— Si l'institution du mariage ne sert plus à rien, comment expliquer que tant de gens se précipitent à Chantelauze, paraît-il ?

— La crédulité et le besoin de bonheur sont plus forts que tout. Il y a aussi là-dedans un effet de mode, à n'en pas douter. Se marier à Chantelauze semble devenir tendance. J'ai vu le reportage en question, la plupart des personnes interrogées manquaient totalement de jugement.

Comment croire que le choix d'un lieu suffise pour assurer la stabilité de son couple ? Quant aux autres, elles ne venaient là que pour s'exhiber ou pour affirmer leur foi envers un sacrement intangible. Ah, les cathos sont en voie de récupérer cet engouement irraisonné !

— Tu as vu l'émission, alors ? Dis-moi comment tu trouves Chantelauze ?

Excepté quand il parle et surtout s'écoute parler, Jean-Cyril est un homme qui réfléchit beaucoup.

Sa réponse se fait attendre, il regarde son interlocutrice pour mieux peaufiner son propos.

Mal lui en prend, car il découvre tout à coup que Fanny correspond exactement à son type féminin, jolie mais sans plus, calme et attentive, elle n'a rien de ces écervelées qui sautent d'une conversation à une autre en riant bruyamment.

Avec les femmes, Jean-Cyril est un timide. Tout ce qui tourne autour de l'amour, du désir, du sexe le met mal à l'aise, ça lui semble trop premier degré, trop vulgaire.

S'il est capable d'exposer pendant des heures, en s'appuyant sur des travaux historiques et anthropologiques, les structures sociales qui déterminent l'engagement dans la sexualité, en revanche une pudeur maladive, aggravée par son inexpérience, l'empêche de dire simplement à une fille qu'elle lui plaît.

Sa description de Chantelauze va être biaisée par la gêne qui brusquement l'envahit.

Fanny a surpris le changement de ton. Le léger bredouillement rend brusquement son voisin plus sympathique, son discours pontifiant commençait à la lasser.

Les yeux verts brillent d'une lueur nouvelle, son visage osseux semble abriter un tourment secret.

Apparemment, dans le reportage sur Chantelauze il n'a rien vu, seules l'intéressaient les réponses des interviewés. À peine a-t-il eu l'impression qu'il s'agissait d'un bourg prospère avec des gens aussi affairés qu'affables.

— Il y a donc des commerces à Chantelauze ?

— Je n'ai guère prêté attention à l'aspect économique, mais tout le discours du maire, un certain Pujol, portait là-dessus.

Elle pousse un petit cri qui la rend immédiatement suspecte aux yeux du sociologue. Il déteste toute forme de démonstration intempestive en public.

Fanny est trop excitée pour s'en rendre compte.

— Pujol ? C'était déjà le nom du maire quand je suis partie. Tu crois que c'est le même ? Celui dont je parle avait à peu près l'âge de mon père, dans les cinquante-cinq ans. Je ne peux m'empêcher de me demander si ce n'est pas un canular : le même nom de village et de maire, mais ce que vous décrivez tous est tellement différent de ce que j'ai connu !

Jean-Cyril la considère de nouveau de haut.

C'est fou comme les gens s'attachent toujours aux détails sans importance. Cette petite est mignonne, elle fait illusion, mais elle est passée à côté du seul point déterminant de cette affaire.

Il tente de s'expliquer tout en se demandant s'il ne perd pas son temps.

— Mystification ou non, ce qui m'interpelle, c'est le fait, pour moi absolument impossible, qu'il n'y ait eu aucun divorce dans toute l'histoire de Chantelauze !

Il a employé un ton si méprisant que Fanny, vexée, cherche à jouer l'avocat du diable.

— Il s'agit d'un petit village rural, cela n'a rien d'étonnant.

L'argument le fait bondir, pour un peu il rirait méchamment.

Elle est godiche ou quoi ?

— Bien sûr que si ! Je crois me souvenir que ça représente plus de 8 000 unions, c'est statistiquement inconcevable et carrément chimérique.

— Tant que ça ?

Il daigne développer.

— Les communes ont l'obligation de tenir les registres d'état civil depuis la révolution, 1792 exactement. Les registres paroissiaux des églises couvraient déjà en partie la période antérieure. Entends bien que dans le cas de Chantelauze, on ne parle que du mariage civil. Tu vois, ça m'étonnerait déjà moins s'il n'était question que de mariages religieux, on pourrait éventuellement penser que, dans ce coin retiré, la religion est plus forte que l'infidélité ou l'incompatibilité d'humeur, mais ce n'est pas le cas.

Bizarrement, Fanny se sent un peu solidaire de Chantelauze.

Un pays de vieux mais pas un pays de menteurs. Quand ils rapportaient mes faits et gestes aux parents ils n'inventaient rien, ils n'exagéraient pas non plus.

— Tu penses donc qu'il s'agit d'une supercherie ? demande-t-elle.

— Il ne peut en être autrement, et j'aimerais bien le démontrer.

— Une falsification des registres alors ?

— Probablement, mais avec toute la publicité faite autour de ce patelin, j'imagine qu'ils ont pris leurs précautions avant de lancer leur slogan.

Fanny ouvre de grands yeux étonnés.

— Quel slogan ? Chantelauze a un slogan ?

— Tu ne le connais pas ?

Il lui sourit d'un air qu'elle trouve condescendant.

— Un slogan plutôt vieillot qui semble convenir au Chantelauze que tu connais : « Des noces en or ! »

Cette fois ils partagent le même rire, un peu plus discret, bien sûr, du côté de Jean-Cyril, qui ne peut s'empêcher de regarder si on les observe.

Pour les autres, Chantelauze est déjà oublié, les conversations roulent sur d'autres sujets.

Fanny pense maintenant que le cliché est un peu gros et que le sociologue a sûrement raison. Il ne peut s'agir que d'un coup monté.

Au moment de partir, ils échangent leur 06 en promettant de s'appeler.

Jean-Cyril lui a même donné une carte ; ce petit côté ringard la fait sourire.

Il a aussi dit qu'elle pouvait l'appeler JC, comme tous ses amis.

Ce garçon est vraiment étonnant. En fait, il irait très bien avec le Chantelauze que je connais.

Jamais elle n'a autant pensé à Chantelauze que ce soir.

Elle a envie d'oublier toutes ces fadaises.

Pourtant, pendant tout le trajet du retour, agrippée à la barre du bus, elle n'a plus qu'une seule obsession, compulser ses albums photo pour retrouver l'image de Chantelauze qui reste malgré tout un peu floue dans sa tête.

2

Deux jours plus tard, Fanny n'a toujours pas trouvé le temps de s'intéresser à Chantelauze.

Car Charlotte, sa nouvelle colocataire, a mis l'appartement sens dessus dessous avec ses collages.

Une drôle de fille, cette Charlotte, de deux ans sa cadette.

Elles se sont rencontrées dans un cours de gym. Tandis que Fanny s'appliquait consciencieusement à pratiquer tous les exercices d'échauffement, Charlotte récoltait subrepticement des lambeaux d'affiches sur le mur dès que le prof avait le dos tourné.

Intriguée par ce singulier manège, Fanny n'avait eu de cesse d'en connaître la raison.

C'est que Charlotte est une artiste. Une dingue du collage, qui intègre tous les objets du réel dans ses productions. À l'époque, elle récoltait des morceaux d'affiches pour se moquer de la publicité. Aujourd'hui, ce sont plutôt des chutes de tissus pour réaliser des compositions humoristiques.

Comme son art reste pour l'instant incompris, elle travaille en parallèle dans une boutique de vêtements. *Vintage* évidemment, pas du prêt à porter classique.

Comme il fallait s'y attendre, Charlotte a très vite lâché le cours de gym, trop exigeant, trop encadré, trop fatigant. Fanny s'accroche, c'est important pour elle d'aller au bout de ses engagements. Elle ne revient jamais sur ses décisions.

Curieusement, les deux filles sont pourtant devenues amies.

Des vraies, de celles qui se racontent tout, ne se jalousent pas trop, partagent des fous rires et sont capables d'écoute.

C'est important de savoir écouter vraiment, c'est rare aussi.

Ça demande surtout beaucoup de générosité.

Or, sous des abords très différents, les jeunes femmes n'en sont pas dépourvues, même si l'une intériorise ses émotions quand l'autre les libère de façon fantaisiste. Elles sont toutes deux très sensibles au regard des autres et facilement blessées par les critiques.

Malgré ses premières réticences, Fanny s'est laissé convaincre, depuis quelques mois elles partagent le même appartement. Pour des raisons financières évidentes mais aussi et surtout pour cette amitié qui rend les jours sombres plus supportables.

Fanny, expert-comptable dans une grande entreprise, a pris d'emblée en charge l'aspect matériel : comptes, rangement, ménage. Son travail l'absorbe, les horaires sont contraignants, la concurrence est rude, elle doit montrer tous les jours le meilleur d'elle-même. Elle entretient son corps, sport deux fois par semaine, comme son esprit, cinéma tous les mardis.

Ce qu'on appelle une vie bien réglée. Ça lui convient, elle ne supporte pas le désordre.

En dehors de son art et des grasses matinées, la fantasque Charlotte aime cuisiner. Elle passe des heures à concocter des plats aux noms mystérieux qui, selon son humeur, relèvent du terroir, de l'exotisme, du dernier blog à la mode ou de sa seule imagination.

Fanny, qui se contentait jusqu'alors de réchauffer des plats tout prêts, y trouve son compte.

Elles se complètent assez bien.

Charlotte est toujours un peu trop.

Un peu trop ronde, trop rieuse, trop volubile, trop rêveuse, avec un nez un brin trop retroussé, des dents un peu trop écartées aussi.

Pourtant, sa peau blanche parsemée de taches de rousseur, ses cheveux blonds frisés et indisciplinés, et surtout ses yeux bleus pétillants de malice, lui donnent un charme fou qu'elle ignore.

Elle vient d'organiser sa première grande exposition dans un local du quartier Gambetta où elles résident.

Un beau succès relayé sur son compte Instagram, mais aucune vente, malgré quelques encouragements prometteurs.

Et beaucoup de critiques, il faut bien l'avouer.

Des attaques qui semblent paradoxalement la galvaniser car « être incomprise est le début de la postérité ».

Fanny pressent pourtant que son amie est blessée, dans son art comme dans son amour-propre, elle avait mis tant d'espoirs dans ce projet.

Le retour des « œuvres » encombre maintenant l'appartement.

Si Fanny a hâte de les voir reléguées dans un placard ou au fond de la cave, elle ne le montre pas. Elle sait qu'il faut toujours un temps pour panser les blessures.

Ce dimanche matin, en attendant le réveil de sa colocataire, Fanny observe plus attentivement que jamais les différents tableaux, tous d'une taille monumentale, car Charlotte est une artiste généreuse qui voit grand.

Malgré ses efforts, certains la déconcertent toujours totalement : ces photos de têtes, de bras, de jambes, de morceaux de visages qui s'enchevêtrent jusqu'à la nausée ont pour elle quelque chose de monstrueux.

Charlotte les présente comme des images denses, colorées, primitives et magiques.

Comment peut-on avoir des perceptions si différentes ?

Les dernières œuvres lui plaisent davantage.

La crainte qu'elle soit en train de s'habituer traverse un instant son esprit.

Charlotte recycle à sa façon des vêtements *vintage*, broderies, guipures, perles, chutes de tulle et de satin, pour élaborer des compositions humoristiques. Elle s'est amusée à habiller une imposante photo de chat d'un col en dentelle et d'une bague étincelante pour se moquer du mariage et de ses idéaux.

Cette représentation ramène Fanny à Chantelauze et à cette histoire incroyable de transformation du bourg.

Elle fixe maintenant le tableau avec un autre regard.

Se moquer du monde, rire de ses travers, de sa culture dominante, de ses hypocrisies. C'est ce que fait Charlotte, mais n'est-ce pas aussi ce que fait le maire de Chantelauze ?

Quand l'artiste émerge enfin, difficilement, tard dans l'après-midi, elle s'étonne à peine de constater la disparition de toutes ses œuvres, elle connaît la manie de Fanny pour le rangement et ne s'en émeut point.

Sa surprise vient plutôt du fait que sa dernière création, *Les Épousailles du chat,* est accrochée en bonne place dans le salon, au-dessus du canapé.

— Dis-moi, ça ne te gêne pas si on garde celui-ci ?

— Non, mais c'est contraire au code établi : « Pas de déco perso dans la pièce commune. »

Elle fait allusion à l'ensemble de règles strictes établies par Fanny pour prévenir les débordements.

— Je l'aime bien, tu devrais me le vendre !

Cette fois, Charlotte glousse de satisfaction.

— Si je te le vends à toi, ce ne serait pas une vraie vente ! Mon premier acheteur doit absolument être un mécène visionnaire ! Même s'il n'en existe qu'un seul dans ce monde je préfère attendre encore un peu pour avoir une chance de le rencontrer, mais je te donne mon chat avec plaisir.

— Je ne peux pas, ça vaut une fortune.

— Hum, n'exagérons rien ! Un jour, peut-être, et dans ce cas ça te dédommagera de tous mes retards de loyer et de mon côté bordélique. J'aimerais bien savoir tout de même pourquoi tes préférences vont à ce matou endimanché !

La réponse de Fanny flotte dans un sourire mystérieux.

— À cause de Chantelauze, probablement.

Charlotte ouvre de grands yeux étonnés. Elle a un visage très expressif et sait en jouer à la perfection dans des registres parfois bien différents, comiques le plus souvent, comme aujourd'hui.

— Le patelin de ton enfance ?

Sur un ton de confidence mi-sérieux, mi-amusé, Fanny lui raconte cette soirée où elle a découvert avec stupéfaction qu'il existait maintenant un Chantelauze à la mode, *the place to be* pour les candidats au mariage. Elle aborde bien sûr sa rencontre avec Jean-Cyril Messahel, cet étudiant féru de sociologie qui l'a saoulée de paroles tout en restant sympathique.

— En partant, il m'a demandé de l'appeler JC, comme le font tous ses amis, en me tendant sa carte avec l'air d'un prince qui octroie un privilège au manant.

— Dis donc, tu as un ticket !

Fanny se permet un sourire ironique.

— Non, tu n'y es pas du tout, ce type ne semble avoir qu'une seule idée en tête, démontrer qu'il est absolument impossible que personne n'ait divorcé à Chantelauze. Pour lui, cette histoire est une énorme supercherie.

— Quel rabat-joie ! Je trouve ça formidable, moi ! L'amour se combine mal avec les statistiques, il est tout à fait possible que dans un endroit idyllique les gens soient amenés à ressentir plus de compréhension et d'indulgence, en un mot à être moins égoïstes. Finalement, le divorce, c'est de l'égoïsme. J'en sais quelque chose, mes parents se sont séparés quand j'avais quatre ans et je n'arrête pas de penser qu'avec un petit effort ils auraient très bien pu rester ensemble.

— Ton raisonnement me paraît un peu simpliste. Chantelauze n'a rien d'idyllique. Imagine un village coincé au pied des montagnes, loin de tout, où il ne se passe jamais rien.

— Et le paysage ? Ça compte, le paysage !

— Peut-être, mais on ne vit pas du paysage, je t'assure que ce coin est triste à pleurer.

— Pour l'harmonie du couple, le cadre de vie est fondamental. Si tu t'engueules avec ton conjoint dans vingt mètres carrés, ça prend vite des proportions dramatiques, mais si tu peux t'évanouir dans la nature le temps de digérer la querelle, ça permet de relativiser le problème et de réduire les tensions. On l'a bien vu au temps de la covid, certains couples, trop à l'étroit, ne supportaient plus le confinement.

— Admettons, mais Chantelauze n'est pas le seul village paumé en France. Si on suit ta démonstration jusqu'au bout, on ne devrait pas non plus divorcer dans les autres. Or, c'est apparemment le seul de l'Hexagone à connaître cette situation.

Charlotte change de tactique pour démonter cet argument trop puissant.

— Les idées reçues sont faites pour être contredites. Chantelauze est un paradoxe, un admirable paradoxe, comme cette histoire des poissons qui vivent au fond du Sahara, à laquelle pourtant personne n'accordait de crédit.

Fanny soupire, elle ne connaît pas cette anecdote et doute sérieusement de sa réalité[11].

Tellement utopiste, cette Charlotte, qu'elle est prête à croire et à inventer n'importe quoi.

La réaction aussi enthousiaste qu'irréfléchie de son amie ne l'étonne guère, moins que celle des participants de la soirée, qui ne semblaient guère remettre en question la véracité de l'information.

Sauf le sociologue, bien sûr !

Tout un aréopage de personnes sensées, pourtant, enfin plus sensées que ma bohème amie.

— Tu ne trouves pas ça extraordinaire ? reprend celle-ci. Imagine un peu, ça donne sacrément envie de vivre là-bas. Le village du bonheur ! Je signe tout de suite.

— D'après le très sérieux JC, ce serait plutôt le village de la grande arnaque. Moi, si j'y retournais, ce serait pour aller voir ce qui s'y passe réellement.

---

1. Le « poisson de sable » existe bel et bien, mais il s'agit d'un saurien.

Les yeux de Charlotte brillent de candeur et d'espoir.

— Ce serait formidable de séjourner là-bas !

Elle s'y voit, ma parole, quelle gamine !

Fanny comprend un peu tard qu'elle a allumé un feu qu'il sera difficile d'éteindre.

— Attends au moins que je retrouve mes photos de Chantelauze, ça va doucher ton enthousiasme.

Charlotte se précipite vers l'ordinateur en chantonnant un nouvel air de son cru :

— « À Chantelauze, notre amour durera toujours. » On doit trouver un tas d'infos sur le Net. Je m'y colle.

Dans la soirée, les jeunes femmes comparent leurs trouvailles.

Les albums photo les font tellement rire qu'elles en oublient presque l'objet de leurs recherches.

Fanny a d'abord eu le réflexe salvateur d'écarter les clichés où elle est la plus godiche. Elle y renonce finalement, sachant bien qu'avec Charlotte elle peut tout partager, même le ridicule ; la moquerie restera entre elles.

Charlotte est un être qui ne réagit jamais comme le commun des mortels. Excepté pour Chantelauze.

Là où Fanny aurait pu s'attendre à des réflexions piquantes sur son embonpoint ou ses horribles jupes à carreaux, son amie s'attache à des détails beaucoup moins embarrassants.

— Regarde, tes tresses, celle de droite est plus courte que l'autre, non ? Sais-tu qu'on a toujours un profil plus avantageux ? En général, c'est le gauche, car il est plus expressif et montre nos émotions. Tu vois bien que toutes ces poses avec ton profil droit sont nettement moins bonnes, ton sourire a l'air faux. Oh ! Mais il est énorme, ton sac d'école ! Tu cachais sûrement un oreiller dedans pour dormir pendant l'étude !

Fanny la laisse dire, rattrapée par ses souvenirs qui la rendent curieusement un peu cotonneuse et un brin nostalgique. Elle était si timide à l'époque. Sur la plupart des clichés, elle apparaît cachée en partie derrière quelqu'un ou quelque chose. Cette représentation du passé lui permet de relire sa propre histoire, de comprendre comment elle a petit à petit forgé sa personnalité pour se couler dans le moule et ressembler le plus possible aux autres.

Charlotte la tire de sa rêverie en exhibant une photo de classe jaunie.

— Alors là ! Ne me dis plus jamais que Chantelauze est aussi terne qu'un réfectoire de moines. Je n'ai jamais vu des gosses s'éclater autant sur un cliché de ce genre. C'est tellement formaté, d'habitude, avec les plus petits assis ou agenouillés devant, les moyens serrés entre les deux, les grands derrière qui leur pincent les fesses, et bien sûr le prof au milieu. Coiffure impeccable, ridicule de rigueur, beaux vêtements bien repassés et boule au ventre assurée pour la plupart des gamins.

Fanny fronce les sourcils.

C'est vrai qu'ils ont tous l'air hilares et parfaitement stupides, alignés sous le préau de l'école derrière Mme Paillette. C'est d'ailleurs la seule du groupe à garder son sérieux.

Brusquement, elle se souvient et éclate de rire.

— Évidemment ! Figure-toi que la maîtresse avait la jupe remontée, coincée dans l'élastique de sa culotte.

— Elle ne le savait pas ?

— Bien sûr que non ! *Idem* pour le photographe, qui nous criait dessus parce qu'il nous trouvait trop indisciplinés. Personne n'a rien compris sauf nous, quelle franche rigolade !

— Avoue que c'est à mettre au crédit de ton village.

— Ça peut arriver n'importe où !

— C'est le genre d'anecdotes qui fait penser qu'il y a là-bas une atmosphère particulière.

— À part ça, je ne vois rien d'amusant, regarde toi-même !

Elle étale les photos en les commentant d'une voix blasée.

— Une église de caractère mais austère. Même pas classée, je crois.

— Le clocher est original !

— Pas vraiment ! On appelle ça un clocher-peigne, il y en a des tonnes dans le coin. Et voici la grande place ou encore place du marché, de l'église, du foirail, au choix, c'est la même. Des maisons grises, des murets gris aussi, c'est la couleur locale. Ah tiens, le salon de coiffure de M. Salvat, celui qui, si on en croit ton sens de l'observation, coupait les cheveux plus court à droite. Il y a une espèce de niche dans le mur avec la statue d'un saint, mais je ne sais plus lequel. On cachait nos clopes derrière pour les retrouver après la messe. Le célèbre stade de foot local, d'un gabarit non réglementaire et légèrement incliné, ce qui lui donne un charme particulier. Une seule tribune, en bois, mais attention, d'honneur, comme il se doit. Pour finir la mairie, assez mignonne je le concède, mais, vu sa taille, les noces ne peuvent être célébrées qu'en comité restreint. Voilà, tu as fait le tour de la commune !

— Ça ne ressemble pas vraiment à ce que j'ai vu sur le site Internet de la ville ni sur Instagram.

Elles se penchent toutes deux sur l'écran de l'ordinateur et agrandissent les clichés numériques au maximum.

Ce qui les frappe d'abord, c'est la rénovation évidente de tous les bâtiments, sablés et rejointoyés de frais, ce qui leur donne un air pimpant et champêtre. Les trottoirs ont été refaits, élargis et pavés de granit, l'éclairage public aussi a changé, remplacé par de gracieux réverbères à l'ancienne munis d'une optique moderne multi-LED. Partout des bancs, des fleurs, des statues même. Il semblerait que plusieurs artistes contemporains se soient mariés ici en voulant y laisser leur trace.

— Époustouflant !

Cette fois, c'est Fanny elle-même qui le dit.

Si la structure du bourg reste similaire, rien ne ressemble vraiment à ce qu'elle a connu.

Et encore, elle n'a pas vu la liste de tous les commerces dont la mairie s'enorgueillit ni le fameux Hôtel des Amoureux construit à la sortie du village. Le nombre d'habitants a presque doublé, il existe désormais un collège et une « École du mariage » est en construction.

Charlotte, qui entame une période anglaise, lui sert du thé Earl Grey et des scones.

— Ce n'est pas une parole en l'air, il faut vraiment que tu m'emmènes à Chantelauze.

— Ma mère a dû y garder quelques relations, elle pourra peut-être m'en dire davantage. Contrairement au reste de la famille, elle se plaisait bien dans le Cantal.

— J'y pense, tes parents se sont peut-être mariés là-bas ?

— Non, dommage d'ailleurs. Je me demande si mon père n'a pas quelquefois le démon de midi et demi.

— Ah ! Tu vois, toi-même commences à y croire !

— Pas du tout, je suis complètement abasourdie par les transformations de Chantelauze, mais bien persuadée pour autant que cette histoire de mariage à vie est de la foutaise.

Son Smartphone bourdonne.

Um message de Jean-Cyril Messahel.

Tant mieux, je n'avais pas envie de l'appeler la première.

Toujours ce respect des bonnes manières, qui la fait tiquer un peu en lisant le SMS : « Je dois te revoir pour démasquer la tartufferie de Chantelauze. Je voudrais te présenter un *alter ego* que le sujet intéresse. Es-tu libre jeudi soir ? »

Elle tend le portable à Charlotte.

— C'est JC.

Celle-ci frise le nez dans une mimique comique. Son côté clown prend le dessus, cette fois.

— Il ne peut pas parler comme tout le monde, c'est quoi de nos jours un *alter ego* ? En plus d'être contre le mariage il ne serait pas un peu pompeux, ton JC ? Ce mec ne me dit rien qui vaille, mais si tu y vas, je t'accompagne !

— J'allais te le demander, ma belle, parce que si l'*alter ego* en question est aussi loquace que l'autre, on ne sera pas trop de deux pour les supporter !

Elles rient de concert. Une idée farfelue traverse alors l'esprit de Charlotte, qui manque de s'étouffer.

— Dis donc ces initiales, JC, ça ne te fait pas penser à quelqu'un ?

3

Mehdi Farez a la peau brune des fruits gorgés de soleil. Ses yeux noirs, vifs et inquisiteurs semblent toujours jauger son interlocuteur, chercher une faille.

Pas de quoi se sentir franchement à l'aise.

Il est comme ça, Mehdi, c'est sa façon à lui de sortir la tête haute d'un combat qu'il croit perpétuel. Attaquer le premier, être meilleur que l'autre, surprendre.

S'il est fier de ses origines algériennes, il ne les revendique pas. Elles ont pourtant forgé son caractère. C'est un gosse de banlieue qui sait ce que cela veut vraiment dire.

Il aime les mots, pour leur sens, leur précision, leur vérité, pas pour leur part de rêve. Il joue aussi avec les chiffres pour mesurer, classer, juger, faire entrer le monde dans des tableaux Excel. Mehdi est journaliste, enfin, pour l'instant plutôt pigiste. Il collabore avec plusieurs magazines de façon plus ou moins occasionnelle. Dans ce milieu fermé, on lui accorde quelque crédit depuis un article sur l'univers du rap pour lequel il a travaillé en immersion.

Il préfère ce terme à « infiltration ».

C'est pourtant bien de ça qu'il s'agit. Ce genre de reportage le fascine. Se glisser dans la peau des autres pour comprendre, excuser ou dénoncer. Mettre ses pas dans ceux de George Orwell, qui dans son temps avait mené une enquête sur la vie des mineurs anglais, ou imiter le journaliste allemand Günter Wallraff, qui alla jusqu'à se grimer en Turc pour dénoncer les conditions de travail des immigrés. Mehdi nourrit l'espoir de publier un livre, de devenir célèbre comme eux.

Il refuse toute approximation ou simplification hâtive. La recherche de la vérité ne tolère pas d'interdits. Il n'est cependant pas toujours facile d'informer sans juger, en rejetant le sentimentalisme ou le sensationnel.

Le chemin est étroit, surtout quand on a un orgueil professionnel proche de la suffisance.

Chez lui tout est brun, cheveux, yeux, peau et même ce blouson en cuir qu'il affectionne jusqu'à l'usure.

Seule sa bouche irrégulière, vivante, mobile, aux lèvres charnues et au sourire éclatant, trahit une certaine sensibilité.

Petit, athlétique, nerveux, il se connaît plus de relations que d'amis. Une méfiance instinctive l'empêche d'ailleurs de céder spontanément à l'attrait des autres.

Finalement, le terme d'*alter ego* lui va bien.

C'est ce qu'a pensé Charlotte, allergique dès leur première rencontre à son regard noir, presque suspicieux.

Entre celui-là qui joue l'espion et le grand JC avec son air professoral, elle a compris que Chantelauze aura besoin d'elle pour sa défense.

Avec des têtes pareilles, il est évident que ces deux-là ne peuvent croire ni au mariage ni à tous les termes qui dans son esprit s'y associent, comme « amour », « félicité », « bonheur », « cocon ».

De tous, c'est « cocon » son préféré. Il respire la douceur, la paix, l'harmonie.

Aujourd'hui, c'est leur quatrième réunion en un mois, dans un café bruyant où il n'est pas question de cocon mais de tricheries, artifices, mauvaise foi et supercheries.

Elle a posé dès le début la seule question qui vaille.

— Et si c'était vrai ?

Depuis, les autres semblent la prendre pour la nunuche de service ou le Lou Ravi de la crèche. Ils ne s'adressent d'ailleurs quasiment qu'à Fanny.

— Je te le répète, quand JC m'a dit que tu venais de Chantelauze, j'ai tout de suite compris que c'était une sacrée chance pour moi. Le point d'ouverture que je cherchais depuis un bon moment, en fait. Tu le sais, maintenant, je veux absolument enquêter sur le « village du bonheur ».

Le ricanement sarcastique de Mehdi ne laisse aucun doute sur le sens qu'il donne à cette appellation.

Comme de bien entendu, le « fouille-tout de service », c'est ainsi que Charlotte a décidé de l'appeler, ne veut pas faire comme les autres un reportage rempli de niaiseries décrivant une réalité, selon lui, trompeuse.

Il envisage de séjourner à Chantelauze pour se fondre parmi ses habitants, se faufiler dans les archives comme dans les alcôves pour trouver le grain de sable qui enraiera toute la belle mécanique mise en place et démontrera l'imposture.

Si l'idée est simple, elle paraît difficile à mettre en œuvre.

Le maire de Chantelauze n'accorde plus ses interviews qu'au compte-gouttes, laissant le bouche-à-oreille faire son chemin.

Il a bien raison, le bougre ! Quelle meilleure publicité pour lui que les unions de personnalités célébrées dans son village ? Relayées dans la foulée par une presse people complaisante et Bisounours qui attire à chaque tirage de nouveaux candidats au mariage.

Toutes les demandes de Mehdi se sont soldées par un échec. Tout au plus a-t-il réussi à récolter un dossier de presse ficelé par la mairie et bourré d'anecdotes flatteuses. Évidemment !

On voit bien que ça met en rogne Monsieur Fouille-Tout d'être ainsi écarté sans ménagement, de ne pas faire partie du sérail des heureux journalistes accrédités.

— Sans passer par la voie officielle, rien ne t'empêche d'interroger les habitants.

Fanny aurait mieux fait de se taire, sa question montre sa naïveté de néophyte.

— C'est le meilleur moyen de fausser leurs réponses. Tu penses bien que tous les

Chantelauziens sont briefés et utilisent depuis le début de cette aventure des éléments de langage stéréotypés, tout prêts à servir. On n'obtient pas un entretien de qualité en deux minutes, il faut prendre son temps, mettre les gens en confiance.

JC renchérit de sa voix docte, et les filles se lancent une mimique d'impatience.

— Le sociologue ne peut pas se contenter d'avoir des idées sur la société. Il doit réaliser des enquêtes pour mettre les théories générales à l'épreuve de la réalité empirique qu'il observe et interprète. Ces enquêtes doivent répondre à toute une déontologie, elles questionnent l'engagement du sociologue dans son travail de terrain au contact des personnes rencontrées, observées et interviewées, mais aussi dans son rôle de savant au cœur de la cité. Pour apporter des éléments de réponse aux questions que la société se pose, il doit être accueilli par elle.

— Autrement dit, il faut habiter Chantelauze et se faire accepter de ses habitants pour essayer de comprendre pourquoi ils ne divorcent pas.

Fanny apprécie l'interruption de Charlotte, qui a le mérite de la simplicité. Elle renchérit :

— Ou pourquoi ils mentent sur ce point depuis la nuit des temps.

— Exactement !

Mehdi leur sourit cette fois sans retenue.

Il connaît les défauts de son camarade et s'y est habitué. Il émane de JC une espèce d'honnêteté scrupuleuse qui, de son point de vue, les rachète amplement.

Fanny persiste.

— Il ne doit pas être bien difficile de séjourner à Chantelauze ?

— Plus que tu ne le crois : l'Hôtel des Amoureux, dit Mehdi, qui ne peut s'empêcher de faire la grimace, est réservé aux mariés pour leur nuit de noces, celle qui suit, le voyage de noces ou encore l'anniversaire de noces.

Toutes ces « noces » dans la bouche du garçon semblent lui donner la nausée.

Quelle guimauve, en effet !

— C'est quoi, cet anniversaire ?

Cette question lui semble superflue, mais s'il veut entraîner ces deux filles dans son aventure il sait depuis le début qu'il doit faire preuve d'un peu plus d'empathie pour elles.

— Nous avons affaire à une municipalité pour le moins machiavélique. Il est en effet précisé dans leur documentation que tout mariage célébré dans la commune doit, dans la mesure du possible, faire l'objet d'un séjour d'une semaine au cours des années suivant la cérémonie pour perpétuer la bonne fortune du lieu. Une multiplication de séjours-souvenirs donne droit à la longue à des bons de villégiature gratuite, il y a même une histoire de parrainage, enfin bref, tout est fait pour créer une espèce de droit de suivi attractif, financièrement très intéressant pour la ville.

Charlotte, qui depuis un moment se contentait de ramasser les piques à olives pour un futur collage, lève brusquement la tête.

— En somme, celui qui se marie à Chantelauze doit ensuite y fêter son anniversaire de mariage. Je ne vois pas ce qu'il y a de mal à cela, au contraire, c'est malin et de bonne guerre.

« Pas possible, quelle cruche ! pense Mehdi. Je ne vais pas m'en plaindre, cette bêtise peut servir mes intérêts. Au moins, l'un de nous quatre sera crédible, elle sera parfaite dans le rôle de l'amoureuse transie. »

— Si l'option hôtel n'est pas possible, au pire on doit pouvoir trouver une location…

Il approuve Fanny d'un hochement de tête. Elle, au moins, semble montrer un réel intérêt à la conversation. Vexé ou bien plongé dans une profonde réflexion, JC s'est enfermé dans un de ses silences dont il détient le secret.

— En effet, pour un village de cette taille, il y a d'ailleurs un beau tissu locatif, mais réservé, cette fois, à ceux qui résident dans la commune pendant le mois qui précède la publication des bans, au minimum. Il faut donc être candidat déclaré au mariage pour y avoir droit.

Le gloussement de Charlotte attire sur elle tous les regards.

Elle s'explique :

— C'est bien ce que je te disais, il ne te reste plus qu'à convoler ! Après tout, ça me paraît la meilleure solution pour dévoiler la supercherie que tu supposes, en divorçant bien sûr aussitôt après pour prouver combien cette légende est bidon. Évidemment, si ce qu'ils disent est vrai, tu prends le risque de ne plus vouloir te séparer de ta fausse compagne d'un jour, ce qui servira les noirs desseins du maire de Chantelauze.

Mehdi ne veut pas rater l'occasion de la moucher. Cette péronnelle commence à l'énerver.

— Tu ne crois pas si bien dire, c'est en effet la solution qui paraît la plus réalisable. Sans aller jusqu'à la cérémonie, évidemment. S'inscrire dans cette démarche permettrait d'avoir un bon mois d'immersion, ce qui devrait largement suffire pour débusquer tout ce qui cloche. Le problème, c'est qu'il faut engager un tas de frais, surtout si on veut jouer la vraisemblance. À voir leurs brochures, j'ai l'impression que tous les commerçants de Chantelauze attendent l'arrivée des candidats au mariage pour leur sauter dessus et leur faire dépenser un max. C'est là que tu interviens, Fanny : grâce à ton ancrage dans le bled, tu as peut-être une solution de rechange pour l'hébergement ?

Il a beau la regarder d'un air sincèrement chaleureux, Fanny peine à lui répondre.

« Bled ».

Il a employé le mot « bled ».

Un mot qu'elle déteste. Il sent le mépris.

Elle-même l'a utilisé autrefois, mais c'était avant de renouer avec ses souvenirs. Elle sait maintenant que Chantelauze ne mérite pas une telle appellation, car Chantelauze se bat pour exister.

Peu importe à vrai dire que ce soit avec des moyens discutables, ou non, son village a un sacré panache. Elle vient de là, ce qui lui donne dorénavant un petit côté mystérieux qui n'est pas pour lui déplaire.

Comme elle l'avait promis, Fanny s'est renseignée auprès de ses parents.

— Ma mère, en effet, a gardé des relations avec certaines personnes du village. Deux amies, surtout, avec qui elle correspond encore régulièrement. Toutes les deux ont transformé une partie de leur maison en chambres d'hôtes. Il semble que ce soit devenu un sport lucratif à Chantelauze. Les futurs époux ne sont pas les seuls à vouloir y séjourner, il faut aussi loger les invités et la famille au moment de la célébration. C'est plutôt à ce type de clientèle que s'adressent les chambres d'hôtes ou encore aux curieux car, si j'ai bien compris, il y en a maintenant de plus en plus. Tu pourrais éventuellement t'inscrire dans cette catégorie.

Mehdi espérait une offre gratuite et surtout de longue durée.

Il ne cache pas sa déception.

— Je n'ai justement pas envie d'apparaître comme « curieux » ou « touriste », c'est le meilleur moyen de me faire remarquer et de me fermer toutes les confidences. Séjourner le temps d'une cérémonie ne m'apportera rien de concret, j'ai besoin de m'y installer vraiment. Pour qu'une immersion soit réussie, il faut se plonger dans l'ambiance et le quotidien des gens jusqu'à s'y faire oublier complètement. C'est indispensable pour comprendre leur vécu et repérer leurs secrets.

— Je comprends. Les amies de ma mère consentiraient peut-être à me louer une chambre pour un mois de vacances, mais je crains qu'elles refusent de le faire pour un inconnu. C'est bien plus intéressant financièrement pour elles de louer à la nuitée à des gens différents.

Fanny semble désolée.

Charlotte n'arrive pas à déterminer si son amie joue ou non la comédie. Elle en a fini avec ses piques qu'elle a entortillées dans sa serviette en papier, elle semble guigner celles de son voisin, mais JC a posé sa main pâle dessus d'un air déterminé.

Il se décide d'ailleurs à résumer la situation avec l'air satisfait du magicien qui découvre un lapin dans son chapeau.

— Il ne fait aucun doute que la meilleure solution pour mener une enquête sociologique sérieuse soit celle du faux candidat au mariage évoquée par Mehdi. Mais sa mise en œuvre soulève de nombreuses difficultés autres que locatives ou financières.

Charlotte se montre plus positive.

— Tu n'as pas une petite copine qui accepterait de jouer le rôle de la fiancée ?

— Non.

— Un copain, alors ?

Elle a failli dire « *alter ego* » mais a retenu la formule sur ses lèvres.

— J'ai lu que Chantelauze faisait partie des premières communes à avoir célébré les unions entre personnes du même sexe.

La suggestion semble plaire à Fanny, qui met une certaine malice à l'approuver.

— Bonne idée ! Vous pourriez, tous les deux…

— Non !

Ils l'ont dit en même temps, sans se concerter.

— Pour la seule et unique raison que ce faux mariage doit également être religieux. À mon sens, cette histoire de divorce impossible sert trop les intérêts de l'Église, qui considère le sacrement du mariage comme indissoluble. Pour aller au bout de cette démarche, il nous faut trouver un homme et une femme.

Si l'explication de Mehdi est recevable, Fanny commence à percevoir le piège vers lequel les emmène cette discussion.

Le journaliste est arrivé à ce point de non-retour où il va devoir s'expliquer. La diplomatie n'est pas sa qualité première. Déjà, avec JC, il a dû faire preuve d'une patience infinie ces derniers jours. Pourtant, celui-ci trouve, comme lui, un intérêt évident dans la combine, l'occasion rêvée de mener enfin une véritable enquête sociologique.

Convaincre ces filles sera plus difficile, il l'a compris dès leur première rencontre.

JC lui ayant loué le caractère affable et sérieux de Fanny, il s'attendait à quelqu'un de plus coopératif, de plus combatif surtout.

Quant à l'autre, il la soupçonne de ne pas avoir de la lumière à tous les étages. Elle lui fait penser à une petite vieille de son quartier qui ramasse les mégots de cigarette sur le trottoir.

— J'ai bien réfléchi. Si on veut réussir notre coup, il faut mettre tous les atouts de notre côté.

— Hé, de quoi tu parles ? C'est bien gentil de nous englober mais je ne veux faire aucun coup, moi, d'autant plus que je crois à cette romance de mariage éternel.

Il repousse l'objection de Charlotte d'un air détaché.

— Laisse-moi finir, veux-tu ? Fanny, après ce que tu nous as dit des amies de ta mère, crois-tu qu'elles accepteraient de te louer une chambre pour un mois de vacances ?

— Probablement, mais ce n'est pas mon inten...

— S'il te plaît, ne m'interromps pas. On pourrait envisager que tu trouves une chambre similaire pour ton amie ?

— Oui.

Si Fanny démêle mal ses intentions, Charlotte, elle, commence à trouver la situation intéressante. Elle voudrait tant connaître Chantelauze qu'elle est prête à pas mal de concessions.

— Parfait ! Dans ce cas, avec JC, on louera un appartement avant de pouvoir publier les bans, disons deux ou trois mois avant le mariage.

— Quel mariage ?

Les deux jeunes femmes ont crié si fort que tout le monde dans le café se tourne vers leur table.

Pour une fois, Fanny ne songe pas à s'en émouvoir, trop occupée à décrypter les propos sibyllins du journaliste.

— Celui de Jean-Cyril et de Charlotte, bien sûr !

Les filles se regardent, médusées, avec cet air ahuri qui fait ouvrir la bouche et rouler les yeux.

Charlotte s'insurge la première.

— Quoi ? Pourquoi pas le tien ? Pourquoi *moi*, surtout ? J'ai dû louper quelque chose !

Mehdi prend plaisir à la taquiner.

— Désolé Charlotte, je suis musulman, il m'est impossible de me marier avec toi dans l'église très catholique de Chantelauze. Heureusement, ce n'est pas le cas de JC. En revanche, rien ne s'oppose à ce que je sois son témoin.

Celui-ci daigne sourire dans sa barbe.

— Ma chère, Mehdi va un peu vite dans ses explications mais c'est la meilleure combinaison possible. Crois-moi, on a retourné le problème maintes fois dans tous les sens. Je crains que nous ne fassions un bien piètre couple, je te l'accorde, j'espère toutefois qu'il sera plausible. Tu auras pour témoin Fanny qui, en sa qualité d'ancienne habitante du village, nous servira de sésame.

C'est Fanny maintenant qui proteste.

— Attends, vous êtes aussi dingues l'un que l'autre ! Tu veux vraiment faire croire à un mariage avec Charlotte que tu connais depuis à peine un mois ?

— Qui le saura ? C'est une donnée tout à fait inconnue des autres, qui ne pourra affecter leur propre analyse. Dès notre rencontre providentielle l'autre soir, j'avoue avoir d'abord pensé à toi, Fanny. Tu es le morceau de puzzle qui manquait à notre plan : le fait que tu aies vécu si longtemps à Chantelauze a été pour moi l'élément catalyseur, le signe qu'il fallait vraiment conduire cette enquête. Avec Mehdi, on a ensuite réalisé que ça pouvait être contre-productif, voire dangereux de te mettre dans le circuit. Des connaissances de ta mère habitant dans le village pourraient lui en parler et l'interroger sur son futur gendre. Ce qui nous a conduits à choisir plutôt Charlotte. Pour être franc, c'est aussi son côté bohème et romantique qui a emporté notre décision. Elle coche toutes les cases. Avec elle, aucune interférence possible, et son amitié pour toi expliquera en partie sa volonté de se marier là-bas.

Il se tourne vers la « fiancée » ainsi désignée dont la mine réjouie soulève chez lui de nouvelles interrogations. Il s'empresse de prendre un ton plus formel pour préciser :

— Bien entendu, Charlotte, tu as compris qu'on mettra fin à cette mascarade avant tout commencement de célébration. Tu n'as aucune inquiétude à te faire. C'est pour de faux, comme disent les gosses. Je conçois que c'est un peu brutal, on aurait dû attendre de se connaître encore mieux pour vous en parler, mais le temps presse. Comme Chantelauze croule sous les demandes, le dossier doit être transmis à la mairie plusieurs mois avant la date désirée du mariage, sans compter, bien sûr, l'obligation pour un des futurs époux de résider dans la commune au moins un mois avant la publication des bans.

Mehdi prend le relais, profitant de la sidération qui s'est soudain emparée des filles.

Il faut tout déballer immédiatement, les mettre devant le fait accompli.

— Depuis le temps qu'on veut faire cette contre-enquête, on a bien réfléchi. JC s'inscrira en tant qu'étudiant désireux de travailler quelques mois à distance pour préparer sa thèse. Il est important d'être *clean*, de ne pas se faire piquer pour une connerie de fausse déclaration ou de faux papiers. Une fois dans la place, quoi de plus naturel que de m'accueillir ensuite chez lui ! Il me présentera comme témoin et ami de longue date. Sa « fiancée », qui réside ailleurs, viendra confirmer l'histoire en arrivant en vacances avec son amie, trop heureuse de lui faire découvrir le village de son enfance. L'idéal serait de caler cette période de congés un mois avant la cérémonie officielle.

Fanny est tellement abasourdie par tant d'impudence qu'elle en reste sans voix tandis que Charlotte prend le parti de les railler ouvertement.

— Les mecs, vous semblez avoir bien préparé votre coup, en effet. Vous avez pensé à tout, sauf à un refus de notre part.

Mehdi relativise immédiatement, il ne faut surtout pas leur laisser croire qu'elles sont indispensables.

— Ce ne serait pas dramatique, réducteur mais pas dramatique. Dans ce cas, on renonce à faire croire que l'on veut se marier à l'église et on tente le coup quand même en tant que couple homosexuel. Cependant, réfléchissez, au fond on ne vous demande pas grand-chose. Séjourner à Chantelauze, vous l'envisagiez déjà puisque vous parlez d'aller y passer vos vacances. Fournir les quelques papiers nécessaires à la publication des bans ne t'engage à rien, Charlotte, même pas à faire semblant de jouer l'amoureuse, on ne t'en demande pas tant. Il nous faut juste montrer un peu de courage pour mettre fin à toute cette mascarade.

— C'est mentir à tout un tas de monde !

L'objection de Fanny montre qu'elle cède du terrain. Mehdi jubile, ils vont y arriver !

— C'est surtout réussir une formidable aventure, révéler l'imposture, faire éclater la vérité et éviter peut-être à des tas de couples trop crédules de se faire avoir.

Il a failli ajouter « accéder à la notoriété et se faire connaître ». Il s'est retenu à temps, car cet argument n'a pas de valeur aux yeux des filles, elles sont comme JC, beaucoup trop honnêtes.

Leur faire miroiter un rôle de justicières lui semble bien plus approprié.

Charlotte cède curieusement la première, en spécifiant qu'elle cherchera au contraire à confirmer le slogan de Chantelauze. Elle croit à cette légende, se fera l'avocate du village, veillera à ce qu'aucun mensonge ne vienne ternir sa réputation. Elle insiste.

— Si vous ne découvrez rien de compromettant, promettez de le faire savoir de la même manière à tous les médias.

Ils promettent, sûrs d'eux et du bien-fondé de leur démarche.

Fanny réserve sa réponse. Elle comprend cependant qu'ils peuvent maintenant se passer d'elle, son rôle de faire-valoir n'est pas très important. Elle en veut à Charlotte d'avoir accepté si facilement, même si dans l'esprit généreux et utopique de son amie c'est probablement pour défendre Chantelauze et l'idée romantique qu'elle s'en fait.

Fanny a dit qu'elle allait réfléchir, au fond d'elle-même elle sait déjà qu'elle va accepter.

Charlotte aura besoin d'elle. Si supercherie il y a, on peut supposer que la bataille sera rude et peut-être pas sans danger.

Et puis, il faut bien se l'avouer, elle meurt d'envie de retrouver Chantelauze, de voir de ses propres yeux ce qui s'y passe, de se faire son opinion.

Elle ne supporterait plus maintenant de rester en dehors de tout cela.

Tant pis si cette bouffonnerie lui coûte ses congés, le jeu en vaut sûrement la chandelle.

4

Près de neuf mois ont passé depuis ce moment mémorable que Charlotte appelle sa « fausse demande en mariage ».

Une période longue mais nécessaire pour mûrir un projet qui s'est révélé au fil des jours de plus en plus ambitieux.

Contrairement à tous les paris engagés, le mariage de l'actrice Barbara Kitchen tient bon, elle semble même filer le parfait amour, ne rate pas une occasion de le faire savoir et a résidé plusieurs fois dans son « village du bonheur ».

Chantelauze rencontre tellement de succès que, malgré leur impatience, les garçons ont dû plusieurs fois retarder leur projet en décalant la date supposée des épousailles.

C'est ce terme aussi désuet que charmant qu'affectionne la fiancée de pacotille et, à force de l'entendre dans sa bouche, les autres ont fini par l'adopter également.

La cérémonie aura donc lieu le mardi 5 novembre à 15 heures très précisément.

À vrai dire, ils n'ont guère eu le choix. S'ils avaient tenu à un samedi, jour le plus demandé, il leur aurait fallu attendre plus d'un an, et presque deux pour un samedi estival.

Ces quelques contrariétés, ajoutées au prix prohibitif de la location d'un studio, comparable au marché parisien, ont renforcé la répulsion des garçons envers l'institution du mariage et accru leur volonté d'en dénoncer les impostures.

Avec la régularité maniaque d'un métronome, JC a élaboré un planning précis. Accompagné de Mehdi, son témoin présumé, il emménagera début septembre pour deux mois dans un meublé de la résidence d'Héra, des bâtiments rénovés au cœur du village. Les filles ne les rejoindront qu'en octobre. Charlotte, évidemment, pour se préparer au plus beau jour de sa vie, Fanny, officiellement, pour y passer ses vacances, renouer avec ses racines et accompagner son amie qui souhaite convoler à Chantelauze. Officieusement, on compte bien entendu sur son statut d'ancienne du village pour délier les langues et ouvrir des portes. Les deux amies séjourneront dans les chambres d'hôtes sélectionnées par la mère de Fanny.

Sur le papier, tout semblait simple.

Pourtant, à peine arrivés à Chantelauze, les critiques des garçons remplissent déjà plusieurs cahiers de doléances.

L'appartement est vraiment minuscule, le parking est payant, les restos hors de prix. JC, en tant que futur époux, s'est retrouvé inscrit d'office à un tas de réunions absurdes dites

« de préparation », assorties bien sûr du versement de cotisations auprès des associations participantes.

Plus ennuyeux, son refus très net d'utiliser les services d'un *wedding planner* s'est soldé par une telle réprobation que Mehdi s'est senti obligé de venir à la rescousse en se présentant lui-même comme un organisateur compétent dans ce domaine, venu justement pour accompagner et conseiller son ami.

Bien mal lui en a pris.

À Chantelauze, tout se paie.

Il a vite regretté ce faux pas. Selon l'esprit du village, ressassé à la moindre occasion, chacun doit partager ses compétences, autrement dit, il devra, à partir de maintenant, aider au coaching toujours très délicat des autres candidats au mariage.

Un comble pour celui qui réprouve tout engagement de ce type et voulait avant tout se faire discret.

Au téléphone, sa voix tremble d'énervement.

— Ça commence mal ! J'ai l'impression d'être déjà repéré. Cette connerie de coaching va me bouffer du temps et entraver mes recherches.

Cette nouvelle semble au contraire ravir Charlotte.

— Toi, en soutien des mariés ! On rêve. Je suis curieuse de savoir ce que tu vas leur raconter.

— Je n'en sais rien, mais vu le nombre de brochures remplies de stupidités qui traînent un peu partout sur le sujet, ça ne devrait pas être bien compliqué.

Fanny intervient pour calmer sa mauvaise humeur :

— À part ça, comment trouves-tu mon village ?

Son rire dédaigneux résonne dans le combiné.

— Tout semble fait pour que Chantelauze tire le profit maximum des tourtereaux qui viennent s'engluer ici. Franchement, c'est à te rebuter de tout engagement. Chacune des boutiques dégouline de mièvrerie et de bons sentiments. Je suis sûr que le meilleur cardiologue au monde n'a jamais vu autant de cœurs transpercés par autant de flèches ! Tu évoquais un village gris, je peux te dire qu'il n'en est rien. Il n'y a que deux couleurs ici, le rouge et le bleu, je crois qu'on va d'ailleurs s'en prendre une indigestion à vie.

Fanny rit sans comprendre.

— Rouge comme l'amour j'imagine, c'est assez facile, mais pourquoi bleu ?

— La fidélité, ma vieille ! Mais aussi la chasteté, la loyauté et la communion. Tu ne le savais pas ? Nous non plus, remarque, mais dans l'antichambre du mariage on apprend tout, y compris et surtout le ridicule. De ce côté-là, niveau enquête sociologique, JC va être gâté. Bon, assez d'âneries, tu diras à Charlotte que son amoureux est en train de lui écrire.

— Un SMS, un e-mail ?

— Non, une lettre ! C'est toi qui disais que c'était un village paumé. Eh bien, c'est peut-être le seul bon côté qui lui reste. La connexion WiFi est très mauvaise, on soupçonne également une surveillance de nos ordis quand on les utilise à la résidence. Tu vois ce que je veux dire ! Dans ces conditions, la bonne vieille bafouille nous paraît le moyen le plus sûr de communiquer les informations confidentielles. Nos e-mails contiendront donc toutes les banalités d'usage. Personne ne trouvera rien à se mettre sous la dent en les lisant.

Il se croit obligé d'ajouter :

— Que Charlotte se méfie toutefois dans ses réponses. On est peut-être paranos, mais, par précaution, on postera les lettres de Saint-Flour, pas d'ici. Son courrier transitera par contre obligatoirement dans les mains du postier de Chantelauze, qu'elle fasse attention !

Le père de Fanny étant fonctionnaire des postes, celle-ci connaît la déontologie de la profession et se sent bizarrement vexée.

Décidément, cet hurluberlu ne respecte rien, voit des bassesses partout et se prend pour le Messie.

Charlotte se contente de lever les yeux au ciel, trouvant toutes ces précautions aussi inutiles que déjantées.

— Arrêtez de délirer ! De toute façon, il suffit de se téléphoner, non ?

On sent que Mehdi perd patience. Il adopte le ton du père résigné, obligé d'ânonner ses conseils pour s'adapter à la lenteur d'esprit de son enfant.

— Pour rendre crédible ta future union, tu dois échanger avec JC des missives enflammées qu'on laissera traîner dans l'appartement.

Pour corroborer ses dires, il ajoute non sans perfidie :

— Des lettres d'amoouuur, ça doit être dans tes cordes !

Loin de se froisser, Charlotte réplique, avec une pointe de regret dans la voix :

— Quelle blague ! Personne n'écrit de telles lettres aujourd'hui, on ne saurait même plus les lire !

— C'est peut-être vrai ailleurs, mais ici on est hors du temps. Tiens-toi bien : après le discours d'arrivée, on nous a bassinés sur le rôle d'Héra, la déesse du mariage dans la mythologie grecque. La causerie où JC est fortement invité à aller ce soir porte sur « l'importance de s'écrire ». Je dis bien de *s'écrire,* pas de communiquer, ça montre que ce bled est encore plus ringard que je ne le pensais. Tu devrais t'y plaire !

Sur ce, il coupe la conversation sans autre explication ni ménagement.

Charlotte, maintenant, ronchonne. Visiblement, la « fiancée » n'est plus au diapason.

— Il a l'air en colère. Bien fait pour lui ! Il doit déjà se rendre compte que la tâche ne sera pas si facile. Comment veux-tu dénoncer des choses qui n'existent pas ? Que Chantelauze cherche à profiter au maximum des avantages du mariage, nous le savions déjà. Ça ne prouve pas pour autant qu'il y aurait des divorces cachés !

— Moi, j'ai l'impression que l'obsession de réussir leur enquête et de ramener du sensationnel leur donne des œillères. Mehdi, surtout, a tellement d'idées préconçues qu'il n'a rien vu de Chantelauze, au point d'être totalement incapable de le décrire. Qu'il se croie en plus espionné est pour moi très symptomatique !

— Sûr. Ce mec a depuis le début des rêves de grandeur et un délire de persécution !

— Ce sont surtout des gamins. Je me demande pourquoi nous nous sommes embarquées avec eux dans toute cette histoire !

— Tu le sais très bien, Fanny, parce qu'on aime l'aventure ! Même si JC est gentiment rasoir et Mehdi carrément insupportable, on va bien s'amuser. C'est la première fois que j'attends les vacances avec tant d'impatience. J'ai l'impression d'être dans un *escape game*. Tant pis si les membres de l'équipe ne sont pas des tombeurs ! L'énigme à résoudre est beaucoup plus originale que ce qu'on nous propose habituellement dans les jeux de ce genre. Surtout pour toi, d'ailleurs, qui penses dur comme fer qu'ils ont raison, qu'on a vraiment camouflé des divorces à Chantelauze afin de gruger les gens.

— Comment ne pas adhérer à cette idée quand on sait que quarante-cinq pour cent des mariages se terminent par un divorce ? Pourquoi ce village échapperait-il à la règle ?

— Ce que vous êtes barbants, avec toutes vos statistiques ! Tu sais très bien qu'on peut faire dire n'importe quoi aux chiffres. Si on va par là, on peut aussi déclarer sans se tromper que cent pour cent des naissances aboutissent à une mort certaine et en conclure que la naissance est donc la cause la plus importante de mortalité au monde, que le plus dangereux, finalement, est de naître !

Charlotte jubile, elle a la tête du chat qui rapporte une souris.

Fanny ne peut s'empêcher d'esquisser un sourire.

— Ce que tu peux être de mauvaise foi, tout de même !

La « fiancée » s'étire nonchalamment. Elle a passé une partie de la nuit à terminer un collage de coquilles d'œuf sur une toile. Un tableau censé représenter une poule, si bien qu'elle est dorénavant à la recherche de brins de paille et de bouts de laine pour terminer son œuvre. Elle examine d'un œil critique les traces de colle blanchâtre qui drapent ses doigts d'une vilaine toile d'araignée.

— Zut ! J'ai encore oublié de mettre des gants. Tu crois qu'ils ont des manucures à Chantelauze ?

— D'après la brochure de la mairie, rien ne manque. Si les gars n'ont pas exagéré le tableau calamiteux de leur arrivée, en tant que « future », tu vas être assaillie par une multitude de propositions de prestations plus ou moins alléchantes, la manucure n'en est sûrement pas la moindre.

— Je suis certaine que leur mine renfrognée en est la cause ! Franchement, JC n'a rien du joyeux luron qui vient de trouver sa moitié de pamplemousse, il me fait penser au croque-mort dans *Lucky Luke* !

Fanny tempère son rire moqueur d'une remarque plus charitable.

— Admets qu'il a de beaux yeux !

— Vert-de-gris, sobriété, complaisance mais aussi corrosion.

— Oh, non ! Vert d'eau, plutôt, fragilité et rêverie.

— Tu es sous le charme, à ce que je vois ! N'oublie pas que c'est moi la « fiancée » !

Charlotte roucoule de plaisir, elle adore ces moments d'échanges avec Fanny où elles parlent de tout et de rien, refont le monde, oublient leur carapace et jouent un peu les pestes.

Ça fait tellement de bien de critiquer les autres, de se moquer des mecs, de mettre sa vie sur pause, de redevenir soi-même, sans photo à retoucher ni de post à retravailler.

Charlotte est une fille solaire qui a le rire communicatif. Enfant unique, elle a souffert de la solitude. Petite, déjà, elle organisait régulièrement dans sa chambre des pauses-thé avec ses ours en peluche pour discuter et raconter des bêtises.

Avec Fanny, le feeling est tout de suite passé. C'est l'amie idéale dont elle avait toujours rêvé. Elle sait qu'elle peut compter sur elle, même si leurs pas de danse ne sont pas parfaitement coordonnés. Son sérieux compense sa propre gaminerie. En contrepartie, elle lui apporte ce petit grain de folie qui rend l'existence plus joyeuse.

À l'époque où son père cherchait à en savoir plus sur sa nouvelle colocataire, elle l'avait rassuré d'une formule péremptoire :

— Tu n'as pas à t'inquiéter. C'est le genre de nana que tu appelles pour raconter que tu t'es cogné le petit orteil contre le lit et qui pendant une heure va débattre avec toi de cet événement pour compatir à ta douleur et prendre soin de toi.

Fanny est un peu comme une sœur aînée, une sœur de substitution qui partage ses fous rires, ses douleurs, ses secrets comme ses ambitions.

Pas de limites aux confidences, surtout depuis qu'elles se sont engagées dans cette histoire de fausses fiançailles qui les a soudées encore davantage.

Cette aventure les a rapprochées. Si Charlotte semble avoir endossé le rôle principal, c'est Fanny qui a consenti le plus de sacrifices en prenant cette année toutes ses vacances en dehors de la période estivale.

Chaque jour lui prouve qu'elle a bien fait de ne pas prétendre au rôle de « fiancée ». Sa mère n'arrête pas de la harceler pour avoir des renseignements sur Charlotte.

— Je suis vraiment heureuse pour ton amie : choisir Chantelauze pour se marier montre l'importance de son engagement et la volonté de créer un couple stable. C'est si rare, de nos jours, les jeunes gens ne prennent pas le temps de la réflexion. La promesse « jusqu'à ce que la mort nous sépare » reste inviolable, là-bas, et se révèle un serment d'importance. Qu'elle en prenne bien conscience, surtout, la vie réserve parfois des surprises et la suite du conte de fées n'est malheureusement jamais précisée.

Fanny a dû fournir des tas d'informations et d'anecdotes sur la romance entre Charlotte et

JC. Malgré les relations que sa mère a conservées à Chantelauze, les chambres d'hôtes semblent réservées à une clientèle spécifique. Il faut partout montrer patte blanche. Là-bas, il en va en matière financière comme en matière d'amour, on apprécie ceux dont les poches regorgent d'argent autant que leur cœur de bons sentiments.

Grâce à l'imagination aussi enfiévrée qu'excentrique de Charlotte, elle a réussi à peindre un tableau suffisamment idyllique des amoureux pour convaincre sa mère, qui s'est empressée d'en faire part à ses amies.

S'il s'était agi de Fanny elle-même, nul doute que les curieuses auraient voulu en savoir davantage au risque de mettre en péril leur subterfuge.

De ce côté, au moins, Mehdi avait vu juste.

On peut lui reconnaître cette lucidité.

Quant à sa mère, elle s'est tellement prise au jeu qu'elle ne cache plus son désir de voir sa fille suivre cet exemple.

— Je sais, ma chérie, qu'aujourd'hui tout est difficile et l'ambiance morose. Tu as peur de perdre ton boulot, tu ignores à quoi ressemblera ton avenir, mais c'est justement rassurant de se dire qu'on peut se raccrocher à quelque chose de stable dans sa vie. Trouver quelqu'un avec qui tu seras bien, te marier pour affronter les problèmes à deux, ça ne te fait pas envie, à toi aussi ? Tu approches de la trentaine, tu sais…

Fanny connaît ce discours par cœur. Jamais, pourtant, sa mère n'avait tant insisté. La jeune femme compte de plus en plus sérieusement sur l'enquête des garçons pour mettre fin à tout ce déballage de bonnes mais stupides intentions.

Après avoir vaincu beaucoup de réticences, sa mère leur a enfin déniché deux logements pour leur séjour du mois d'octobre.

Il était temps !

Pour Fanny, pas de choix possible, ce sera chez les Joussac, un couple d'anciens postiers avec qui sa famille a gardé des relations assez suivies.

Ils ont accepté de l'héberger, par esprit de corps probablement.

Comme tous les Chantelauziens, les retraités ont aménagé trois chambres d'hôtes dans une partie de leur maison pour compléter leurs revenus.

Pas question d'indépendance, donc !

Fanny fait la grimace, elle espère ne pas devoir partager tous ses repas avec eux. Elle se souvient surtout de Marinette Joussac, une languarde qui papotait des heures entières avec sa mère en passant en revue tous les ragots croustillants du village.

L'avantage, c'est que j'aurai les infos sans même avoir à poser de questions !

Charlotte, qui a le choix entre deux propositions, hésite encore. Elle lit les descriptions d'une voix enthousiaste :

— Tout d'abord, « au centre du bourg un appentis au-dessus d'un garage transformé en appartement de charme proposé par Mme et M. Paillette ». Hum, le prix raisonnable conduit toutefois à penser que le charme en question n'est que très sommaire.

Fanny secoue la tête.

— Non, non, refuse ! Paillette, c'est l'instit dont je t'ai parlé, sa maison doit être un vrai mouroir. Je n'ose même pas imaginer la tête du pauvre M. Paillette, dont j'ignorais l'existence et qu'elle doit mener à la baguette.

— Bon, alors, « une chambre spacieuse au manoir des Elfes ». Le nom est attirant mais il s'agit en fait d'une ancienne ferme dans un hameau à cinq kilomètres de Chantelauze. On précise que le pot d'accueil est compris mais que les animaux ne sont pas admis. C'est donc exclu !

— Tu n'as pas d'animal !

— Non, mais j'ai toujours détesté cette formule qui dénote un esprit étriqué et égoïste. En outre, je te ferais remarquer que, pour une ancienne exploitation agricole, cette exigence est très louche.

— Louche peut-être pas, mais peu enthousiasmante je suis d'accord. C'est malheureusement tout ce que ma mère a trouvé, les autres locations sont toutes réservées à des séjours de courte durée.

— Alors je prends Paillette, c'est décidé ! Après tout, c'est celle qui avait sa jupe remontée dans sa culotte ? Franchement, ça me tente !

Qui te dit qu'elle ne l'avait pas fait exprès, la coquine ?

— Je suis certaine que tu déchanteras, mais c'est tout de même la meilleure solution, car on peut espérer que ton appentis sera un coin discret où on pourra se retrouver. Je sens déjà que ces vacances vont être superépuisantes !

— C'est OK, alors ? Je te laisse le soin de prévenir ta mère, de la remercier ainsi que toutes ses copines. Tu sauras faire ça mieux que moi. Maintenant, il faut absolument que je me concentre.

Tout en chantonnant, Charlotte entreprend de sortir des livres de la bibliothèque, de les feuilleter, de les mettre de côté ou de les empiler sur la table selon une logique mystérieuse. Bientôt, le fouillis est si indescriptible que Fanny n'y tient plus.

— Qu'est-ce que tu cherches, à la fin ?

Le regard de Charlotte reflète sa perplexité.

— En fait, je croyais que ce serait beaucoup plus facile !

— De quoi parles-tu ?

— Fouille-Tout s'est moqué de moi tout à l'heure. Je sais bien qu'il me prend depuis le début pour une demeurée, alors je vais me venger en devançant ses instructions. Puisqu'il faut que j'écrive à mon cher et tendre, je vais lui pondre une de ces déclarations enflammées qui va lui mettre le rouge aux joues, au JC, tu vas voir !

— Tu as l'intention de recopier un livre ?

La « fiancée » hausse les épaules d'un air offusqué.

— Non, mais il me faut des exemples, je ne sais pas quoi mettre. C'est vachement dur à formuler. Tu as déjà écrit des lettres d'amour, toi ?

Fanny plonge dans ses souvenirs.

— Je crois bien, un poème plutôt, j'avais treize ans, un ramassis de niaiseries probablement.

Elle rit mais Charlotte l'interrompt immédiatement d'un air exalté.

— Dis-moi, à treize ans, tu étais à Chantelauze ! Ton amoureux est donc quelqu'un de là-bas !

— Euh oui, mais arrête tout de suite tes fantasmes, je ne me souviens même plus de son prénom. C'était un gars plus âgé qui m'avait fait faire un tour à moto. Probablement rien dans son esprit qu'une balade galante, mais mes sens de jeune fille se sont enflammés !

Elle a dit ces derniers mots en chuchotant d'un ton sourd avant de pouffer de rire.

— Ce qu'on peut être bête, tout de même, quand on est ado !

Plus tard, tandis que Charlotte rédige sa correspondance d'un air appliqué sur un papier d'un rose douteux, Fanny essaie en vain de mettre un visage sur la silhouette nébuleuse du motocycliste.

Il lui avait caressé la joue, de cela elle se souvient. Même à Charlotte elle ne le dira pas. C'était à la fois doux et sensuel, quelque chose de très personnel.

Elle se rappelle aussi ses mains fortes quand il l'avait soulevée sur la moto, et de son odeur, comme un parfum de forêt, une fragrance envoûtante de printemps qui imprégnait ses vêtements. Elle se revoit, serrée contre son dos, le nez dans son blouson, la peur au ventre et le cœur prêt à éclater d'allégresse.

Mon premier amoureux, mon premier sentiment de liberté, et je ne m'en souviens qu'à peine. C'est donc ça, vieillir !

Ça l'attriste un peu. Heureusement, la vision de son amie qui tire la langue comme une écolière laborieuse l'aide à repousser bien vite cette langoureuse nostalgie.

5

Les filles trouvent décidément ce mois de septembre interminable. Leur esprit vagabonde un peu trop du côté des montagnes pour se concentrer sur autre chose que ces vacances tant attendues.

Or le temps semble décidé à s'écouler presque aussi lentement que pendant le confinement.

Aujourd'hui, elles peuvent sortir librement mais n'en éprouvent pas le besoin, bien trop obnubilées par ce qui se passe à Chantelauze.

Les informations en provenance du village ne leur parviennent qu'au compte-gouttes, cela explique peut-être cette impatience fiévreuse qui les dévore.

Elles soupçonnent leurs partenaires de les tenir pour quantité négligeable maintenant qu'ils sont arrivés sur place.

Penser qu'ils puissent progresser dans leurs recherches en vivant sans elles des rencontres drôles, risquées, insolites ou palpitantes, en un mot des aventures, rend Charlotte chaque jour plus furieuse.

Elle lance des imprécations à leur encontre.

— Si j'ai accepté ce rôle de « fiancée », c'est bien pour participer pleinement à l'enquête, pas pour servir de faire-valoir à monsieur JC ! Qu'il se méfie ! Je peux faire un scandale en dénonçant notre fausse union le jour même de mon arrivée. Je t'assure que j'en suis capable. Tant pis si ça fait capoter toutes leurs investigations, ce sera bien fait pour eux puisqu'ils ne respectent pas les termes de notre accord en nous laissant dans le flou le plus total.

Fanny tempère d'un geste de la main la véhémence de sa camarade.

— Malgré leurs fanfaronnades, ils n'ont peut-être tout simplement rien dégoté d'intéressant. Vu leurs caractères, ils peuvent aussi s'être laissé embringuer dans des situations inconfortables ou embarrassantes dont ils n'ont pas envie de se vanter, comme cette affaire de coaching. Ne te mets pas le moral au ras de la moquette pour eux, va ! À mon avis, c'est l'explication la plus plausible de leur silence. Qu'est-ce que racontait Jean-Cyril dans sa dernière lettre ?

Charlotte se lève en bougonnant.

— Comme d'habitude, un ramassis de chiffres, de statistiques et de corrélations à la noix qui ne valent sûrement pas le déplacement. Si c'est ça, être sociologue, autant dire que je suis styliste pour poupées Barbie !

Après avoir retourné tous les coussins du canapé, fait l'inventaire du *tote bag* qui lui sert de sac à main et mis la pagaille dans les papiers soigneusement classés sur le bureau, Charlotte exhibe fièrement ladite lettre, qu'elle vient de retrouver coincée pour le moins bizarrement entre deux casseroles, prétendument « pour la défroisser ».

— Elle date d'une semaine, je te lis toute sa prose ou je résume ?

Même si son amie a un art de la synthèse fantaisiste, cette solution est vite plébiscitée par Fanny devant les trois feuillets remplis d'une écriture serrée peu engageante.

Charlotte prend alors la pause en adoptant un ton doctoral pour imiter l'auteur de la missive.

— Partant du fait que soixante-huit pour cent des femmes qui divorcent ont une activité professionnelle, notre cher JC, ou plutôt *mon* cher JC, a catalogué les différentes professions des épouses chantelauziennes dans l'espoir de trouver ce qu'il appelle un « biais ». Attention, uniquement sur la période antérieure à 2012, début de notoriété du village, parce que évidemment, depuis, toutes les professions doivent quasiment être représentées.

— Et alors ?

— Alors raté ! Il espérait peut-être prouver que toutes ces épouses modèles étaient des femmes au foyer en manque d'autonomie. Mais même en mettant de côté les femmes d'agriculteurs et de commerçants, pour une raison obscure qui m'a échappé, il lui reste sur les bras des infirmières, des fonctionnaires et, le comble, huit serveuses !

— Pourquoi le comble ?

— Parce que, logiquement, plus tu as de contacts dans ton travail, plus tu as de chances de rencontrer quelqu'un d'autre et donc de divorcer. Autrement dit, mieux vaut épouser un croque-mort qu'un barman, profession avec laquelle tu as plus de quarante pour cent de risques de séparation. Résultat, sur ces huit serveuses mariées à Chantelauze et travaillant dans les brasseries de la station de ski du Lioran ou dans les bars de Murat et Saint-Flour, on devrait statistiquement trouver au moins trois divorcées. Ajoute à cela que le risque maximal de divorce intervient au bout de cinq ans et que toutes les unions en question ont largement dépassé cette durée couperet. Alors, bien sûr, comme aucun divorce n'a eu lieu, le JC, ça l'énerve, ça fiche en l'air ses magnifiques théories, et il crie à la supercherie.

— Je suis déjà sortie avec un barman, j'ai eu raison de me méfier !

— Si tu crois à ces balivernes, je te conseille d'éviter aussi les chorégraphes, ce sont les pires. Cherche plutôt du côté des pédicures, le risque de séparation se réduit à sept pour cent ! Enfin, Fanny, tu comprends bien que ces études statistiques ne refléteront jamais la réalité ! JC est comme un petit garçon qui croit au père Noël. C'est le genre de mec à se coucher dans un fauteuil parce que quatre-vingts pour cent des gens meurent dans leur lit !

— Tu as vraiment résumé les trois pages, il ne dit rien de plus ?

La jeune femme triture les feuillets en grimaçant.

— Le reste est aussi rasoir, je t'assure. Il parle d'orienter maintenant son enquête vers le taux de mariage qui lui semble plus faible qu'ailleurs, avant 2012 toujours, j'entends. Il s'apprête donc à interroger les célibataires, tous des vieux d'après ce qu'il raconte, les jeunes ayant, semble-t-il, renoué dernièrement avec l'idée de la célébration nuptiale. Ah, le plus important ! Comment pouvais-je l'oublier ? Il a aussi des problèmes de digestion mais heureusement ne rentre pas dans les détails !

Fanny prend la défense du sociologue en mettant fin aux gloussements de son amie.

— Tu es méchante avec ton « promis ». Au moins il communique, ce n'est pas comme Mehdi !

— Si tu appelles ça communiquer, tu es bien indulgente. Sa lettre remonte à plus d'une semaine, on ne peut pas dire que ce sont des nouvelles fraîches. Il nous emmêle surtout avec tous ces chiffres sans intérêt qui ne prouvent qu'une chose, faire trop d'études nuit au raisonnement !

— Si anomalie il y a, j'avoue n'avoir jamais trop compté sur Jean-Cyril pour la mettre en évidence. Le fouille-tout de service, comme tu l'appelles, est à mon avis bien plus apte à découvrir le pot aux roses.

— Seulement, avec lui, c'est silence radio complet, quel rustre ! Il ne décroche plus son portable et ne prend pas la peine de nous rappeler.

Le visage de Charlotte s'éclaire subitement d'un sourire de lutin.

— Je sais ! Je vais lui envoyer un SMS sous forme d'ultimatum, du genre : « Tél ou je divorce ! »

Fanny trouve le procédé assez mesquin mais la technique se révèle payante puisque Mehdi leur téléphone dans le quart d'heure qui suit.

— C'est quoi, ce délire ?

Sa voix rauque résonne, avec cette espèce de hargne contenue qui le caractérise assez souvent.

Ainsi Fouille-Tout n'est pas de bon poil ! Bien fait pour lui !

— Arrête de nous prendre pour les poires de service. La moindre des choses est de nous tenir au courant de votre enquête !

— JC devait t'écrire...

— Ses dernières stats datent d'une semaine, si t'appelle ça une lettre !

La remarque ironique de Charlotte parvient cette fois à le dérider. Connaissant la logorrhée de son ami, il imagine sans peine à quoi peut ressembler sa correspondance.

— Vous arrivez dans cinq jours, vous pouvez attendre. Ce sera beaucoup plus simple et plus prudent de vous faire un topo de vive voix.

— Tu ne t'en tireras pas à si bon compte. On a le droit de savoir si tu es sur une piste sans avoir à mendier des informations toutes les deux minutes. Je te rappelle au passage que la moindre des politesses consiste à répondre à nos coups de fil.

— Et patati et patata, on croirait ma petite sœur, ce que tu peux être chiante tout de même ! On n'est pas dans une cour de récré, qu'est-ce que tu imagines ? C'est du dur ici, les mecs en face ne jouent pas, eux !

— Quels mecs ?

La voix posée de Fanny s'intercale.

Elle vient d'attraper au vol le Smartphone que Charlotte, exaspérée, allait balancer sur le canapé.

Au bout d'un silence assez suspect, Mehdi lâche enfin, à contrecœur, une bribe d'information :

— J'ai réussi à déjouer le dispositif de sécurité de la mairie, j'y passe une partie de mes nuits, si tu vois ce que je veux dire. Alors tu comprendras que j'ai autre chose à faire dans la journée que de répondre à mon fan-club !

Sur ce, il raccroche dans un rire de détraqué, selon Charlotte.

— Je dirais plutôt dédaigneux. Il nous méprisera encore davantage s'il réussit. Je me demande si c'est aussi dangereux qu'il le laisse entendre…

— Il est culotté tout de même, il faut lui reconnaître cette qualité. Il a réussi à pénétrer dans le saint des saints ! Je me demande comment il s'y est pris ; une fausse clé, tu crois ?

— À l'entendre, c'est plus compliqué que ça. Un dispositif de sécurité, ça doit vouloir dire au moins vidéosurveillance et Digicode. Espérons qu'il ne se fera pas pincer ou notre séjour risque de finir avant même d'avoir commencé !

— Pas de panique, ce n'est pas lui mon futur, heureusement d'ailleurs !

Fanny regarde son amie sans cacher sa soudaine anxiété.

Charlotte est une rêveuse qui ne voit dans tout ça que distraction et badinage. Les enjeux lui échappent totalement. Elle n'a aucune conscience réelle du danger.

— Que tu le veuilles ou non, Mehdi est connu là-bas comme étant le témoin de JC. S'il est pris en train de copier les actes d'état civil ou d'entrer par effraction dans la mairie, on sera tous considérés comme complices et très vite invités à nous expliquer devant les flics.

— Inutile de nous inquiéter d'avance. À mon sens, il a dit ça pour nous moucher. Fouille-Tout est un vantard qui vient tout juste de trouver l'adresse de la mairie sur son GPS et croit qu'il en a forcé la porte. Allons, Fanny, ne fais pas cette tête. Si pour te dérider il faut prier pour sa bonne étoile, je suis prête à le faire !

— Pas la peine. Les étoiles ne sont nulle part aussi belles que dans le Cantal.

Fanny a dit ça avec ce curieux ton dubitatif qu'elle emploie en général pour exprimer des positions définitives.

— Explique-moi, c'est quoi, ta blague ?

— Tu remarqueras que j'ai la critique facile envers Chantelauze. Cependant, il y a un point positif que je me dois de lui accorder : je n'ai jamais vu d'aussi beaux ciels étoilés que là-bas. Peut-être à cause de son éloignement des villes et de l'absence de pollution, chaque nuit qui s'ouvre est magique, vraiment. Tu verras, c'est un spectacle fascinant. Quand j'étais enfant, j'ai passé des heures derrière ma vitre à regarder ces ciels orgueilleux remplis d'étoiles brillantes. J'y voyais des rivières de diamants, des chevelures éperdues, des crépitements de feux d'artifice qui me laissaient presque palper l'autre côté, invisible, du monde.

Subitement embarrassée par cette envolée lyrique si peu dans sa nature, la jeune femme se sent obligée d'ajouter en se moquant d'elle-même :

— Je pense qu'à cette époque je croyais en Dieu, en tout cas à la bonté et à toutes ces choses qui vont avec. Aujourd'hui, en prenant du recul, je me rends compte que j'étais une ado timide, naïve et probablement pleine de bons sentiments.

Avec sa sensibilité à fleur de peau, Charlotte n'a aucun mal à deviner tout ce que son amie tait pudiquement.

Elle lui empoigne le bras impulsivement.

— Ne regrette pas ce que tu es devenue !

Fanny secoue la tête d'un air têtu, sa queue-de-cheval si sérieuse s'est déplacée sur le côté, comme un signe de rébellion.

— Comprends bien, je ne pleure pas cette période, j'ai adoré la vie parisienne qui a suivi. Mais, comment dire ? C'est cette espèce de candeur et même d'exaltation de l'enfance qui en font un moment unique. Tous les gosses connaissent ça, toi aussi sûrement, mais on ne s'en rend pas compte quand ça nous arrive.

Aujourd'hui, après la crise sanitaire, avec le risque de pandémie qui subsiste et surtout les problèmes liés au changement climatique, j'ai non seulement perdu toutes mes illusions mais je crois qu'il serait presque inconvenant d'en avoir encore.

— Je ne suis pas du tout d'accord. C'est bien, d'avoir des illusions, ça donne de la confiance, de l'espoir et de l'énergie. À quoi bon vivre sinon ?

Fanny sait que, avec Charlotte, les discussions sur ce thème sont toujours périlleuses. Elle préfère s'en sortir par une pirouette.

— J'espère en tout cas que le retour à Chantelauze ne va pas me jeter dans une rétrospection maladive ! Je ne le supporterais pas.

— Remonter le cours du temps pour comprendre ce qui s'est passé, c'est quand même un peu le but de notre enquête, non ?

— C'est ce que font les garçons pour l'instant, je te l'accorde. JC en essayant de faire parler les statistiques et Mehdi en examinant les archives de l'état civil. Moi, je compte procéder autrement…

— Ah oui ? comment ?

Charlotte est tout aussi surprise que vexée de ne pas avoir pensé elle-même à imaginer un plan d'action personnel.

— En faisant parler les habitants, tiens ! Il n'y a rien de mieux que la mémoire vivante. On peut effacer ou falsifier le passé, mais on ne peut pas bâillonner tout un village. Ils finiront tôt ou tard par se couper, se contredire, se désavouer, se désolidariser même.

— Hum, malheureusement, ça risque de prendre du temps, or nous n'avons qu'un mois devant nous. Sans compter que cette situation semble profiter à tout le monde, on en a eu la preuve avec les difficultés pour seulement dénicher une chambre chez l'habitant. Non, ce qu'il faudrait, c'est rencontrer la bonne personne, quelqu'un qui n'a encore trouvé aucun intérêt à cette notoriété subite ou, mieux encore, qui s'y est opposé, un genre d'incorruptible pur et dur qui n'occulterait pas la vérité. Tu vois ce que je veux dire ?

— Bonne idée ! L'oiseau rare, en somme, rare mais honnête, ça doit bien exister...

L'hésitation de Fanny ne dure qu'un instant, de nouvelles perspectives s'ouvrent brusquement à elle, son ton se fait plus vif :

— Tu as raison, même si ces cérémonies à la chaîne créent des emplois et rapportent de l'argent, j'imagine qu'elles doivent aussi susciter des critiques. La tranquillité des habitants doit être mise à mal par cette recherche de célébrité à tout prix, et assez inconvenante, il faut l'admettre. D'autant plus que, d'après mes souvenirs, les gens du coin sont plutôt du genre austères et fiers. En général, ils n'apprécient ni l'esbroufe ni la parade, ce sont des taiseux qui se méfient de ceux qu'ils appellent les « beaux parleurs ». Alors tout ce cirque médiatique doit bien en énerver quelques-uns. Il ne nous reste plus qu'à trouver la faille pour pouvoir récolter leurs confidences !

C'est Charlotte maintenant qui semble la plus dubitative.

— Avec des taiseux, comme tu dis, ça ne va pas être de la tarte !

Elle soupire bruyamment, prend cet air rêveur et absent qui énervait tant ses professeurs, leur laissant parfois penser qu'elle était encore en retard d'un chapitre, avant d'ajouter :

— Croire à cette histoire de mariage heureux serait plus simple au fond ! Cette dernière pandémie, qui nous a obligés à vivre cloîtrés et repliés sur nous-mêmes, a bien montré à quel point nous avons tous une soif terrible de l'autre, un besoin de nous appuyer sur du tangible, on ne peut pas vivre dans une incertitude perpétuelle. C'est comme ça que j'explique le succès de Chantelauze. En marketing, on dirait que son maire a trouvé un produit qui correspond à un marché. Les peoples y vont peut-être pour faire parler d'eux mais je crois que l'espèce de mirage qu'il fait miroiter s'adresse avant tout aux gens paumés et en souffrance. Avec la crise, trop de jeunes ont perdu foi en l'avenir. Combien de nos copains ont vu leurs projets s'écrouler ces dernières années ! À mon sens, il n'y a rien de pire que de ne pas avoir de perspectives. Chantelauze redonne à chacun des ambitions et de l'espoir, c'est pour ça que son « produit » rencontre un tel succès. Faut-il pour autant démonter l'arnaque s'il en existe une ? Une arnaque qui apporte du bonheur et de l'espérance ? Pour moi, depuis le début c'est non, je sais que je suis la seule du groupe à le penser, mais vous prenez une sacrée responsabilité !

— On en a déjà discuté ! On ne sera jamais d'accord là-dessus. Désolée, mais pousser des gens faibles et crédules, justement, à dépenser tant d'argent pour une cérémonie fondée sur une fausse promesse, je persiste, moi, à trouver le procédé inconvenant, je dirais même choquant !

Fanny pince ses lèvres.

Mince, c'est du sérieux, elle ressemble à une douairière qui vient de refuser une demande en mariage pour sa fille.

Quand son amie prend cet air-là, Charlotte se recroqueville et rengaine tranquillement ses rêves en capitulant. Il est inutile d'insister quand Fanny prend ce ton péremptoire. Sans savoir pourquoi, elle se sentirait presque dans la peau d'une petite fille surprise le doigt dans la confiture.

Pour autant, elle éprouve le besoin d'en découdre et sait que la discussion reviendra automatiquement sur le tapis. Elle entrevoit dans un avenir assez proche une dispute flamboyante et excessive sur le même sujet avec JC ou Mehdi, ça aura autrement plus de panache !

Au moins, avec eux, je n'aurai pas peur de m'exprimer !

En attendant de prendre sa revanche sur tous ces matérialistes, la jeune femme décide sagement de s'attaquer à sa valise. Préparer ses bagages lui donnera au moins l'illusion que le départ approche.

Elle n'en peut plus de cette expectative interminable, elle a besoin de bouger, d'agir, de vivre !

Pour l'instant, son désir d'aventure se limite à passer en revue sa garde-robe d'un œil critique.

— Quel temps fait-il dans le Cantal en octobre ? Il y a de la neige ?

— Non, quand même pas ! Ou rarement. C'est un pays de moyenne montagne, autour de mille mètres. On peut encore avoir de belles journées mais les nuits sont froides. D'ailleurs, dans mes souvenirs, quelle que soit la saison les nuits étaient toujours glaciales.

Charlotte fait la grimace.

— Bon, alors un gros pyjama de flanelle, ce n'est pas très glamour mais tant pis !

Fanny saute sur l'occasion pour la taquiner et faire oublier ainsi son mouvement d'humeur.

— Je te rappelle que tu ne dois pas coucher avec JC avant le mariage !

— Ça, ma vieille, ce n'est pas exigé dans la brochure ! Je les trouve d'ailleurs assez *open* de ce côté à Chantelauze, puisqu'ils permettent aux couples de partager le même logement avant la cérémonie, moyennant un petit supplément bien sûr ! Oh ! Dis, imagine un instant la tête de JC si je débarquais dans son studio !

Elles rient maintenant aux larmes comme des gamines effrontées.

— Avec ton pyjama de flanelle, ça passerait peut-être !

Charlotte prend subitement une mine réjouie.

— D'après JC, quarante pour cent des Japonais sont vierges au moment du mariage. Tu ne trouves pas qu'il a une tête de Japonais, JC ?

Fanny n'arrive pas à retrouver son sérieux, la vision de Jean-Cyril en kimono la fait bêtement glousser.

— C'est vrai que son catogan lui donne un petit côté samouraï, attention j'ai dit « petit », il lui manque quand même les abdominaux et le sabre. Mais sans blague, Charlotte ! Il t'a vraiment dit ça ? Comment ce garçon peut-il garder tous ces chiffres assommants en tête ? Son cerveau doit être en permanence branché sur un ordinateur !

La « fiancée » conclut d'un air faussement sérieux :

— Je n'en doute pas. C'est pour ça qu'avant d'envisager quoi que ce soit de coquin avec lui, il faut absolument que je trouve la touche *Reset* !

6

Dès qu'elles quittent l'autoroute, Charlotte sort de sa somnolence béate pour coller son front à la vitre et « goûter », c'est son terme, le paysage. Très vite, les superlatifs gonflent, enflent et se bousculent dans sa bouche avec cette même frénésie enthousiaste qui la caractérise quand elle se lance dans ses grandes œuvres de collage.

— Arrête-toi, s'il te plaît, que je puisse prendre une photo. C'est vraiment trop beau cette ville qui flotte au-dessus des nuages !

Elle parle bien sûr de Saint-Flour, nid d'aigle perché sur sa plateforme de basalte, dont les lourdes tours carrées de la cathédrale émergent en ce premier jour d'octobre dans les lumières violettes et blanches du ciel de la Planèze.

Cette cathédrale sombre comme un couple de hiboux pétrifiés par le temps, qui fixent avec sévérité les vallées alentour, n'a jamais conquis le cœur de Fanny. Elle lui reproche sa masse trapue, ses lignes sévères et la pauvreté de son ornementation.

Charlotte n'en démord pas. Cette ville médiévale avec ses maisons hautes aux lignes sobres, percées de larges ouvertures, est un tableau d'histoire vivant d'une force incroyable.

Tout en discutant des charmes supposés de la cité, elles en arpentent les rues étroites à la recherche d'un restaurant.

— Écoute ! C'est fantastique, sur ces pavés, on entend presque résonner les pas des chanoines et des gens d'armes.

Fanny reste de marbre devant une telle imagination.

— Moi, je n'entends que le morne son des cloches des églises. Je t'assure que rien n'anime cette ville sauf le bruit de la bise s'engouffrant dans les rues l'hiver. C'est d'ailleurs bien pour cela qu'on l'appelle la cité du vent !

Elles trouvent refuge Chez Geneviève, un restaurant typique de la ville haute avec une vue sur les toits d'ardoise, de petites tables, un escalier en colimaçon, une ambiance *cosy* et chaleureuse.

Fanny commence à se détendre. Elle n'a pas l'habitude de conduire aussi longtemps et quoi qu'elle en dise, ce retour aux sources la stresse un peu.

La salade de pieds de veau aux lentilles est, selon Charlotte, une véritable « tuerie ».

Fanny, plus prudente, s'en tient à un aligot maison. Elle sourit en se souvenant que, à l'entendre, son amie ne supportait plus que la cuisine végétarienne, il y a de cela un mois à peine.

Quelle cabotine, cette Charlotte, tout de même ! Sans aucune demi-mesure : on pénètre à peine dans le Cantal qu'elle s'en croit déjà l'ambassadrice.

Une fois « calée » par une énorme part de tarte aux myrtilles, Charlotte reprend la conversation interrompue.

— Tu exagères ! Enfin quoi, tu as des yeux pour voir, pour comparer, te projeter ! Même si tes mauvais souvenirs de gosse ont occulté la beauté des lieux, tu ne peux pas nier que toute cette architecture a de la force, de l'harmonie et montre une sûreté de goût rarissime. C'est peut-être parce que j'ai fait des études d'histoire de l'art que ça me parle autant. Moi, une ville comme ça me bouleverse ! J'ai l'impression que toute l'âme de la Haute-Auvergne dort dans ces pierres. Si Chantelauze est de la même farine, je te préviens que je vais craquer !

— Tu craques déjà, ma vieille ! Ne t'emballe pas trop vite, tu n'as pas encore vu la monotonie de la Planèze. Sans avoir ton regard de spécialiste, je reconnais d'ailleurs que l'art s'est adapté ici à la pauvreté des matériaux et à la rudesse du climat. Donc harmonie si tu veux, mais pour moi ça reste beaucoup trop austère.

Charlotte a pris sa tête d'enfant lunaire, celle qui exaspérait tant ses professeurs. Elle laisse dire son amie, comprenant que celle-ci doit avoir une espèce de revanche à prendre sur l'élève timide et godiche d'autrefois, que ses critiques portent davantage sur son vécu que sur le paysage.

Je sais maintenant que ces vacances seront extraordinaires et ce ne sont pas Fanny ni ses problèmes de conscience qui viendront me les gâcher !

Autant par prudence que par amitié, Charlotte décide toutefois de museler l'enthousiasme qui bouillonne en elle jusqu'à la fin du voyage. Son mutisme est très vite mis à rude épreuve car le paysage qui s'ouvre devant ses yeux, ponctué de vaches rousses et d'herbes frissonnantes, est d'une criante authenticité.

Formée par les coulées de lave du volcan cantalien, la Planèze tant décriée est en fait un haut plateau basaltique situé entre les monts du Cantal et la Margeride. Ses espaces à perte de vue sont parsemés de nombreux villages accrochés aux croupes du Plomb, cernés de murets en pierres sèches et de bosquets flamboyants en ce début d'automne.

Insensiblement, Fanny, elle-même, a réduit sa vitesse.

Elles traversent en silence des hameaux aux édifices trapus, agrémentés d'églises ayant pour la plupart ce clocher à peigne si singulier, percé de deux ou trois baies éprouvées par le rude climat du plateau. Les pierres semblent vibrer sous cette lumière de montagne, vive et aiguë, qui accentue les reliefs, donne un éclat particulier à l'or fauve des murs en soulignant la netteté de leurs lignes pures et pleines de noblesse.

Charlotte plisse les yeux, elle se projette dans le passé avec des troupes de brigands armés parcourant le pays tandis qu'hommes, femmes et enfants se réfugiaient dans les églises pour fuir les envahisseurs.

Elle sort de son silence, en s'appliquant à utiliser un ton mesuré, pour faire remarquer à Fanny les sculptures polychromes de plusieurs monuments aux morts.

— Tu vois, ça, c'est le signe du poids prégnant de la religion dans la région. La force du catholicisme ici peut tout à fait expliquer l'absence de divorce.

— Qu'est-ce qui te permet de dire ça ?

— Depuis 1905, en raison de la séparation de l'Église et de l'État, il est interdit d'apposer sur un monument civil un quelconque signe ou emblème religieux. Ce ne sont que dans les petits villages, où la religion est encore très puissante à l'époque, qu'on va édifier des monuments de ce type, en analogie avec les statues peintes des églises. D'où en particulier ce bleu puissant, proche de celui de la robe de la Vierge. Dans les grandes villes, comme Paris, tu ne trouveras jamais aucune figure peinte, on a respecté la matière, que ce soit le bronze, la fonte ou la pierre.

Fanny émet un petit sifflement d'admiration.

— Quelle érudition ! J'oubliais que tu as fait l'école du Louvre. Finalement tu vas très bien avec JC !

— Arrête ! Tu ne vas pas comparer l'art et les statistiques ! Je suis certaine que Jean-Cyril est capable de nous en fournir des tonnes sur le sujet.

Son rire fuselé brusquement se craquelle.

— C'est terrible de voir de si longues listes de noms sur les plaques de 1914 pour de si petits villages. On comprend mieux pourquoi cette guerre a marqué le début de la désertification des campagnes. C'est triste tout de même, dans un si beau coin !

Fanny se sent obligée de rétablir la vérité ou du moins ce qu'elle prend pour telle.

— Je t'accorde qu'aujourd'hui, sous le soleil et les couleurs des arbres, ça ne manque pas de charme. Mais l'hiver, toutes ces prairies montrent la corde comme un tapis usé et sale. Les animaux sont rentrés, il n'y a pas d'autre bruit que la bise, et la solitude te prend à la gorge.

— Eh bien, moi, je suis certaine de me sentir plus seule dans une rame de métro bondée qu'au milieu d'un tel paysage. Ta vision est celle de la gamine qui s'ennuyait ici car elle doutait d'elle-même et se cherchait. Demain tu ne diras peut-être plus la même chose.

Fanny stoppe alors si brusquement que le visage de Charlotte se rapproche dangereusement du pare-brise.

— Non mais ! Tu as vu le panneau ?

Trop contente de constater que ce mouvement d'humeur ne doit rien à sa dernière remarque un peu abrupte, Charlotte secoue la tête avec la ferveur d'un joueur de dés.

Après avoir reculé dans un crissement de pneus, Fanny lui désigne du doigt l'objet de sa stupeur.

Un énorme panneau d'affichage planté en bordure de champ prévient le visiteur.

Ne manquez pas Chantelauze
et ses noces en or,
le village des amours heureuses.

Tandis que Charlotte sort son appareil photo en jubilant, Fanny réalise avec surprise qu'il a fallu cette publicité insolite pour qu'elle se convainque de la véracité de tout ce qu'elle a pu entendre ou lire sur son village.

— C'est dingue, j'avoue que jusqu'ici j'en doutais encore un peu !

— Ça met sacrément dans l'ambiance !

Une voiture s'est garée derrière elles sur le bas-côté. Un couple en sort en riant. Tout en se tenant par la main, les jeunes gens courent jusqu'au panneau pour prendre un selfie sans remarquer Charlotte, qui les mitraille sans vergogne.

— N'oublie pas qu'ils ont un droit à l'image !

— Quand j'aurai coupé leurs têtes, membres et troncs pour les coller dans un tableau, ça m'étonnerait qu'ils se reconnaissent ! Entre le paysage et tous ces couples d'amoureux qu'on va côtoyer, je sens que je vais pouvoir faire de sacrées compositions !

Tout en reprenant le volant, Fanny ne peut s'empêcher de refroidir son enthousiasme d'un laconique :

— Attends d'y être !

Chantelauze semble pourtant décidé à leur offrir aujourd'hui son meilleur visage.

Le village, calé entre les bras du volcan, étale l'enchevêtrement de ses maisons tassées l'une contre l'autre. Ses toits d'ardoises et de lauzes brillent sous la lumière rousse et languide d'octobre qui tavelle d'or les murs marquetés de lichen.

À l'entrée du bourg, un groupe de frênes griffus au feuillage fauve cliquette au vent comme un étendard de bienvenue. Une brume légère se noie dans le soleil pâle d'un ciel sans fin qui semble avoir avalé toutes les lignes d'horizon.

Charlotte, qui a baissé la vitre, se sent chavirée. Une odeur singulière, mélange de pierres chaudes, de feuilles mouillées, de bêtes et de feux de bois achève de la conquérir.

C'est unique, sauvage, beau, puissant, sans aucune ostentation de mauvais aloi, ça a un charme fou !

Fanny retrouve le bourg de son enfance, rénové, ragaillardi, conquérant, mais c'est bien le même, sans enseigne tapageuse pour dénaturer l'ensemble, avec toujours cette couleur grise qui règne en maîtresse.

Elle gare sa voiture à l'entrée du village sur un parking payant qui était autrefois un champ à vaches.

Ces parcmètres saugrenus finissent de la convaincre de la notoriété du lieu. Hormis les jours de foire, elle n'a jamais vu autant de monde déambuler dans les rues.

Malgré de nouvelles constructions, Chantelauze, au fond, n'a guère changé ; son architecture reste bien la même, avec sa grande rue devenue piétonne et ses venelles adjacentes. Toutes les habitations du rez-de-chaussée sont transformées en boutiques plus attrayantes les unes que les autres, dans le respect, toutefois, des façades, des dimensions ou des percements d'origine.

Son village ressemble à ces vieilles femmes qui saupoudrent maladroitement de rose leurs joues ridées ; quoi qu'il fasse, il ne rivalisera jamais avec ces endroits huppés qui ont toujours été à la mode.

Au fond, c'est un pays de gens simples, de travailleurs, de montagnards et de paysans qui ne pourra jamais se transformer en vulgaire gadget touristique.

Elle a du mal à reconnaître le vieux presbytère délabré dans ce qu'il est convenu maintenant d'appeler la résidence d'Héra, un bâtiment coquet qui regroupe un ensemble d'appartements, une salle de conférences et diverses salles de réunion.

Jean-Cyril, qui guettait leur arrivée, se précipite pour les entraîner à l'écart, dans un petit square adjacent qui devait jadis faire partie de l'ancien jardin de curé.

Charlotte se débarrasse de son sac à dos pour lui ouvrir grand les bras avec un sourire entreprenant.

— Alors on s'embrasse, mon cher et tendre !

JC refuse l'invite en reculant d'un pas et Fanny jurerait qu'il rougit sous sa barbe.

— Inutile, on est tranquilles ici, personne ne peut nous voir.

— On peut tout de même s'embrasser, non ?

Charlotte proteste pour la forme et le plaisir d'embarrasser le sociologue, une espèce de vengeance aussi contre celui qui les a gavées de chiffres et de démonstrations absconses toutes ces dernières semaines.

— Je te prie de m'excuser, mais depuis la crise de la covid, j'ai perdu l'habitude de faire la bise. Il me paraît plus sage d'adopter la culture asiatique où l'on s'incline et garde ses mains sur soi. Demain soir, par contre, pour la présentation officielle il nous faudra jouer les amoureux.

Charlotte ricane bêtement malgré les gros yeux de son amie.

C'est plus fort qu'elle, en utilisant le terme « asiatique », le malheureux lui a immédiatement fait penser au samouraï, au kimono et à toutes les bêtises qu'elles ont énoncées l'autre soir à son sujet.

Fanny se tourne vers lui, bien décidée à ne pas dévier du but.

— C'est quoi, cette affaire de présentation ?

Soulagé d'éviter la facétieuse artiste qui le déconcerte toujours prodigieusement, JC se lance dans une explication plus ou moins alambiquée.

— Quand la deuxième moitié du couple retrouve l'autre avant leur mariage programmé, on organise ici, à la résidence, une petite fête pour présenter cette personne aux autres.

— La deuxième moitié, c'est moi ?

— Bah oui !

Il regarde Charlotte avec l'air de le regretter.

— Et les autres, c'est qui ?

— La directrice de la résidence, le maire ou un de ses représentants, trois ou quatre personnes invitées par la commune et bien sûr les résidents ; heureusement, octobre n'est pas un mois trop chargé, nous ne sommes qu'une quinzaine en ce moment.

— On fera quoi, un bal ? J'adorerais ça, un bal, ça a un petit côté suranné…

— Non, non, on a choisi la première formule, le verre de bienvenue.

— Un apéro, quoi !

Elle prend un air si déçu que JC, en cherchant à s'expliquer, ne fait que s'enfoncer davantage.

— On pouvait opter pour un dîner, un thé dansant ou un vrai bal musette mais c'est nous qui payons, alors tu comprends…

— Vous avez pris le moins cher, normal ! Sauf que quand on est amoureux on ne compte pas !

Fanny met fin à cette discussion scabreuse.

— Et votre enquête, alors ? Ça avance ? Vous en êtes où ?

— Pas ici, on en reparlera plus tard.

JC lance un regard apeuré alentour, mais il n'y a qu'un couple assez âgé plus loin sur un banc qui discute des mérites comparés de la coupe et de la flûte à champagne.

— Pas question ! Vous dites toujours ça, on en a marre de vos combines. Mets-toi bien en tête que nous ne sommes pas venues ici pour tricoter des chaussettes ou enfiler des perles.

Tu n'as qu'à nous faire un résumé rapide de la situation, pas besoin de statistiques, seulement des faits, pour aujourd'hui on s'en contentera.

JC cherche vainement un soutien du côté de Fanny qui, cette fois, semble approuver entièrement les revendications de sa camarade.

Comment leur expliquer sans se ridiculiser ? Si elles croient qu'on mène une enquête de ce type en un mois...

Il soupire et entreprend le compte rendu exigé avec l'enthousiasme d'un patient qui se présente devant un arracheur de dents.

— Les seuls actes d'état civil qu'on a pu compulser sont ceux qui ont été numérisés. Pour prouver la fraude, si fraude il y a, il nous faut absolument travailler sur les registres d'origine pour découvrir des ratures, des blancs ou des suppressions de mentions. On a localisé avec certitude ces registres, conservés dans un coffre spécial dans le bureau du maire, un nouveau bureau, soit dit en passant, ultrasécurisé, ce qui renforce nos soupçons. Malheureusement nous ne sommes pas Arsène Lupin !

— Je croyais que Mehdi avait réussi à entrer dans la mairie...

— Exact, par un soupirail de la cave qu'il a astucieusement bricolé. Contre mon avis, je vous le dis tout de suite. Il court des risques insensés pour pas grand-chose. Feuilleter les registres récents ne nous amènera à rien ; on sait très bien que les gens n'ont pas divorcé, ce sont ceux d'avant 2012 qui nous intéressent mais...

— C'est plus facile de parler que d'agir !

Son calme légendaire est mis à rude épreuve par la réflexion peu charitable de Charlotte.

— On va vous voir à l'œuvre ! Rien que pour avoir le renseignement sur le bureau du maire, il nous a fallu payer plusieurs bières au maçon qui a agrandi l'édifice. Avant de cuisiner les gens il faut se faire adopter, on a maintenant le tracé complet du plan.

— Ça nous sert à quoi si on ne peut pas entrer ? Mehdi compte passer un CAP de serrurier ?

Bien qu'elle trouve son amie trop cinglante, Fanny partage son opinion.

Quels loosers, ces types !

— Je ne sais pas ce que fabrique Mehdi, ça fait deux jours que je ne l'ai pas vu !

JC a lancé cette information du même ton impavide qu'il emploie pour donner l'heure.

— Quoi ? Il a disparu ? Tu ne pouvais pas le dire avant ?

La brutale réaction des filles semble l'interloquer.

— Oh ! Ça lui est déjà arrivé. Il faut reconnaître que l'appart est vraiment petit, on se sent parfois à l'étroit. Mehdi cultive son jardin secret, comme moi, d'ailleurs. Ce serait intenable sinon.

— Vous vous êtes disputés ?

— Pas du tout ! Inutile de vous mettre martel en tête. Seulement, pour les besoins de l'enquête, on éprouve l'envie de fureter à droite et à gauche sans se tenir forcément au courant.

— Deux jours tout de même, ça veut dire qu'il a passé la nuit dehors. Tu n'as pas cherché à le joindre ?

— Je lui ai laissé un message mais vous le connaissez, il n'aime pas être dérangé. Je vous dis que ce n'est pas la première fois, il a peut-être une petite amie dans le coin...

Cette suggestion ne trouve aucun écho encourageant chez les filles.

— C'est bizarre, tout de même, il sait qu'on arrive aujourd'hui.

— Il sera là demain matin à coup sûr, et ravi de savoir que vous vous êtes inquiétées pour lui !

— Il t'a dit quoi exactement en partant ?

Jean-Cyril regarde Charlotte d'un air las.

— Tu n'arrêtes jamais, toi ? Figure-toi qu'il a omis de me donner son planning quand je suis sorti car il dormait profondément.

Bien qu'elle ne puisse s'empêcher de trouver cette disparition étrange, Fanny comprend qu'il est inutile d'insister. La journée a été longue, conduire l'a épuisée et il leur reste encore à se présenter à leurs hôtes respectifs.

Au moment de quitter la résidence, une dame d'un certain âge, sanglée dans une robe rouge et vert, leur bloque le passage d'une main autoritaire. S'accrochant sans vergogne au bras de Jean-Cyril, elle dévisage Charlotte d'un air gourmand.

— Et voilà notre petite fiancée. Mon Dieu, qu'elle est jolie ! Vous ne m'aviez pas dit cela, grand cachottier !

Cette fois, c'est sûr, JC a rougi. Il présente d'un air emprunté Charlotte à Thérèse Albaret, la directrice de la résidence. Bien qu'elle se dise « pressée comme l'abeille butineuse », elle prend le temps de partager avec eux une confidence de dernière minute.

— Vous savez, on aura peut-être la chance d'avoir Barbara Kitchen avec nous demain soir pour votre présentation, il paraît qu'elle est arrivée hier à Chantelauze.

En partant, Charlotte hisse son sac sur ses épaules et glisse à Fanny :

— Elle a au moins raison sur un point !

— Qui ? Quoi ?

— La dame qui ressemble à un sapin de Noël, quand elle dit que JC est un affreux cachottier.

Fanny acquiesce sans sourire, elle se sent subitement mal à l'aise, angoissée même.

C'est ce voyage, ce retour, l'absence de Mehdi ! Il faut que je me reprenne, c'est la fatigue surtout.

Non, en fait, je réalise que c'est une erreur de passer mes vacances ici, ce village ne m'a jamais porté chance !

7

Charlotte s'enfonce sous la couette en bâillant exagérément.

Le réveil est un peu dur ce matin. Elle a passé une partie de la nuit à observer ce fameux ciel cantalien qui semble être le seul souvenir positif de son exigeante amie.

Les étoiles l'ont éblouie.

Ce n'est pas beau, c'est magique.

Plus encore que ne le laissait imaginer Fanny, car cette fois le son s'est ajouté à l'image. Les multiples bruits de la nuit trouent le silence en laissant parler le vent, les bêtes et toutes ces choses invisibles en lisière du monde. Même les maisons participent à la fête avec leurs craquements sourds, leurs gémissements plaintifs et les claquements secs des volets qui semblent vouloir prendre leur part de gloire.

Tous ces bruissements, clapotis, grincements et stridulations étranges représentent autant de vies embusquées et d'émouvants mystères dont elle ne saurait même pas dire le nom.

Elle devine pourtant qu'elle n'oubliera jamais cette coulée de lune et ce bout de bonheur, à portée de main derrière la fenêtre.

Cette large vitre est le seul élément intéressant de son piètre logis. L'escalier en bois qui mène à l'appentis est étroit et sombre. La pièce est grande mais encombrée de meubles hideux que la peu sémillante Paillette a dû remiser là pour camoufler la peinture écaillée et le plancher branlant. La décoration est à l'avenant, avec d'énormes puzzles de couleur terne représentant différents monuments parisiens, comble d'ironie pour elle qui voulait changer d'univers.

Ces affreux puzzles collés sur leur support font au moins cinq mille pièces, je ne pourrai jamais les décrocher !

Un pauvre renard empaillé qui tient une boîte de fromage dans sa gueule, en rapport sûrement avec la fable de La Fontaine et l'ancien métier de la propriétaire, trône sur une grosse commode aux tiroirs récalcitrants.

Pauvre vieux ! Toi au moins je peux te camoufler avec des habits.

Heureusement, il en faut plus pour déprimer Charlotte qui a décidé de passer de merveilleuses vacances. Du fond de son lit, elle entreprend de jouer au « même si », un jeu qu'elle a inventé enfant pour pouvoir supporter les situations difficiles, du genre : « Même si c'est la rentrée scolaire, je vais retrouver mes copines. »

Même si le lit grince, il est confortable ; même si le drap est rêche, le linge est d'un blanc éclatant ; même si la douche est étroite et déborde rapidement, l'eau est chaude ; même si le tapis est usé, il est d'une jolie couleur rousse ; même si Paillette n'est guère aimable, elle...

C'est rare que Charlotte reste coincée à ce jeu, mais Paillette est tellement désagréable que, spontanément, elle ne lui trouve pas le plus minime agrément pour contrebalancer ses défauts.

Même si Paillette n'est pas aimable, son mari a l'air d'un gros toutou gentil.

Force est de reconnaître que Fanny avait raison, l'ancienne institutrice est vraiment exécrable. Charlotte, qui n'a rien contre les endives, pensait pouvoir la supporter. À peine eut-elle franchi le seuil du salon qu'elle s'est rendu compte de sa méprise, car on ne peut rien contre la sottise. Cette femme encore jeune se révèle pétrie de certitudes en raison d'une supposée supériorité dont elle est, hélas, amplement dépourvue.

Sa pâleur d'endive n'a malheureusement rien à envier à son étroitesse d'esprit qui se reflète dans ses lèvres serrées, sa démarche raide, ses phrases travaillées à l'os, dénuées de ces adjectifs et compléments qui donnent tant de chair et de poids aux relations humaines.

Charlotte n'a écouté aucune de ses consignes, débitées avec une voix de mitraillette. Il lui arrive parfois de décrocher ainsi quand elle se retrouve coincée avec des personnes insupportables. Elle a trouvé refuge dans un collage imaginaire, avec la tête de Paillette dans la roue d'une brouette, ses bras osseux dans le prolongement d'un arbre et ses doigts de poulet accrochés aux pattes d'un volatile de la même espèce. Ces réjouissantes perspectives de découpage lui permettent d'envisager plus sereinement la suite de son séjour.

Ce matin, elle s'en veut toutefois de cette rêverie farfelue qui l'a empêchée d'entendre les instructions détaillées pour le petit déjeuner.

Elle avance à pas feutrés dans la salle à manger, certaine de se faire réprimander. Toute la maison respire un luxe cossu de bourgeois enrichis. Une prégnante odeur d'encaustique flotte dans l'air, rappelant trop tard à Charlotte l'invitation pressante de la propriétaire à utiliser des patins de feutre.

M. Paillette lit tranquillement une revue sportive, il est seul et en semble fort satisfait. Aujourd'hui, malgré sa moustache toujours conquérante, il ressemble moins à un chien, elle le regrette un peu, ou alors à un chien joyeux qui frétille devant une récompense.

Visiblement, sa récompense, ce matin, c'est Charlotte. Dès que sa femme a le dos tourné, il aime discuter avec ses locataires de passage, surtout féminins, il faut le reconnaître, qui lui ouvrent des horizons nouveaux et lui donnent le sentiment d'exister vraiment. Rien de tel qu'un joli minois pour égayer son quotidien.

— Entrez, ma petite, vous devez mourir de faim, Mme Paillette n'a pas pu vous attendre plus longtemps. Elle m'a dit de tout ranger à 9 heures mais j'ai laissé ce qu'il faut sur la table, nous ne sommes pas obligés de le lui dire, n'est-ce pas ?

— Oh ! C'est gentil à vous, je vais me débrouiller, c'est parfait !

Elle jette un coup d'œil à la grosse pendule dont le pouls boiteux rythme chaque silence : presque 10 heures !

— Promis, demain je ferai un effort !

Tout en souriant d'un air affable, il se croit obligé de préciser :

— J'avoue que Mme Paillette est assez intraitable sur les horaires. Elle dit que, sinon, c'est la porte ouverte au laisser-aller. Vous pouvez, bien entendu, prendre le petit déjeuner dehors ou le préparer dans votre chambre, on vous donnera un réchaud dans ce cas-là.

C'est bien ce que je compte faire ! Je rêve, il appelle sa femme Mme Paillette. Ça me fait penser à des boutiquiers du XIXe siècle. Elle doit le tordre tous les jours dans l'essoreuse. Pourquoi reste-t-il avec elle ? C'est ça la question. Est-ce qu'ailleurs ces deux-là si mal assortis auraient divorcé ?

Décidée à entamer immédiatement son enquête, Charlotte engage la conversation sur ce qui fait la notoriété du village.

— Qu'est-ce qu'il y a de spécial ici, selon vous ?

— Vous le savez bien, puisque vous êtes venue pour vous y marier, non ?

Pas si bête, le caniche !

Tout en repliant son journal, il poursuit la conversation :

— C'est de la vieille histoire maintenant. Voyez-vous, tout a démarré grâce à Marcel Pujol, un sacré caïd, il n'y a pas à dire, on lui doit tous beaucoup. C'est lui qui s'est rendu compte de ça. Quand il nous a réunis à l'époque pour nous parler de cette affaire d'absence de divorce, beaucoup d'entre nous n'y croyaient pas. Puis on a cherché comme il nous l'avait demandé, cherché dans nos familles, nos papiers, nos souvenirs, tout ça quoi, pour se rendre compte que c'était pourtant bien vrai.

— Aucun divorce, jamais ?

— C'est ça ! Il faut reconnaître qu'on ne voyait pas trop ce que ça allait nous apporter. Une bénédiction de l'Église avec la venue du pape, à la rigueur, mais sûrement pas tous ces mariages ! Mon frère disait que ça ne marcherait pas. Notez qu'il n'était pas le seul à douter. Au début, ça a démarré doucement, surtout avec des couples envoyés par les curés, d'ailleurs, puis on a eu le mariage du président du Sénat. Alors là, on a vraiment parlé de nous, ça nous a propulsés !

Il l'a dit en hachant les syllabes pour mieux en montrer l'importance. Charlotte imagine l'imposant président en question se faire parachuter au-dessus de Chantelauze à la manière d'un GI lors du débarquement en Normandie.

Elle fouille dans ses souvenirs.

— C'était un remariage, non ? Vous savez pourquoi il est venu le célébrer ici ?

— Sa femme venait tout juste de décéder, la nouvelle était la sénatrice du coin, Jacqueline Costel, bien plus jeune que lui et divorcée. Les mauvaises langues disent qu'ils étaient déjà amants mais ça, hein ! On ne peut pas savoir.

On ne veut pas non plus, ce ne sont pas nos affaires. La Jacqueline était une amie de longue date de la famille Pujol, alors Marcel a insisté pour qu'elle donne un coup de pouce en se mariant à Chantelauze. Elle devait avoir pas mal d'arguments, car son Parisien pur jus a accepté.

— Elle est toujours la sénatrice ici ?

— Non, elle a été bien malade pendant la covid et ne s'est pas représentée. Cette sacrée pandémie a failli nous stopper dans notre élan. La plupart des cérémonies ont été annulées mais encore une fois, Pujol a vu juste. « Tenez bon, ça repartira de plus belle, les gens, après cette épreuve, auront encore plus envie de faire la fête et de croire au bonheur. » C'est exactement ce qui s'est passé !

— Et vous, monsieur Paillette, vous y croyez, au bonheur ?

— Appelez-moi Clovis, ça me fera plaisir ! Entre nous seulement, hein ! Car Mme Paillette, Yvette de son petit nom, est restée très à cheval sur l'étiquette.

Bingo ! J'ai vu juste en le comparant à un chien, la voisine de maman a un labrador qui s'appelle comme lui !

Tout en se pressant pour rejoindre Fanny, Charlotte réalise que le bien nommé Clovis n'a pas répondu à sa dernière question et que le bon toutou est peut-être plus retors qu'il n'y paraît.

Bon, je n'ai pas appris grand-chose, si ce n'est qu'il vénère Pujol et que ce dernier est ami avec

Jacqueline Costel qui a mis Chantelauze à la mode.

— Il y a peut-être quelque chose à creuser de ce côté-là.

C'est ce qu'elle dit à Fanny après lui avoir narré ses débuts d'enquêtrice.

Celle-ci a la mine chiffonnée de quelqu'un qui a mal dormi, pourtant elle affirme avoir complètement oublié d'admirer le ciel.

Comment peut-elle oublier le seul souvenir qu'elle prétend avoir gardé ?

— J'avoue que j'étais trop préoccupée par l'absence de Mehdi pour y penser, d'autant plus que ma chambre chez les Joussac n'a qu'une toute petite lucarne. Elle est plutôt bien arrangée, sinon, on croirait un boudoir de dame patronnesse. Mais bonjour l'indépendance ! Coincée au fond d'un couloir, je dois passer devant les chambres des deux autres locataires et des propriétaires pour atteindre l'escalier qui mène à la sortie.

— Ils sont comment, les Joussac ?

Fanny prend le temps de répondre. Elle était si peu en forme la veille qu'elle n'a peut-être pas apprécié à sa juste valeur l'accueil à la fois encombrant et sympathique des amis de ses parents.

— Plutôt gentils, mais Marinette est une bavarde invétérée qui m'a littéralement saoulée de paroles. Je crois bien que tout le village y est passé. À la fin, je n'écoutais plus que d'une oreille tellement j'étais crevée.

— C'est super, ça, pour notre enquête !

— À l'entendre, c'est grâce aux Pujol qu'on ne divorce pas. Ils ont toujours dirigé la mairie et l'un de ces anciens Pujol aurait institué l'usage de demander aux futurs de réfléchir quinze jours avant de s'engager afin de permettre aux « mal assortis », je cite, de revenir sur leur décision. Franchement, ça me paraît tiré par les cheveux. On voit que Chantelauze cherche à s'inventer une légende ou à se refaire une virginité, surtout que ce délai de réflexion fait maintenant partie intégrante de leur fameux protocole dans le dossier de mariage. J'ai l'impression que la commune veut réduire ainsi le risque de divorce. Elle n'était sans doute pas si scrupuleuse quand les candidats au mariage se comptaient sur les doigts de la main. Tu comprends, en faisant poireauter les couples qui semblent les plus fragiles, parce qu'ils sont trop jeunes, financièrement instables, sans boulot assuré ou parce qu'ils se connaissent depuis peu, le village cherche à assurer sa réputation. Quand tu as passé ce filtre, c'est que ton couple est considéré comme suffisamment solide pour convoler sans danger immédiat de séparation. Au fond, c'est malin ! Ce délai est diablement efficace.

— Ils ne sont pas si pointilleux, puisque JC et moi sommes passés à travers leurs critères !

— Parce qu'on a monté un dossier crédible pour rentrer justement dans leur jeu et répondre aux critères de compatibilité. De toute façon, c'est du pipeau, on ne peut jamais être sûr à cent pour cent qu'un couple tiendra.

— Sauf si on se marie ici justement ! On y revient toujours. Cette légende semble peut-être improbable mais, depuis dix ans qu'elle dure, il n'y a eu aucun divorce. C'est vrai qu'on a du mal à le croire. L'écrivain qui a dit que l'amour dure trois ans ou l'Insee qui constate que le risque de divorce est le plus fort après cinq ans de mariage n'ont pas tort. Seulement, se marier ici ressemble à un véritable acte de foi, on croit à la sincérité de son engagement, à la solidité de l'union, à la force de la famille, et j'ai bien l'impression que c'est ainsi que perdure et se renforce le mythe de Chantelauze.

Fanny doit convenir que l'argument est de poids. Si quelqu'un divorçait parmi les jeunes mariés, ça se saurait tout de suite. C'est bien pour cela qu'il faut examiner les unions passées.

— Les Joussac se sont mariés ici il y a près de cinquante ans, ils vont bientôt fêter leurs noces d'or !

— Ah, voilà donc un bon sujet d'étude, comme dirait JC. Ils ont l'air encore amoureux ? Parce que rester ensemble est une chose, être heureux en est une autre !

La question de Charlotte peut sembler anodine, mais Fanny cherche à y répondre honnêtement.

— Difficile de se faire une opinion sur une soirée ! Quand on est aussi cancanière, ça traduit sûrement un manque.

— Bon, tout ça ne nous avance guère, sauf à mettre la main sur Pujol. Si magouille il y a, ça tourne obligatoirement autour de lui.

— Au fait, on dit que Marcel Pujol ne se représentera pas, il paraît qu'il laissera sa place à son plus jeune fils au prochain mandat. Une véritable dynastie ! C'est marrant que les Pujol soient si influents, ce n'est pas une famille de notables, mais d'agriculteurs. Quand j'étais petite, c'étaient les De Bessard, de gros propriétaires terriens, qui détenaient la moitié du village. Enfin, l'agriculture, pour les Pujol, c'est de l'histoire ancienne, d'après ce que j'ai compris. Marcel a investi dans plusieurs commerces du bourg parmi ceux qui marchent le mieux. Sa belle-fille dirige la boutique avec ces robes de mariée si originales qu'on a admirées hier et deux de ses fils sont cogérants de l'Hôtel des Amoureux.

Charlotte fait la moue.

— Évidemment, ça tue grave l'idée de l'homme romantique que j'imaginais, mais c'est quand même lui, le pivot de l'histoire, j'espère qu'on le verra ce soir.

Le village ce matin-là respire la sérénité, lundi étant le jour de repos de presque tous les commerces, qui ont baissé leurs rideaux. Fanny retrouve davantage ses marques.

Elle s'arrête devant le salon de coiffure de M. Salvat, qui porte aujourd'hui le nom d'une enseigne franchisée très connue.

— Regarde, ma cachette secrète !

Dans l'anfractuosité du mur, elle désigne une petite cavité qui se devine à peine derrière la niche en pierre abritant un somptueux saint Valentin.

Avant d'avoir eu le temps de s'abandonner au souvenir un peu mélancolique de l'adolescente d'autrefois, elle constate d'un ton dépité :

— Voilà bien la preuve qu'ils réécrivent l'histoire à leur façon, ma main à couper que ce n'était pas Valentin qui trônait ici avant !

— Il était pourtant tout désigné pour garder tes secrets d'amour !

— Je t'ai déjà dit que c'étaient mes clopes que je cachais là.

— C'est drôle, je ne t'ai jamais vue fumer.

— Figure-toi qu'à l'époque, déjà, je détestais ce goût de fumée dans la bouche, mais ça me donnait un genre, ou du moins je le croyais.

— J'imagine combien ce retour aux sources doit te rendre nostalgique.

Fanny se rebiffe avec l'orgueil des incompris.

— Pas du tout, alors là, pas du tout, ma vieille ! Ici je n'ai connu que des contraintes, de l'ennui, de l'attente, une attente infinie, tu ne peux pas savoir. J'avais tellement hâte de devenir adulte, de partir. Je me revois fumer cigarette sur cigarette derrière l'église avec la conscience de végéter et l'impression d'être toujours à côté de la plaque, de n'avoir jamais le bon corps, le bon vêtement, les bons mots.

Le petit côté rebelle et artistique de Charlotte lui a, à l'inverse, très vite inculqué l'idée que la poursuite du bonheur passe par l'indépendance et le refus des standards. Contrairement à son amie, elle a toujours été à l'écoute de ses désirs sans se préoccuper de l'approbation des autres. Elle a osé prendre la parole, s'habiller différemment, exprimer ses désaccords, récuser les normes et les faux-semblants.

C'est parce qu'elle doute toujours d'elle-même que Fanny ne croit pas au bonheur. Paradoxal au fond, je suis plus libre d'esprit, moins conformiste, et pourtant je pense que l'amour durable est possible !

Jean-Cyril leur a donné rendez-vous à la Brasserie des Cœurs, selon lui le seul resto abordable du coin, malgré son nom gravement sentimental.

Il est déjà installé quand elles pénètrent dans l'établissement, un coup d'œil suffit pour voir qu'il est seul, ce qui n'augure rien de bon.

Sa longue silhouette se détache des autres convives. Son précieux catogan lui donne l'air d'appartenir à un autre siècle. Charlotte le trouverait presque beau. En tout cas il a du style, enfin un certain style.

— Des nouvelles de Mehdi ?

Après avoir regardé de tous côtés d'un air suspicieux, il tripote nerveusement les poils de sa barbe, pousse un léger soupir et soulève doucement sa main droite de la table pour seule réponse. Nul doute que, avec lui, les experts en langage corporel auraient matière à réflexion. Les filles, peu versées dans cette science, le bombardent de questions.

— Tu l'as rappelé ? Trois jours, ça commence à faire, non ? Si la voiture est restée sur le parking, c'est qu'il est à Chantelauze, ça ne doit pas être très difficile de le trouver.

— Écoutez, il est majeur, je lui ai laissé un message suffisamment explicite pour qu'il rappelle s'il en a envie. Ce que je sais, c'est qu'il sera furieux si on interfère dans ses affaires.

Bien qu'elles en conviennent, les filles trouvent ce silence inquiétant. JC, qui connaît évidemment tout un tas de statistiques sur le sujet, se veut serein.

— Soixante pour cent des majeurs disparus en France sont des personnes fragiles avec des troubles psychiatriques et...

Charlotte le coupe sans ménagement.

— Écoute, ce n'est pas ça qui nous intéresse ! Sors-toi un peu la tête de ton col roulé ! A-t-il au moins pris ses papiers, sa carte bancaire, de l'argent ?

JC déteste être interrompu de façon aussi fruste, il lance un regard peu amène à sa « fiancée ».

Avec son jean retroussé, sa large chemise blanche nouée à la taille, ses baskets mal lacées et le foulard rouge qui retient ses cheveux ébouriffés, elle est à la fois follement sensuelle, terriblement irritante et exagérément voyante.

Bien trop pour lui en tout cas.

— J'espère que tu as... une autre tenue pour la présentation de ce soir.

Charlotte fourrage dans ses cheveux d'un air belliqueux.

— Pourquoi ? J'ai besoin de ta bénédiction ? Qu'est-ce que tu préfères, au fait ? String, bas résille, pyjama de flanelle, robe longue... ?

Fanny intervient avant que toute la brasserie ne profite de ce déballage vestimentaire pour le moins original.

— Cessez vos gamineries, ce n'est pas le moment. Alors, tu es bien sûr, Jean-Cyril, qu'il n'y a aucune raison de s'inquiéter ?

Contrairement à son attente, JC, cette fois, semble davantage sur la réserve.

— *A priori* non, le seul problème que je vois, c'est Socrate.

— Socrate ?

L'effarement des filles ne le fait même pas sourire.

— Oh, rien ! Un chaton perdu que Mehdi a ramené un soir. Ils se sont entichés l'un de l'autre, alors qu'il est strictement interdit d'avoir des animaux dans la résidence. Je suis certain que ça finira mal si on le garde. Mehdi sait quant à lui que cette situation ne me plaît pas, alors franchement ça m'étonne qu'il me le laisse plusieurs jours sans prendre de ses nouvelles. D'autant plus qu'il ne m'a rien donné pour le nourrir, il a fallu que je me débrouille.

Charlotte jauge son promis d'un œil sévère.

J'hallucine ! Pour une fois que Mehdi fait une bonne action, l'autre est prêt à le critiquer !

Si insolite que soit cette nouvelle, Fanny la trouve peu rassurante.

— Peu importent les statistiques, si Mehdi ne donne aucun signe de vie demain matin il faudra tout de même intervenir !

— Comment ? En prévenant la gendarmerie ? C'est prendre des risques pour nous tous, on ne peut pas se le permettre ! prévient JC.

— On avisera.

C'est tout ce que Fanny a trouvé à dire et c'est bien dérisoire.

Tous les trois se regardent brusquement d'un air abattu. Ils viennent de prendre conscience qu'ils sont peut-être tombés dans un bourbier qu'ils ont contribué à créer.

8

L'adoption du chaton redore le blason de Mehdi Fouille-Tout aux yeux de Charlotte. Elle a bien sûr insisté pour voir l'animal et lui apporter des croquettes. Une pauvre petite boule noire aussi peureuse qu'affamée, du coup elle en veut encore plus à JC, qu'elle soupçonne de négligence. Tous les stratagèmes utilisés par celui-ci pour l'amener à son studio sans se faire remarquer des autres résidents frisent par ailleurs le ridicule et l'ont définitivement déconsidéré à ses yeux.

Son opinion est sans appel.

— Ce mec n'est pas seulement un maniaque des chiffres, c'est un canard mouillé !

— Canard ou poule, n'oublie pas que tu es « fiancée » avec lui pour les besoins de la cause. Personne à l'époque ne t'obligeait à accepter. Il faut assumer.

— Fanny, arrête de me bousculer ! Je sais très bien ce que je dois faire et suis décidée à jouer mon rôle jusqu'au bout avec ce boulet, mais reconnais tout de même que c'est un pleutre. Et dis-moi au moins que je suis présentable !

Drapée dans une robe-kimono bleu foncé qui fait ressortir ses yeux pétillants et donne à chacun de ses mouvements une grâce soyeuse, Charlotte est probablement beaucoup plus agréable à regarder que conforme à l'idée de la bienséance que doit se faire le fameux JC.

Qu'importe ! Il convient de ne pas décourager la rebelle.

Dans un sourire, Fanny se contente de lui faire remarquer qu'une paire d'escarpins serait plus chic que des Converse.

À leur arrivée, la salle est déjà pleine, au moins une cinquantaine de personnes se bousculent autour d'un buffet malingre qu'elles mettent sur le compte de la pingrerie du futur époux. Elles comprennent cependant un peu plus tard qu'il y a ce soir deux « présentations » et que les invités se sont mélangés.

— Quitte à faire semblant, j'aurais préféré un bal, ça aurait été plus classe !

— Tu aurais dû poser tes conditions. Admire plutôt ton amoureux, regarde comme il est élégant ! Avoue que pour une fois il a fait des efforts.

Vêtu d'un costume en velours vert sombre, son catogan retenu par un ruban de la même couleur, l'homme qui s'avance vers elles ne manque pas de charme. Un brin rétro, un peu guindé, toutefois, et rendu raide par un excès d'affectation comme ces vers boursouflés qui enrobent les mauvais poèmes.

Ce soir le sociologue est en représentation. Il se penche vers Charlotte pour un baisemain qu'elle refuse, préférant l'embrasser dans le cou en lui jetant un regard enamouré.

Gêné, le jeune homme prend son bras pour lui faire faire le tour des personnalités. Plus Charlotte joue la fofolle en roucoulant des bêtises, plus il resserre sa pression avec un geste mécanique et un sourire contraint.

Marcel Pujol, lui, les accueille sans pudibonderie à bras ouverts.

Charlotte a beau se méfier, elle ne peut s'empêcher de trouver immédiatement le maire très sympathique.

Il faut dire que Marcel Pujol est toujours aussi avenant et leste d'esprit. Ses soixante-dix ans lui vont bien. Son ventre s'est juste un peu arrondi en raison des quatre sucres auxquels il n'a plus lieu aujourd'hui de renoncer.

La prospérité du village, la grande œuvre de son mandat et même de sa vie entière, a fini par lui conférer cette allure et cette distinction que produit la réussite et qui établissent avec le commun des mortels une différence bien plus forte que l'argent.

— Voilà donc mes premiers tourtereaux. Que cette petite a de beaux yeux, Simone ! lance-t-il par-dessus son épaule à la femme qui se tient derrière lui. Alors dites-moi, Charlotte, trouvez-vous notre village assez romantique ?

Une question qu'il aurait pu poser à la Charlotte d'hier mais pas à celle d'aujourd'hui, qui, ayant passé une partie de la journée à inspecter les boutiques de Chantelauze, ressent jusqu'à la nausée comme une véritable overdose de guimauve, de débauche sentimentale et mercantile de bons sentiments.

C'est lui, le responsable de tout cela.

Elle le regarde effrontément.

— Les vieilles pierres et les toits de lauze ont effectivement beaucoup de caractère.

Pujol plisse les yeux en prenant son sourire matois, celui qu'il utilise pour jauger l'adversaire. La banalité de la question, maintes fois posée aux prétendantes au mariage, n'appelle pas en général ce genre de réponse qui sonne comme une provocation. Le cinquième sens de Marcel, celui qui lui a permis de réussir en affaires, est en éveil.

Il lance un regard au prétendant. Celui-là, il l'a déjà rencontré et jugé, mis dans la case « intello, brillant, cultivé et emmerdant ». Le genre de type qui passe des plombes à disserter sur le rôle social de l'individu mais est incapable de vous tendre un mouchoir quand votre nez ressemble à une fontaine.

Aussi froid qu'un édredon déplumé. Avec la petite volcanique, ça ne va pas être évident. Qu'est-ce qu'ils font ensemble, ces deux-là ?

L'expérience lui a néanmoins appris à se méfier, les couples les mieux assortis en apparence ne sont pas toujours les plus réussis. Pourtant, ce n'est pas plus mal quand au départ le roi a le même style que la reine.

C'est un pragmatique, Marcel, il sait également que les apparences sont trompeuses, un Écossais en jupe peut très bien être une Écossaise. De même, les différences peuvent se révéler complémentaires et un excès de ressemblance peut lasser.

À force de regarder son reflet dans l'autre, fatalement on s'ennuie, sauf bien sûr les narcissiques et les sociopathes. En ce qui concerne ces deux-là, il n'est sûr de rien et préfère se gratter ostensiblement l'oreille.

C'est un signe convenu entre lui et sa fidèle secrétaire.

Un signe qui veut dire surveillance, renseignement, prudence, difficultés à prévoir.

Pas question de précipiter le mariage de deux zigotos aux attentes irréalistes et au désenchantement prévisible.

La réplique de la petite ne lui a pas plu, trop froide, trop réfléchie, trop intelligente aussi, avec son sous-entendu qui semble reprocher un manque d'authenticité.

Elle n'a rien de l'amoureuse enthousiaste ou de la femme bien décidée à assurer coûte que coûte sa position. Or, ce sont les deux cas de figure les plus fréquents qui se présentent à Chantelauze.

Simone a compris, elle semble déjà aux aguets.

Précieuse Simone. Depuis qu'elle est à la retraite, elle adore jouer ce rôle d'espionne pour déceler les failles, les incohérences, les couples trop fragiles et les farceurs en tout genre, susceptibles de mettre en péril leur entreprise.

peut compter sur elle ainsi que sur les ports réguliers de Thérèse Albaret, qui lui gnale toutes les anomalies constatées à la résidence.

Au moindre doute, il ajournera le mariage en le renvoyant à des échéances plus lointaines.

Il l'a déjà fait.

Il n'hésitera pas.

La réputation de Chantelauze ne souffre aucune faiblesse.

JC, lui aussi, a eu le temps d'examiner Pujol. À chaque entrevue, le maire lui paraît plus madré, plus subtil, plus machiavélique même.

Un mariole, comme disent les gens d'ici.

Il a senti sa réticence à l'égard de leur couple et s'inquiète.

Charlotte est en grande discussion avec les autres fiancés de la soirée qui, eux, ont joué leur présentation plus finement, sans aucun faux pas.

Alexandra, la future mariée, est terriblement jolie, grande, mince, avec une chevelure bouclée magnifique, et elle dégage un dynamisme et une joie de vivre communicatifs.

Une fille comme on en voit davantage dans les magazines que dans la vraie vie.

Son promis, qu'elle appelle « chou » à tout bout de champ, joue quant à lui les blasés, mais il a un flegme et un sens de la repartie que Jean-Cyril ne peut s'empêcher de lui envier.

Ces deux-là ne poseront pas de problème à Pujol, ils ont l'air fusionnels.

Pour donner le change, JC se rapproche de Charlotte et lui enlace les épaules.

Elle tourne vers lui son visage solaire.

— Tu te rends compte qu'Alex et Guillaume ont trois filles et vivent ensemble depuis plus de douze ans ! C'est grâce à Chantelauze qu'ils vont enfin passer par la case « mariage ».

— C'est vrai, jusque-là je n'en voyais pas la nécessité, précise Guillaume avec un enthousiasme inattendu, mais s'unir ici c'est différent, plus fort, ça montre qu'on y croit vraiment, qu'on forge l'avenir, qu'on fonde une solide descendance, un peu comme une dynastie sur laquelle on pourra compter. Cette dimension est tellement plus originale que ce qu'ont fait tous nos potes.

— On fera une fête d'enfer avec les enfants ! s'écrie Alex en reprenant à son compte les paroles de Beyoncé dans sa chanson *Single Ladies* : « Si tu l'aimes, tu lui passes la bague au doigt. »

Leur bonheur est si palpable qu'il revigore Charlotte la romantique.

Un petit nom, c'est ça qui nous manque pour faire vrai ! Tous les amoureux se donnent des surnoms. « Chou », c'est gourmand, sensuel et amusant, mais ça n'irait pas du tout à JC !

Elle cherche fébrilement ce qui pourrait convenir à ce grand dadais tout en calquant son attitude sur Alexandra, la fiancée modèle.

« Mon bébé », non ! Trop enfantin, je ne suis pas sa mère.

« Mon amour », absolument impossible !

« Mon chaton », il va mal le prendre !

« Mon Wikipédia », oh non, plutôt « mon Wiki », ce serait original et ça lui irait comme un gant.

Ce n'est pas mal, ça, « mon Wiki » !

Elle lui susurre ce petit nom, somme toute assez stupide, à l'oreille et profite de son air effaré pour l'embrasser à pleine bouche.

Au moins, je joue mon rôle. J'en ai marre d'avoir l'air aussi utile qu'un frigo au pôle Nord. Ça va rassurer la mère Pujol qui ne me quitte pas des yeux et puis, ma foi, ce petit goût de bonbon mentholé dans la bouche de JC, ce n'est pas si désagréable.

Fanny a entrevu la scène avec autant d'étonnement que de jubilation. Elle s'efforce de garder son sérieux car Pujol se dirige justement vers elle.

— Vous êtes la petite Darcourt, la fille du postier ? Même sans vos nattes, je me souviens très bien de vous ! Joussac m'avait prévenu de votre arrivée, c'est bien, de ne pas nous oublier.

Fanny se sent obligée d'apporter les précisions d'usage :

— Je viens aussi pour accompagner mon amie Charlotte, je serai témoin à son mariage.

— Ah ! Oui, cette petite qui préfère les pierres aux cœurs.

Son ton légèrement moqueur semble contenir un reproche.

— Vous savez, je crois que c'est un peu à cause de moi, je lui ai tellement parlé du Chantelauze de mon enfance.

— Vous n'allez pas me dire que vous le préférez à celui d'aujourd'hui !

Fanny comprend qu'elle tient là l'occasion inespérée de rattraper la bourde de son amie.

— Bien sûr que non, mais Charlotte cherche avant tout l'authenticité. Alors à ses yeux, les pierres c'est du solide, ça compte davantage que tous les gadgets et accessoires, les vêtements qui accompagnent la cérémonie de mariage, je ne sais pas si je suis très claire...

Mon Dieu ! Quel salmigondis de niaiseries suis-je en train de débiter ! Il va vraiment nous prendre pour des cinglées.

Bien qu'alambiquée, l'explication est curieusement de nature à rassurer Marcel, qui s'apprête à considérer d'un autre œil la « fiancée », d'autant plus que cette dernière semble davantage en accord avec son futur.

— Je vous entends, jeune fille, et j'approuve votre sincérité. Au moins, la ville n'a pas pollué votre raisonnement. On voit que vous êtes bien une enfant d'ici. Vous ne pouvez pas savoir comme vous me faites plaisir en revenant à Chantelauze. Malgré tout ce qu'on peut faire, ce sont les habitants qui comptent, ce sont eux la force vive et le cœur du village. On a beau avoir le nombril plus haut que les oreilles, pour marcher il faut bien avoir des pattes. Ne vous sauvez pas si vite, attendez donc que je vous présente Paul, mon petit dernier. J'y pense, vous n'étiez pas à l'école ensemble ?

Et, se tournant vers son fils, il précise :

— C'est Fanny Darcourt, ça te rappelle quelque chose ?

Fanny se retourne, s'attendant à voir soit un adolescent attardé arborant un sweat avec une phrase comique comme celles qu'apprécie son père, soit un individu en costume rayé avec de la gomina.

À sa grande surprise, le fils Pujol est très élégant, dans un costume de tweed, des cheveux brun foncé dont une mèche retombe sur son front haut et un regard bleu intelligent et avenant.

Pas mal du tout, un peu comme si le prince charmant se révélait être le fils de l'ogre ! Ce type a sensiblement mon âge, mais je suis sûre de ne pas avoir été scolarisée avec lui, ou alors il s'est sacrément amélioré.

Paul n'a visiblement pas la même impression. Il la scrute d'un air amusé.

— En effet, ça ne m'étonnerait pas qu'on se soit croisés, à l'école sûrement pas, mais sur une moto peut-être bien…

Fanny rougit brusquement de confusion, subitement atterrée.

Non ! Le mec de la moto, ça ne peut pas être lui !

Tout en l'entraînant vers le buffet en quête d'un rafraîchissement, il lui glisse effrontément à l'oreille :

— J'en suis sûr, maintenant, tu viens de rougir exactement comme la fille aux nattes, c'est ainsi que je t'ai toujours appelée parce que je ne connaissais pas ton prénom et parce que je ne suis jamais sorti avec une autre fille ayant des tresses. Tu étais très jeune, non ?

Fanny le trouve hardi et impudent, elle meurt d'envie de nier farouchement mais il semble si sûr de lui et de son charme qu'il ne lui a même pas demandé si elle se souvenait ou non de l'aventure.

Quelle sottise, aussi, de rougir pour un rien ! Et cette ridicule histoire de nattes, je ne suis quand même pas la seule à en avoir porté !

Elle décide de jouer la blasée.

— Il me reste en effet quelques réminiscences de virées à moto sur la Planèze mais je ne crois pas que ce soit avec toi…

— Menteuse, j'étais le seul à avoir une moto. Tu mourais de frousse, d'ailleurs, mais tu étais déjà intéressante.

Intéressante ? Je n'ai jamais été aussi cruche qu'à cet âge.

Il n'a pas l'air pourtant de se payer sa tête, son ton semble sincère.

— Tu sais, ça me fait drôle de te revoir. À l'époque tout allait mal, je n'avais aucune perspective, mon père ne m'aurait jamais permis de quitter le village, les études me saoulaient, la moto était mon seul moyen d'évasion. Qui aurait dit que nos routes se croiseraient de nouveau ?

Fanny se demande encore une fois s'il ne se moque pas d'elle. Cependant, ses yeux sont chaleureux, ses confessions semblent spontanées, tout en lui attire la sympathie.

Le souvenir tenace d'un instant de liberté et d'une odeur de forêt la pousse brusquement à la franchise.

— Évidemment, je m'en souviens ! Tu avais déjà cette assurance, tes cheveux étaient plus longs et ta moto constellée d'autocollants.

Il rit de bon cœur, un grand rire mélodieux et communicatif.

— J'ai un peu grandi depuis. Je m'occupe d'affaires beaucoup plus sérieuses, comme le mariage. En somme j'ai fini par trouver ma voie dans la félicité des autres. Mais j'ai toujours une moto, si ça te tente, fais-moi signe. Tant que les arbres ont encore des feuilles, il faut en profiter. C'est vraiment magnifique en ce moment. Et toi, qu'as-tu fait depuis ton départ ?

Fanny trace les grandes lignes de sa vie.

Il écoute sans la quitter des yeux ni l'interrompre, ses sourcils prennent toutefois un pli pensif.

— Voilà une existence bien prudente !

La jeune femme se sent un peu vexée par cette remarque qu'elle prend comme une critique.

— On voit que tu ne connais pas Charlotte, ma colocataire, avec elle, les vies planifiées volent vite en éclats.

Paul lui répond en frissonnant de façon exagérée.

— Diable, prenons un peu le large alors. Ce champagne est vraiment exécrable, tu ne trouves pas ? La mère Albaret est de plus en plus cupide. Allez, je t'invite chez moi, j'habite à côté. Notre rencontre mérite tout de même mieux que cette piquette.

En voyant son hésitation, il insiste :

— Mets le levier de vitesse au point mort, oublie pour un moment les prévenances, les potes et le qu'en-dira-t-on. Fais exactement comme le jour où tu as grimpé sur ma moto.

Le sérieux de Fanny est mis à rude épreuve, elle ne peut compter que sur elle-même. Charlotte et JC conversent au fond de la salle avec leurs nouveaux amis et ne lui seront d'aucun secours.

L'invitation est tentante.

Après tout, pourquoi pas ? Ce sera l'occasion d'en apprendre davantage sur les Pujol.

Sachant pertinemment que c'est une excuse pour se donner bonne conscience, elle consent à relever le défi.

Marcel les a vus partir.

Lui, qui a pour ses enfants une fierté de poule couveuse, ne sait pas encore s'il doit se réjouir ou non de cette possible aventure.

Il aimerait avoir l'avis de Simone.

Celle qu'il appelle toujours sa secrétaire s'apprête à manger une part de gâteau. Elle secoue sa serviette pour la déplier comme si elle s'attaquait à une nuée de guêpes. Ces années l'ont marquée, elle ressemble de plus en plus à un pull tricoté avec des barbelés.

Raide, sèche, acerbe, échevelée, irritable.

Pourtant, en matière d'attelage, malgré son statut de célibataire qui ne risque pas de changer, elle s'y connaît aussi sûrement que son père, un ancien bouvier.

Simone se trompe rarement. Elle s'appuie sur tout un répertoire de maximes qui sans nul doute passeraient pour misogynes dans la bouche de n'importe qui d'autre. « L'homme désire la femme, mais le plus souvent la femme ne désire que le désir de l'homme. » C'est de loin sa préférée, ça en dit long sur ce qu'elle pense de l'humanité.

On proclame aussi que, en amour, il y en a toujours un qui aime plus que l'autre, et Marcel qui affectionne cette formule se pose systématiquement la question, à chaque union.

Son fils Paul est un enfant sur le tard, le petit dernier, trop chouchouté probablement, moins malléable que les autres, le seul qui ne soit pas encore marié, ce qui détonne un peu pour la légende de Chantelauze. Marcel se dit qu'il est temps d'y remédier.

La soirée touche à sa fin, les invités commencent à se disperser quand le major Daude, commandant la brigade de gendarmerie qui veille sur la commune, se dirige vers Marcel d'un air embarrassé.

À Chantelauze, tout passe par Pujol, y compris et surtout l'ordre et la sécurité publics. Une seule consigne : pas d'esclandre, tout doit être nickel et réglé sans publicité.

Bien que Daude ne se dérange jamais pour des broutilles, Marcel est serein, persuadé qu'il s'agit cette fois encore d'un problème avec Barbara Kitchen. L'actrice lui a téléphoné dans l'après-midi pour qu'il renforce la sécurité autour de sa propriété. Elle fuit les photographes car elle sort d'une opération de chirurgie esthétique et ne veut en aucun cas leur montrer son visage « boursouflé ».

Marcel se complaît à l'imaginer recouverte de pansements.

Pauvre Barbara, elle vieillit mal. Elle a fait beaucoup pour la réputation de Chantelauze mais quelle emmerdeuse !

Pourtant Daude ne s'est pas déplacé à cause d'elle, le problème est beaucoup plus sérieux. Il lui souffle :

— On a retrouvé le corps d'un homme dans le clocher de l'église.

Marcel a le réflexe d'emmener immédiatement le major à l'écart.

— Quand vous dites « le corps », vous voulez dire qu'il est mort ? Comment est-ce possible ?

— Le bedeau vient juste de le trouver, j'ai voulu vous prévenir immédiatement. On va être dans l'obligation d'ouvrir une enquête, vous comprenez...

— Je vous suis. Surtout pas un mot à quiconque pour l'instant. C'est quelqu'un de la commune ?

— Non, d'après ses papiers, c'est un certain Mehdi Farez, il logeait ici, à la résidence.

Marcel grince des dents, il a brusquement l'humeur qui boîte.

— C'est sûrement une crise cardiaque ou un accident stupide, il faut arranger ça au plus vite, mon petit Daude.

Le major ne répond pas, il sait que pour lui au moins les ennuis commencent.

9

Les trois jeunes gens se sont réunis dans le studio de Jean-Cyril, blottis comme des marsupiaux effrayés dans la poche maternelle.

Sur leurs visages sombres on peut lire de la tristesse, de l'étonnement, de l'incompréhension. Les mots ne parviennent pas pour l'instant à déchirer le silence, chacun se replie sur sa peine, ses souvenirs, sa culpabilité aussi en raison des stupides polémiques passées, si dérisoires maintenant.

Curieusement, la présence de Mehdi est presque palpable tant ses idées retentissent dans la tête de ses camarades.

— C'est parce qu'il cherchait la preuve d'une fraude qu'il est mort.

Incapable de parler sans fondre en sanglots, Charlotte approuve Fanny d'un hochement de tête. Prenant tout cela pour un jeu, elle s'était contentée de se moquer, de critiquer. Elle s'en veut terriblement, se traite de sotte.

Lentement, très lentement pourtant, la colère remplace l'affliction.

JC, lui, reste impénétrable.

Seuls signes de tension intérieure, son regard vert s'est obscurci, sa barbe est moins soignée et une queue-de-cheval malingre supplante depuis quelques jours son fier catogan.

Il s'est occupé de tout, c'est-à-dire de l'indicible, de l'insoutenable, avec une efficacité surprenante.

C'est lui qui s'est rendu à la morgue pour identifier son ami. Il a aussi collaboré à l'enquête de gendarmerie, prévenu la famille, passé des heures à la mairie et organisé le rapatriement du corps vers la région parisienne.

Les filles se sont maintes fois demandé si son calme apparent était de l'indifférence, de l'inconscience ou une manière de cacher un trouble plus profond.

La façon dont il caresse fébrilement le chaton qui passe des genoux de l'un à ceux de l'autre tendrait à faire pencher pour cette dernière hypothèse.

Il désigne du menton une grande enveloppe marron posée sur le rebord du minibar.

— Pujol m'a apporté ce matin le rapport d'autopsie demandé par le médecin légiste. Il semble confirmer les premières conclusions de l'enquête.

— À savoir le coup du lapin ?

Charlotte déglutit, les mots sont comme des pierres dans sa bouche.

Fanny s'empare du document qu'elle déchiffre avec une fureur sourde.

— « Traumatisme en hyperextension avec une fracture du rachis cervical entraînant la mort immédiate par lésion du bulbe rachidien. » Quel jargon ! Ça veut dire quoi exactement ?

— Une brutale rupture des vertèbres cervicales en raison d'un choc violent à la tête comme on fait pour tuer un lapin, d'où l'expression familière, répond Jean-Cyril d'un ton monocorde.

— Alors ça veut donc bien dire qu'on l'a agressé, que quelqu'un lui a porté un coup mortel sur la nuque !

— Non. D'après les relevés des enquêteurs, d'après la position du corps et surtout l'énorme hématome frontal, tout démontre qu'il s'est heurté au linteau de pierre en descendant l'escalier et qu'il est tombé à la renverse sous la violence du choc. Ce genre d'accident survient le plus souvent en voiture lors d'un changement brutal de vitesse ou d'un choc par l'arrière, la tête vacille vers l'avant puis en sens contraire et ce mouvement en coup de fouet peut fracturer les vertèbres, d'où l'intérêt de l'appuie-tête.

— Dis-moi, ils vont approfondir l'enquête ? On ne peut pas en rester là !

— Je crois que si, au contraire. L'autopsie est le meilleur moyen d'identifier clairement les causes de sa mort. Or l'accident, maintenant, est mis en évidence et l'hypothèse d'un suicide est complètement écartée. Le major Daude a fortement insisté sur l'aspect non criminel de l'enquête de police. Sans élément nouveau, le procureur va classer le dossier.

— Tu ne peux quand même pas te contenter de ça ?

— Qu'est-ce que tu veux que je fasse ? Depuis le début, la thèse de l'accident a été privilégiée. Le suicide semblait improbable, sauf à penser qu'il ait pu ingérer une substance toxique auparavant, ce qui est maintenant exclu. Il n'a jamais été question d'homicide, si c'est ce que tu insinues.

— Enfin, JC, tu sais très bien que Mehdi était en train de mener une enquête qui avait tout lieu de déplaire à un tas de personnes. Si ce n'est pas un mobile pour l'éliminer, je me demande ce qu'il te faut. On ne peut pas clore l'affaire sans examiner cette hypothèse. Il faut raconter à Daude tout ce qu'on sait.

— Pour qu'il nous arrive la même chose qu'à Mehdi ? demande JC.

L'insinuation est sans équivoque.

Jean-Cyril s'est levé et les scrute avec une dureté nouvelle dans le regard.

Charlotte réagit la première.

— Tu penses donc toi-même à une agression ?

— Pas vous ?

Le ton, cette fois, est ironique.

Fanny prend sa tête dans ses mains. Ses cheveux balaient son visage, elle soupire bruyamment.

— Évidemment ! Comment ne pas voir une étrange coïncidence entre la mort brutale de Mehdi et son enquête ! Je l'ai tout de suite envisagé. Ton major essaie de nous fourvoyer avec cette histoire d'accident stupide, mais il est clair que les flics font tout pour clore le dossier au plus vite. Comme par hasard, rien n'a transpiré dans les médias. Ce n'est pas normal. Pour avoir vécu ici, je peux vous assurer qu'un type qui se tue dans un clocher, peu importe que ce soit accidentel ou non, ça fait la une de toutes les gazettes locales pendant plusieurs jours. Ah, on peut dire que Pujol tient bien son monde !

— J'y suis allée, moi aussi, dans le clocher, pour me rendre compte.

Fanny relève la tête pour apprécier à sa juste valeur la déclaration incongrue de Charlotte.

La jeune femme connaît mieux que les autres son église de Chantelauze, un édifice roman avec un clocher à peigne classique, dont la seule particularité est d'être desservi par un curieux escalier à ciel ouvert qui s'appuie sur la voûte du porche. Les gendarmes en ont interdit l'accès en délimitant un périmètre de sécurité avec de la Rubalise.

Charlotte devance sa question.

— Je suis passée, ce n'est pas bien compliqué. L'escalier est raide et se termine par une arche qui nécessite de se baisser à la montée et plus encore à la descente. C'est donc en repartant que Mehdi s'est cogné puisque son corps est tombé en arrière sur la plateforme au niveau des cloches, sinon il aurait dégringolé à la renverse dans les marches, vous me suivez ?

— Très bien. Tu veux en venir où ?

Charlotte étend les jambes, croise les doigts, son visage solaire est tristement sérieux.

— Je comprends à la rigueur qu'on puisse se cogner en montant si on ne fait pas attention, mais dans l'autre sens ça me paraît beaucoup plus improbable puisqu'on connaît déjà le passage délicat, qu'en pensez-vous ? On peut aussi se demander ce que Mehdi est allé foutre là-haut, c'est assez étroit. Pour la vue peut-être, c'est ce que je pensais, mais, d'après le rapport d'autopsie, il est décédé vers 21 heures, trois jours avant la découverte de son corps, soit le 29 septembre. Il faisait donc suffisamment sombre à ce moment-là pour qu'on puisse écarter cette idée et par là même celle d'une balade romantique. Le plus probable reste donc l'option du rendez-vous. Avec qui ? Son meurtrier, sûrement, le reste n'est que suppositions.

Une idée traverse l'esprit de Fanny.

— Et son portable, d'ailleurs ? Il est vraiment inutilisable ? On ne peut rien en tirer ?

— Brisé dans la chute. Daude dit qu'ils n'ont même pas pu récupérer la mémoire flash.

— C'est lui qui le dit. Ont-ils seulement essayé ?

Jean-Cyril hausse les épaules pour souligner la futilité de tous ces propos.

— On ne changera rien à leurs conclusions, sauf à apporter un fait nouveau. C'est justement ce qu'il nous faut décider. Soit on fait confiance aux flics pour la suite et on prend le risque de se faire repérer par le mystérieux interlocuteur de Mehdi, avec les conséquences que ça suppose, et on leur balance tout.

— Soit ? demande Charlotte.

— On accepte sans broncher la théorie officielle, on garde le cap, on la ferme, on continue notre parodie de mariage et bien évidemment on poursuit nos investigations. Mais attention, il y a maintenant une différence fondamentale : on a tout lieu de croire que notre enquête dérange et que nos soupçons d'escroquerie étaient fondés.

JC semble satisfait de sa petite démonstration.

Charlotte, qui considère d'habitude qu'il a le don de n'avoir rien à dire et d'en parler pendant des heures, est bien forcée cette fois de louer la pertinence de son raisonnement.

Pensive, Fanny lorgne avec insistance les deux sacs de voyage empilés dans un coin.

— La question ne se pose pas, il faut continuer. Mehdi n'est pas mort pour rien. J'avoue que, jusqu'ici, je considérais plutôt cette enquête comme un passe-temps pour satisfaire mon côté rationnel. Aujourd'hui, je réalise la gravité des enjeux, Mehdi avait suggéré que ses adversaires n'étaient pas des tendres, il devait donc les avoir à peu près cernés. On ne peut pas repartir de zéro, ce serait trop bête, on doit s'appuyer sur ce qu'il savait. Il t'a bien dit quelque chose ? Vous habitiez ensemble, tout de même ! Il travaillait comment ? Ce n'est pas possible que son ordi ne contienne rien d'intéressant, il était bien obligé de prendre des notes, d'une façon ou d'une autre !

Piqué au vif, JC répond sèchement :

— Tu peux inspecter toutes ses affaires si tu ne me crois pas !

Il leur a déjà expliqué en long et en large que Mehdi travaillait en solitaire, et ne partageait pas forcément ses informations. Depuis leur dispute à propos de l'effraction du soupirail de la mairie, le journaliste se gardait bien de lui narrer ses aventures. Par prudence, son ordinateur ne contenait aucune donnée sur le sujet, il effaçait régulièrement son disque dur et conservait ses recherches sur une clé USB de sauvegarde.

Clé introuvable malheureusement.

Malgré la susceptibilité manifeste du sociologue, Fanny entreprend la tâche macabre de vider les sacs et de passer toutes les affaires de Mehdi au peigne fin.

Pour éviter de trop vexer son « fiancé », à qui elle reconnaît aujourd'hui quelques mérites, Charlotte s'évertue, mine de rien, à poursuivre la conversation.

— À Paris, je l'ai vu plusieurs fois écrire sur un carnet.

— Ici aussi, mais impossible de mettre la main dessus !

— Il le rangeait où ? insiste-t-elle.

— Dans son blouson, la plupart du temps.

La voix rauque de JC trahit soudain son émotion. Fanny, justement, ouvre un sac plastique contenant les vêtements renvoyés par l'institut médico-légal d'Aurillac.

Le blouson de cuir marron que Mehdi affectionnait est sur le dessus de la pile.

Ce blouson raconte tant de choses sur son propriétaire que leurs regards à tous les trois, qu'ils se croisent ou cherchent à se fuir, renferment des larmes brûlantes au bord des paupières.

Charlotte fait un effort terrible pour retenir les siennes, ravalant ses sanglots à la manière des enfants. Comme une corde trop tendue qui se casse, elle pousse soudain un petit cri pour laisser couler enfin son chagrin.

Il y a trop d'émotions dans ce cuir râpé, souple, à la mollesse un peu négligée qui a pris la pluie et le soleil. Ce vêtement a absorbé tous les coups de sang, les frissons, les espoirs et la hargne insolente de Mehdi jusqu'à se confondre avec lui. Aujourd'hui, ce fidèle compagnon de route délaissé, qui porte entre ses fibres les particules du passé et l'empreinte encore vibrante du défunt, semble siffler la fin de la récréation, de l'insouciance et de la camaraderie heureuse.

— On le vengera ! Ce n'est plus une affaire de reportage ou de dénonciation, mais bien une affaire d'honneur !

Fanny prononce sciemment des mots durs pour combattre la torpeur morbide qui les étreint, les rendant plus engourdis encore qu'avec une surdose de camomille. Elle s'applique méticuleusement, presque religieusement, à plier les vêtements de Mehdi.

Rien ! Elle n'a rien trouvé, ni clé USB ni carnet.

Jean-Cyril prend de son côté le petit air satisfait et insupportable de celui qui avait raison.

Ça l'énerve.

Ça l'énerve et en même temps ça lui fait du bien, Fanny se sent revivre.

— Et le deuxième sac, qu'est-ce qu'il contient ?

— Chaussures et quelques livres.

JC est laconique et aussi raide qu'un relevé fiscal, ce qui n'empêche pas Fanny de poursuivre ses investigations.

Elle a beau feuilleter, avec l'acharnement d'un fox-terrier devant un trou de blaireau, les différentes revues thématiques du journaliste sur l'éthique, la déontologie, le multimédia, les réseaux sociaux ou les stratégies rédactionnelles, elle ne repère aucune annotation digne d'intérêt.

Au moins, pendant ce temps, Charlotte a réussi à se calmer. Elle joue avec le chaton en lui lançant des boules de papier. L'une d'elles ayant atterri dans une basket de Mehdi, Socrate, plus footballeur que philosophe, s'en empare par les lacets et la tire victorieusement jusque sous le lit.

Après maintes contorsions, Charlotte parvient dans un premier temps à récupérer le chat, qui a toutefois délaissé sa proie. Au grand dam de JC, qui apprécie très moyennement cet intermède qui nécessite de soulever matelas et sommier pour récupérer la chaussure.

Alors que Charlotte brandit celle-ci comme un trophée, le talon de la semelle se met à bâiller et s'ouvre.

S'ouvre comme une boîte devant le regard fasciné des filles.

Le talon recèle en effet une cachette qui ne contient malheureusement rien d'autre qu'un billet de dix euros.

L'examen de la semelle, en mousse de polyuréthane, un peu plus épaisse que la normale, révèle une cavité astucieuse permettant d'enfermer de petits objets tout en restant apparemment fonctionnelle.

Les filles sont tellement ébahies par cette découverte digne d'un mauvais *James Bond* qu'elles ne remarquent pas tout de suite l'attitude compassée de JC.

— C'est quoi, ce truc ? Tu crois que Mehdi l'a fabriquée lui-même ? Il n'a pas dû la trouver dans le commerce.

Résigné, Jean-Cyril préfère mettre fin à cette pantomime qui risque de dégénérer.

— Inutile de vous mettre la tête à l'envers là-dessus. Comme plein de gens avisés, j'ai exactement les mêmes, on les trouve sur un site en ligne spécialisé dans la protection de la personne.

— C'est fascinant ! Encore mieux que la ceinture cache-billets ! Qui achète ça ? Ce n'est pas gênant, pour marcher ?

JC soupire, comprenant qu'il ne coupera pas aux explications qui s'imposent. À vrai dire, malgré son utilité manifeste, cet article lui a toujours semblé un peu ridicule, voire enfantin. C'est Mehdi qui l'a poussé à l'acheter sous prétexte qu'un lot de deux paires était plus avantageux. Si le journaliste se prenait parfois pour un espion, ça n'a jamais été son cas, les recherches en sociologie sont trop sérieuses pour s'apparenter à un jeu.

Il aurait préféré garder secrète l'existence de cette « semelle cachette », surtout vis-à-vis de Charlotte, dont le regard volontiers moqueur le déstabilise trop souvent. Pour l'instant, la curiosité non feinte et l'impatience fébrile des filles l'obligent à donner des précisions.

— Réfléchissez, il y a de multiples raisons pour lesquelles on sort de chez nous sans portefeuille, sans sac à main ou même « sans poches », parce qu'on craint de perdre quelque chose, de se le faire voler, ou qu'on ne veut pas être encombré : pour faire un jogging, une randonnée ou aller à la plage. Malgré tout, on a quand même besoin d'avoir des clés et un peu d'argent sur soi. Pour mettre en sécurité ou à l'abri des regards les petits objets de valeur, l'argent, ses papiers, des billets de concert ou même des clés de voiture, ces semelles sont idéales, car on est sûr d'une chose, on ne va pas égarer nos chaussures. Elles sont si discrètes que vous ne les aviez même pas remarquées. En outre, pour répondre à la question de Charlotte, elles ne gênent en rien la marche ni la course. Confortables et pratiques !

Son air satisfait donne à penser qu'il vient de présenter ses bonnes œuvres. Le JC empesé semble déjà de retour. La ténacité des filles le met toutefois à rude épreuve, elles n'ont de cesse de vérifier ses propres semelles pour découvrir ce qu'il cache dedans.

Il a l'air si embarrassé que Charlotte n'est pas loin de penser qu'elles recèlent de la drogue ou mieux encore, un préservatif. Si quelques euros sont serrés dans la première, une minitrousse de couture et un élastique remplissent la seconde.

Charlotte retient un rire moqueur, la préciosité de son « fiancé » la déconcertera toujours. Elle louche du côté de Fanny pour partager avec elle une raillerie silencieuse, mais celle-ci, traversée par une idée subite, s'est précipitée sur le sac de Mehdi pour sortir la deuxième basket.

Les filles échangent un regard, retiennent leur souffle, conscientes qu'une seconde chance s'offre à elles, tandis que JC relace méthodiquement ses chaussures.

Il y a juste un papier dans la cachette.

Une feuille quadrillée de rien du tout.

Une feuille avec deux colonnes de quatre noms.

Une liste mystérieuse qui ouvre des tas de perspectives nouvelles.

?	
Pujol	*Paillette*
Charbonnel	*Puech*
Bucellatti	*Tournade*
De Bessard	*Pelamourgue*

Les questions fusent.

— Tu étais au courant ? Tu as déjà vu cette liste ?

— Non.

Jean-Cyril, cette fois, semble réellement surpris. Il prend l'air égaré de celui qui a mis le doigt dans une prise de courant.

Fanny le regarde sans aménité.

Quelle gourde, ce mec. Si on n'avait pas trouvé par hasard ces semelles, il n'aurait même pas eu l'idée de les examiner !

Charlotte s'est emparée du feuillet, elle semble perplexe.

— On connaît deux noms sur huit : Pujol et Paillette. Je me demande bien ce que ça veut dire…

10

— Vous avez une idée de ce que signifie cette liste ? A-t-elle au moins un sens ?

JC gratte sa barbe d'une façon compulsive qui montre l'étendue de sa perplexité.

La fougueuse Charlotte n'a pas la patience d'entendre de nouveau une réponse en pointillés.

— De toute façon, si Mehdi a inscrit ces noms et les a planqués dans sa chaussure, c'est que c'est important ! Ces gens sont probablement impliqués dans le système de fraude qu'il suspectait.

Cette fois, Jean-Cyril se sent obligé d'intervenir.

— Pas nécessairement. C'est peut-être une liste de personnes à interroger ou sur lesquelles il cherchait des renseignements. Mehdi a passé des heures à examiner les actes d'état civil, les seuls accessibles, ceux qui sont numérisés bien sûr. Comme vous le savez, cette analyse n'a pas permis de relever d'erreurs manifestes sur les actes de mariage. Pour cela, il faudrait consulter les originaux. En revanche, ce qui l'a frappé, il me l'a dit plusieurs fois, c'est le nombre important d'actes de décès.

— Normal, vu l'âge de la population. Ça ne fait que quelques années que le village connaît une nouvelle dynamique démographique.

— Non, je ne pense pas qu'il parlait des vieux. Son idée, c'était que trop de mariages se terminaient par un veuvage précoce.

— Qu'est-ce que tu insinues ?

— Mehdi s'est enflammé pour tout un tas d'hypothèses plus ou moins fantaisistes. Il a pensé à un gourou manipulé par l'Église qui influencerait les couples au point de les empêcher de se séparer. Mais sa dernière théorie en date, qui a peut-être un rapport avec la liste, ce n'est qu'une supposition, c'était que les gens ne divorçaient pas tout simplement car ils mouraient avant d'en avoir eu le temps.

— *Mouraient* ? répète Charlotte d'un air étonné.

Jean-Cyril semble prendre un malin plaisir à lâcher les informations au compte-gouttes.

Fanny prend la relève.

— Autrement dit, on ne divorce pas, mais on liquide son conjoint d'une façon ou d'une autre.

— Voilà ! Je ne vous cache pas que cette nouvelle piste m'a paru ridicule. Mehdi y voyait pourtant la perspective d'un formidable scoop.

— Bon sang, qu'est-ce qui lui faisait croire à une telle abomination ?

Charlotte a envie de secouer son « fiancé » et de le cuisiner comme un homard pour qu'il sorte de son apparente apathie.

Pas possible, cette andouille doit être chauve des neurones, il nous noie dans des détails insignifiants et garde pour lui un tas d'infos primordiales !

JC lève les mains en signe de protestation.

— Je vous assure que je ne sais rien de plus. C'est en cherchant dans les actes d'état civil qu'il est parvenu à cette constatation. Il n'a rien évoqué d'autre devant moi. Je lui ai juste fait remarquer que c'était fort peu probable étant donné que les morts violentes au sein du couple représentent moins de seize pour cent des homicides au plan national et qu'un département comme le Cantal n'est probablement pas le plus concerné par ce phénomène. Il a reconnu que les décès en question n'entraient pas dans ces statistiques. Il s'agissait de décès *suspects* plutôt que liés à des violences. S'il y a un biais dès le départ, il faut se méfier du raisonnement qui suit. Mehdi a toujours eu le tort de ne pas tenir compte de cette évidence.

Les filles se regardent avec consternation. Le manque d'imagination de leur compagnon est confondant. Si Mehdi a vu juste, la réussite de Chantelauze serait compromise, certes, mais ce serait la révélation bien plus explosive d'une sorte de crime organisé. Impossible à concevoir !

Difficile à admettre !

Complètement irréaliste !

Et pourtant presque envisageable, en raison justement de la mort violente du journaliste.

Fanny prend brusquement les choses en main.

— Essayons de raisonner : si la mort de Mehdi n'est pas un accident, c'est qu'il n'était pas loin de découvrir la vérité. Celui qu'il mettait en cause a eu peur et l'a liquidé. On est bien d'accord là-dessus ?

— Sauf qu'il s'agit peut-être vraiment d'un accident !

Balayant l'hypothèse de Jean-Cyril d'un geste de la main et d'un regard dédaigneux, elle continue :

— Deux possibilités se présentent à nous. La première paraît assez fantaisiste mais on ne peut l'exclure. Une sorte de mafia du crime qui s'arrange pour faire disparaître les époux récalcitrants avant qu'ils ne demandent le divorce, tout cela de façon suffisamment naturelle pour ne pas éveiller les soupçons.

JC hausse les épaules.

— Vous êtes en plein délire, là !

— La réalité aussi est délirante, le coupe Charlotte avec une certaine dureté. Je ne sais pas si tu te rends compte, mais ton pote a été assassiné parce qu'il menait une innocente enquête ! On n'éteint pas un incendie avec une pattemouille. Si tu veux découvrir la vérité, il va falloir prendre des risques et commencer à envisager les choses autrement. Ce n'est pas en ronronnant tes stats à la noix qu'on trouvera son meurtrier ! Vas-y, Fanny, donne-nous la deuxième hypothèse.

Charlotte n'est pas un modèle de diplomatie. Sous sa barbe, le teint du « fiancé » a viré à la couleur lavabo poussiéreux, ce qui prouve qu'il n'est pas aussi insensible qu'il y paraît. Pour éviter une explosion de colère blanche, la pire de toutes, elle se dépêche de conclure, tout en se mordant les lèvres.

— Seconde possibilité donc : Mehdi s'est trompé sur l'ampleur du phénomène, mais il a vu juste dans un cas au moins. Un habitant de Chantelauze a bien éliminé son conjoint pour éviter une procédure de divorce. C'est tout à fait réaliste. On aboutit malheureusement au même résultat, notre criminel, par peur des révélations, lui donne rendez-vous ou lui tend un piège et l'agresse.

Cette fois, JC n'émet aucune objection.

Charlotte, par contre, rebondit immédiatement.

— Dans ce cas, on peut penser que la liste correspond à des morts prématurées. Admettons par exemple que les gens dont il a noté le nom aient connu une histoire conjugale mouvementée, c'est une simple hypothèse, bien sûr.

— Ça me semble tout à fait correct, plausible en tout cas, et toi, JC ?

En évitant ostensiblement de regarder Charlotte, il acquiesce du bout des lèvres.

— Effectivement, vu comme ça. Quelqu'un aurait paniqué en apprenant que Mehdi analysait d'un peu trop près les décès prématurés de la commune. C'est possible, les gens d'ici ont dû se rendre compte qu'il était plus journaliste que *wedding planner*, sans pour autant saisir ce qu'il cherchait. Je vous ferais remarquer toutefois que ça fait beaucoup de « si », mais j'imagine que vous vous en fichez !

« Vos suppositions, en outre, s'apparentent plutôt à des conjectures, contrairement à une hypothèse scientifique qui doit être fondée sur des connaissances et des expériences antérieures, tout comme sur des données factuelles et avérées.

— Ça va, arrête de faire ton prof ! Comme éléments factuels, on part du décès de Mehdi et de cette liste, moi, ça me suffit.

Fanny s'interpose entre les « fiancés », dont les regards sont aussi doux que ceux de deux lanceurs de sabre.

— Écoutez, on est tous sur les nerfs. Cessons ces engueulades qui ne mènent à rien. Puisqu'on vient de déterminer l'importance de cette liste, voyons plutôt ce qu'on peut en faire !

— Attends, Fanny, il me vient une idée, lance Charlotte. Je me demande si on ne s'est pas fourvoyés dans nos hypothèses, oh, pardon, mon « Wiki », je voulais dire nos *suppositions*. À ma connaissance, Pujol et Paillette ne sont pas veufs, que font-ils alors sur cette liste ?

Si JC fronce les sourcils devant l'emploi du surnom ridicule dont Charlotte use et abuse depuis la soirée à la résidence, son amie semble davantage contrariée par la justesse de la remarque.

— Ce n'est pas forcément de Marcel Pujol qu'il s'agit. Il a trois fils dont deux sont mariés. Ou alors il figure peut-être sur cette liste en tant que maire, ou parce qu'il sait quelque chose. Quant à Paillette, elle est tellement avenante que deux mariages me semblent en effet hautement improbables.

— Il s'agit peut-être de Clovis, mais je l'imagine mal en train de trucider une première épouse pour convoler ensuite avec ce cerbère. Bon, comme je suis sur place, ce sera simple de me renseigner. Toi, tu pourrais t'occuper de Pujol.

— Pourquoi moi ? s'écrie Fanny.

— Parce qu'à la soirée de présentation tu étais au mieux avec le fils célibataire. Tu pourras facilement le cuisiner sur les autres membres de sa famille.

Prenant un malin plaisir à contrarier l'insupportable Charlotte, JC vient au secours de Fanny, qui n'a pu s'empêcher de rougir.

— Je peux m'en occuper si tu veux. J'ai suffisamment côtoyé Marcel Pujol ces derniers temps pour le trouver chaleureux et compréhensif. Je suis touché qu'il soit venu en personne m'apporter le rapport d'autopsie. On doit se revoir pour faire le point cet après-midi à la mairie.

— L'un n'empêche pas l'autre, le rabroue Charlotte, autant être deux sur le cas de Pujol. Encore heureux qu'il soit compréhensif, il a tout intérêt à ce que tu n'ébruites pas cette affaire, la bonne blague !

Sentant l'acrimonie revenir au grand galop entre les « fiancés », Fanny s'emploie aussitôt à polariser leur attention sur un autre problème.

— Je me demande pourquoi il y a un point d'interrogation au-dessus de la colonne de gauche.

Ils se penchent tous sur le feuillet d'un air dubitatif.

?

Pujol	*Paillette*
Charbonnel	*Puech*
Bucellatti	*Tournade*
De Bessard	*Pelamourgue*

— Mehdi n'était peut-être pas sûr de l'orthographe ou de l'implication de ces personnes, propose Charlotte.

Jean-Cyril regarde par-dessus son épaule. Tous deux rivalisent de commentaires :

— Pujol, la famille est grande, il n'avait peut-être pas identifié lequel.

— De Bessard est un nom à particule que l'on retient facilement.

— Charbonnel, voilà un patronyme typiquement d'ici, j'en connais déjà au moins deux ! s'écrie JC.

— Bucellatti, on en a plein la bouche, ça sonne comme un soleil. Il ne doit pas y en avoir beaucoup. Ce nom ne présente pas non plus de réelles difficultés orthographiques.

— Sur la colonne de droite, Paillette, Puech et Tournade sont faciles à retenir.

— En revanche, regarde le dernier, Pelamourgue, ce n'est pas si fréquent non plus, en voilà un qu'on doit pouvoir localiser.

Obéissant à une impulsion soudaine, Charlotte sort son Smartphone pour une recherche sur Internet.

— J'ai trouvé un Bucellatti à Chantelauze, mais apparemment c'est un commerce. Ah, plus intéressant, il n'y a qu'un seul Pelamourgue dans l'annuaire, un certain Jean, et, tenez-vous bien, il habite le Castel de Lauvergne, cette belle propriété qui est tout près de l'église, même si ça ne fait pas nécessairement de lui un coupable. Voyons, et si on les appelait ?

— Pour leur dire quoi ? Nous ne savons même pas si cette liste a une valeur quelconque.

Les doigts de Charlotte courent déjà sur le clavier.

— On avisera, j'ai besoin de les entendre. La voix laisse souvent transparaître bien plus que des mots, selon le débit, la diction, la façon d'articuler. Ça me donnera déjà une idée du personnage. Je vous assure que je suis tout à fait capable d'entendre un sourire ou de l'inquiétude au téléphone. Bon, je commence par Pelamourgue puisqu'il est pour ainsi dire sur les lieux du crime.

JC et Fanny partagent un air réprobateur.

— Ce n'est pas un jeu, Charlotte !

— Tu vas tout gâcher !

N'ayant cure de leurs conseils, la jeune femme s'éloigne vers la fenêtre pour pouvoir converser tranquillement. Elle revient assez vite vers eux avec un visage consterné.

— Alors ? Il t'a raccroché au nez ?

Charlotte laisse échapper une grimace dubitative.

— Non, il est mort !

— Quoi ?

— C'est sa femme que j'ai eue au téléphone, Jean Pelamourgue est décédé il y a moins de deux mois. D'après sa voix chevrotante, l'épouse paraît assez âgée mais je ne peux vous en dire plus. Vous croyez que tous les gens de cette liste sont morts ?

— Pas Paillette et Pujol, sauf bien sûr si ce ne sont pas ceux auxquels on pense.

— Peu importe que ce soit une liste de victimes ou d'assassins, ça ne change rien à notre raisonnement.

— Alors cette dame avec qui j'ai parlé aurait éliminé son époux…

Jean-Cyril, qui ne supporte décidément pas les suppositions, interrompt avec autorité cette discussion oiseuse :

— Ça ne sert à rien de débattre dans le vide, il faut d'abord regarder si ces noms correspondent à des actes de décès, ce qui nous donnera l'identité précise de la personne, en particulier son âge. Il sera toujours temps ensuite d'élaborer une stratégie. Comme je dois me rendre à la mairie, je vous propose de me charger de cette recherche. On se retrouve ce soir pour faire le point.

Les filles acceptent en précisant qu'elles apporteront de quoi préparer le dîner. Même si la kitchenette du studio porte bien son nom, elle a le mérite d'exister, contrairement à leurs chambres d'hôtes, qui en sont dépourvues.

En sortant de la résidence, elles inspirent avec avidité l'air vif de ce début d'automne comme pour mieux se débarrasser des miasmes vénéneux du chagrin, de la mort et des représailles.

Des nuages duveteux s'enroulent paresseusement autour d'un soleil pâle, les invitant à la promenade.

— Je ne sais pas si on a eu raison de laisser cette tâche à JC, soupire Charlotte, il est tellement pointilleux.

— Justement, c'est dans ses cordes. Fais un peu confiance à ton « fiancé » et ne l'appelle plus « mon Wiki ». Non seulement c'est ridicule, mais j'ai l'impression que ça le met en rogne.

Charlotte rit, son premier vrai rire depuis l'annonce de la mort de Mehdi, et ça fait du bien de l'entendre.

— Ça lui va pourtant comme un gant, gonflé de mots, de suffisance et de lourdeur. Une encyclopédie rébarbative à lui tout seul, un glossaire d'ennui, que dis-je, un thésaurus !

— Il a quand même des qualités !

— Et de magnifiques yeux vert clair, je sais, mais il n'est pas aussi intéressant que ton Paul Pujol.

— Ah, je te vois venir…

Charlotte s'accroche au bras de Fanny en plaisantant. Leur complicité est un joyau inestimable qui leur permet de résister aux moments graves.

— Ma vieille, je veux TOUT savoir !

Comme il fallait s'y attendre, le beau Paul a tout pour plaire, du charme, de l'élégance, de la prévenance, de l'humour. Bref, tout pour lui et rien pour les autres, comme le résume Charlotte à sa façon. Dans l'organigramme de ce qu'il est convenu d'appeler maintenant la nébuleuse Pujol, il tient le rôle du photographe. Attention, pas n'importe quel photographe. Il a bien entendu son studio, deux assistants mais aussi une galerie où sont exposés les meilleurs clichés ainsi que les photographies primées dans diverses compétitions, ce qu'il appelle ses « *awards* », qui lui permettent de tirer ainsi ses tarifs vers le haut.

Loin de la photo de groupe traditionnelle, comme celle prise dans la classe de Paillette, il cherche à capturer des instants de bonheur sur le vif, parle de confiance, de complicité, de *shooting*, de spontanéité, d'émotion pure. Que ce soit pour la cérémonie de mariage, la demande, l'engagement ou l'anniversaire de mariage, il est toujours là, présence discrète, efficace et onéreuse, pour raconter des histoires, réaliser un reportage photo mais aussi des films, des vidéos, des livres, et en offrant, summum du summum, une galerie privée accessible en ligne aux heureux époux jusqu'à leurs noces d'or.

Comme tous les autres prestataires de Chantelauze, il n'hésite pas à surfer à tout bout de champ sur les mots convenus du mariage. « Plus beau jour », « inoubliable », « moment intense »... Autant de platitudes qui lui permettent de gagner sa vie en bon fils à papa.

Fanny a beau se moquer, devant son interlocutrice, on sent qu'elle est dangereusement sous le charme.

— Il n'y a rien de déshonorant à ça !

Charlotte, qui s'arrête toutes les deux minutes pour fourrer dans son sac feuilles, cailloux et bouts de bois divers afin d'alimenter ses collages, se tourne vers elle en souriant.

— Il profite de la situation, tout de même ! Tu l'as justement fait remarquer l'autre soir, les Pujol ont toujours été à la tête de la commune, ils pouvaient exploiter cette histoire de noces en or avec honnêteté, au lieu de ça ils ont créé, presque uniquement à leur profit d'ailleurs, un truc à la Disney trop artificiel, trop cher, qui manque totalement de sincérité.

— Je suis assez d'accord avec toi, cependant Paul m'a tenu sur le sujet des propos qui ne sont pas totalement dénués de bon sens. Pour lui, ce qui en fait l'intérêt, c'est que la cérémonie se place du côté de la « fin », c'est-à-dire de l'accomplissement du couple plutôt que de son « début ». Si tu préfères, il considère que le mariage aujourd'hui à Chantelauze tire sa force de ce que rien ne l'oblige.

— Pourquoi faire alors tout ce tralala ? Se marier ici coûte les yeux de la tête, c'est devenu un business lucratif pour tout le monde, et c'est Pujol le responsable. Ce n'est pas très sain que tout tourne autour de ça. Tu as vu la gendarmerie toute neuve, ils ont la vie cool ici. Comment veux-tu que Daude et son équipe mènent une enquête qui dérange ? Ils n'ont aucune envie d'être mutés en région parisienne pour finir leur carrière, et je les comprends. Du coup, c'est l'endroit idéal pour donner tranquillement le bouillon d'onze heures à son petit conjoint !

Sans partager entièrement cette vision un peu simpliste des choses, Fanny semble cependant inquiète.

— À propos de la liste, tu crois vraiment qu'un Pujol est mort de cette façon ou que le maire est impliqué dans un trafic de ce genre ?

— Réponse impossible, dirait mon cher pas tendre, car tout n'est que suppositions et non hypothèses. De toute façon, si tu persistes à fréquenter le fils, méfie-toi de la mère Pujol, elle a un regard d'araignée qui guette sa proie.

— Je ne la connais pas.

— Mais si ! Elle est restée derrière Pujol tout le temps de la présentation.

— Ah non, tu confonds, celle-là, c'est Simone Fressange, l'ancienne secrétaire de mairie. Paul m'a raconté qu'on lui doit la célébrité de la commune car c'est la première qui a mis en évidence l'absence de divorce.

— Elle a l'air aussi revêche que Paillette, ce seraient des jumelles que ça ne m'étonnerait pas.

— En parlant de Paillette, elle est bien capable de t'engueuler en voyant tout ce fatras que tu as ramassé !

— Pas de souci, je passe presque toujours par le jardin, c'est plus discret.

Charlotte émet un petit gloussement d'aise.

— Si tu voyais comment j'ai relooké son appentis ! Les horribles puzzles me servent de support pour les collages, j'ai réussi à les décrocher, finalement c'est bien pratique. Quant au renard, je l'ai recouvert de plumes roses, ça lui donne un air funky pas croyable et j'ai, bien sûr, jeté l'horrible boîte à camembert. Je suis certaine qu'elle renfermait des asticots préhistoriques. Il faut être macabre pour garder des trucs pareils !

Fanny imagine sans peine la réaction de l'ancienne institutrice en découvrant le relooking en question.

Pas sûr qu'elle comprenne l'œuvre de la grande artiste !

11

Le sociologue n'a jamais eu un auditoire féminin aussi attentif. Il se méfie pourtant des yeux moqueurs de Charlotte comme de l'expression parfois exaspérée de Fanny, même s'il accorde plus d'importance au raisonnement de cette dernière.

Elles m'accusent de parler de ce que j'ignore alors que j'ai raison neuf fois sur dix. La curiosité ne remplace pas la rigueur du chercheur.

S'il est parfois sentencieux au point d'aimer s'écouter parler, Jean-Cyril est avant tout un passionné qui éprouve le besoin d'analyser et de comprendre les mécanismes des comportements humains. Sa vocation, toutefois, s'est davantage nourrie de la fréquentation des universitaires que des enquêtes de terrain.

Chantelauze lui offre l'occasion de combler cette lacune en lui permettant d'interviewer un échantillon représentatif de candidats au mariage.

C'est du moins ce qu'il croyait.

Or, tout va de travers depuis son arrivée.

Son enquête est au point mort.

Il supporte de plus en plus mal ce statut de « fiancé » qui lui fait jouer un mauvais rôle frisant le grotesque.

Enfin, le pire est arrivé, le décès de Mehdi.

Non seulement cette mort brutale l'a bouleversé au-delà de ce qu'il imaginait, mais elle a instillé en lui ce qu'il déteste le plus, le doute.

Doute sur l'utilité de l'enquête, doute sur l'utilité de sa vie.

À quoi me raccrocher maintenant ?

En arrivant, son but était simple : démontrer l'impossibilité scientifique de toutes ces unions sans divorce.

S'attachant pour cela à l'exactitude des chiffres et des données, procédant avec ordre et méthode, allant jusqu'au bout d'interrogatoires fastidieux auprès des futurs candidats au mariage, il pensait pouvoir mettre en évidence les points communs à ces unions pour fonder des hypothèses.

Les différentes grilles élaborées – mariage de cœur, d'amour, d'intérêt, de raison, de régularisation... – n'ont servi à rien.

Tout juste a-t-il réussi à dégager une tendance : plus d'un tiers de seconds mariages, trente pour cent de mariages tardifs, près de la moitié de mariages catholiques, à peine cinq pour cent de mariages cantaliens, une proportion non négligeable de mariages de riches, voire de très riches.

Ces chiffres n'apportent aucune explication.

Un travail laborieux pour rien.

Laborieux, c'est ce que j'ai toujours été, laborieux et nul !

Jean-Cyril doute.

Pris en tenaille entre ce qu'il considère comme un échec et les élucubrations des filles à la suite de la mort de Mehdi, il hésite. L'enquête qu'elles lui proposent est policière, pas moins difficile mais beaucoup plus risquée.

À quoi bon, je serai encore pire détective que sociologue !

Cette liste absurde semble cependant le narguer.

Si je me lance là-dedans, je peux dire adieu à mes recherches !

L'honnêteté de Jean-Cyril le tiraille entre deux envies contradictoires : défendre la mémoire de son camarade ou répondre à la bienveillante bonhomie de Marcel Pujol, qui lui a offert sa sympathie.

Difficile de servir l'un sans trahir l'autre.

S'il mène cette enquête, Pujol sera, directement ou non, son adversaire. Or, depuis la triste découverte du corps de Mehdi, le maire est celui qui lui a témoigné le plus de soutien, de compréhension et de respect. Loin de le bousculer comme les filles, Marcel Pujol l'a laissé dérouler sa peine, plein de compassion pour cette culpabilité non dite qui le ronge et que l'édile a devinée.

— On perd toujours un peu de soi-même quand on perd un ami.

Pujol lui a donné une tape dans le dos avant de lui ouvrir son cœur.

— Je ne vous cache pas que je préfère les mariages aux enterrements. Chantelauze doit être associé au bonheur, à l'amour, à la gaieté, aux projets. Je comprends votre chagrin, et je vous sais gré de ne pas ébruiter cette triste affaire. Aujourd'hui, nous sommes bien trop abreuvés d'informations. Il est à mon avis plus sain de se protéger en mettant les troubles entre parenthèses. Cela permet de revenir à une sorte d'état d'enfance nécessaire à la réussite de nos célébrations. Croyez-moi, mon rôle de « marieur » n'est pas toujours facile. J'ai pour principe d'éviter d'unir la carpe et le lapin, le printemps et l'hiver, et pourtant ça fait parfois des mariages très heureux. Nous sommes vous et moi de générations différentes, mais je crois qu'on se comprend.

Jean-Cyril reconnaît qu'il s'est peut-être laissé abuser par le personnage, embobiné par un besoin de reconnaissance et ce malheureux orgueil qui le minera toujours.

Ce soir, devant les filles, il n'est pas à l'aise.

Les marques d'amitié de Pujol s'opposent à son souci d'objectivité.

Ces interférences le désarçonnent, il ne se croyait pas si vulnérable. C'est la même pudeur qui l'empêche de parler de sexe en société.

Ça ne se fait pas.

Ça ne se fait pas plus de trahir l'amitié, même nouvelle, même fausse.

Son hésitation est si perceptible qu'elle engendre chez les filles des regards d'intelligence, d'impatience et de pitié.

Charlotte le pousse dans ses retranchements.

— Arrête de réfléchir en silence, dis-nous plutôt ce que tu as trouvé.

JC s'exécute enfin, avec l'air ennuyé de celui qui s'assied par inadvertance sur son chapeau.

— Je n'ai rien relevé de particulier pour les noms de la colonne de gauche. Il y a évidemment des actes de décès pour toutes les familles implantées depuis longtemps dans la commune, comme Pujol, De Bessard et Charbonnel, mais rien de suspect quant à l'âge des défunts. Aucune trace pour Bucellatti qui, d'après la secrétaire de mairie, n'habite la commune que depuis huit ans.

— Tu as interrogé la célèbre Simone ?

— Non, sa remplaçante, fort aimable au demeurant. Le temps de mes recherches, la Simone dont tu parles est passée deux fois à la mairie. J'ai l'impression qu'elle y vient régulièrement pour contrôler son monde. Elle m'a proposé du café et m'a lancé un regard noir quand je lui ai fait part de ma préférence pour le thé. C'est tout de même la boisson exclusive pour onze pour cent des hommes en France, mais elle semblait l'ignorer.

— Tu lui as dit ça ?

Charlotte, pour une fois, a l'air presque admirative.

— Oui. Remarque, elle ne m'en a pas offert pour autant.

— Et la colonne de droite ? s'impatiente Fanny, qui ne s'intéresse que très moyennement aux prévenances de Simone.

Comme Jean-Cyril reprend son air hésitant, elle le presse en pianotant sur l'accoudoir de son fauteuil.

— Alors ?

— Les quatre noms correspondent bien à des décès.

— Ils sont morts comment ? à quelle époque ? à quel âge ?

JC sort un papier de sa poche intérieure et le déplie avec une solennité de clerc de notaire. Charlotte rêve de lui insuffler un peu d'humour. *Quel dommage que ce ne soit pas le genre de chose que je puisse glisser dans la semelle de sa chaussure !*

— Jean Pelamourgue est bien décédé il y a deux mois, à l'âge de quarante-deux ans.

— Oh ! Au téléphone, son épouse avait l'air beaucoup plus âgée.

Fanny, que ces interruptions agacent, fait montre d'ironie :

— Tu n'es peut-être pas aussi douée que tu le croyais pour découvrir la personnalité d'après la voix ! Continue, JC, que sais-tu d'autre sur ce décès, tu as réussi à en apprendre la cause ?

— J'ai pu discuter avec la secrétaire de mairie, la nouvelle, j'entends, elle aussi est une adepte du thé mais elle n'en boit jamais au travail.

— Venons-en au fait, je t'en prie !

— Jean Pelamourgue est mort à la suite d'un accident de voiture. C'était l'héritier du Castel de Lauvergne, une grosse famille de notables. Tenez-vous bien, il est question que sa veuve, Florence, se remarie dès le printemps prochain.

Charlotte émet un petit sifflement bas et bref de contentement.

— Si ce n'est pas le signe qu'on cherchait, je mets ma main dans le tranchoir ! Il faut que je rencontre cette bonne femme, elle a dû travestir sa voix !

Imperturbable devant la menace que profère sa « fiancée », JC continue sa litanie. C'est bien d'une litanie qu'il s'agit, puisqu'il répète à peu de chose près la même trame dramatique pour les trois derniers noms de la liste.

Le décès de Rémi Tournade, un artisan maçon de trente-quatre ans, remonte à moins d'un an. On déplore cette fois un accident de chantier puisque l'homme a glissé d'un toit en réparation. Comme sa femme, Lola, est serveuse au Bar des Glaciers à Murat, Jean-Cyril, qui présente ce cas avec un peu plus de verve, doit voir dans cette histoire la consécration de son étude corrélant métier et divorce.

Le sort de Marie Puech, décédée il y a quatre ans, semble le seul à avoir réellement remué les âmes sensibles de la commune. Cette jeune femme de vingt-six ans s'est suicidée en avalant des somnifères à la suite de son second échec au concours de professeure des écoles, laissant, aux dires de la secrétaire de mairie, son mari, brigadier de gendarmerie, totalement inconsolable. Un drame épouvantable pour tout Chantelauze, qui apprécie en particulier son père, le major Daude, patron de la brigade depuis sa création il y a huit ans.

Rien à voir avec la destinée du terne Oscar Paillette, cinquante-deux ans, mort sept ans plus tôt d'une banale intoxication alimentaire. Ce dernier capte cependant toute l'attention de l'auditoire, qui connaît une partie des protagonistes. Sa veuve, Yvette, est en effet l'ancienne institutrice de Fanny et l'actuelle Mme Paillette. Si surprenant que cela paraisse, Clovis s'est marié avec la veuve de son frère aîné. Les mauvaises langues disent que c'est par intérêt, Yvette ayant hérité de la plus grosse partie de la fortune de son mari négociant en vins, d'autres pensent que c'est tout simplement par facilité, Clovis étant considéré comme le plus gros cossard du village.

Charlotte se sent brusquement mélancolique, sa confiance absolue en l'humanité en prend un coup.

Le bon gros chien cache-t-il donc un dogue plus redoutable ?

Toutes ces histoires, finalement assez poisseuses, plombent le moral de l'assemblée.

Fanny, quant à elle, s'interroge à voix haute :

— Deux accidents, un suicide et une intoxication qui laisseraient place au doute, est-ce bien là le résultat des investigations de Mehdi ? La récolte est à la fois maigrichonne et monstrueuse, vous ne trouvez pas ? Y a-t-il seulement un lien entre ces événements ? Et les autres noms, à quoi servent-ils ? On se fourvoie peut-être depuis le début. J'avoue que je ne sais plus trop quoi penser.

— N'oublie pas que Mehdi est probablement mort à cause de cette liste !

C'est Charlotte qui monte au créneau une fois de plus. L'apathie des autres la désole, elle sent que Fanny s'éloigne. Pour une raison qu'elle devine et redoute – sa proximité nouvelle avec le fils Pujol –, son amie semble prête à renoncer à l'enquête.

Fanny, c'est la tête pensante du groupe, la rigueur, le bon sens, sans son appui Charlotte sait que JC abandonnera. Il est trop prudent, trop naïf aussi, trop pleutre surtout.

« Ne pas faire de vagues », « On ne peut pas crier au scandale avec si peu d'éléments », « Nous n'avons aucun moyen de faire des investigations poussées », « N'oublions pas que les accidents domestiques représentent la troisième cause de mortalité », « Rien ne relie ces affaires », « En extrapolant ainsi par analogies on s'expose à un démenti évident »...

Elle entend leurs phrases et ça la fait bouillir.

C'est de la défausse et rien d'autre ! Ils vont abandonner par manque de courage !

Évidemment, rien ne paraît simple dans ce galimatias confus présenté par JC, dont les neurones semblent aujourd'hui rincés à l'eau de vaisselle. Il serait plus convaincant comme VRP en produits ménagers.

Elle s'éloigne, écœurée de leur subite entente qui va probablement se retourner contre elle. Tout en caressant Socrate, Charlotte s'empare machinalement du prospectus que Jean-Cyril lui a rapporté pour son rôle de fiancée officielle.

La brochure qu'elle tient dans les mains en dit bien plus sur Chantelauze que toutes les visites et déambulations qu'elle a pu faire jusqu'à présent dans le village. Il s'agit de *Comment réussir son jour J*.

Vu son contenu, le fascicule pourrait s'intituler *L'amour n'a pas de prix mais il y a un prix à payer à ne pas donner de prix à l'amour*.

On y retrouve avec une bêtise confondante tous les clichés, lieux communs et expressions éculées sur le mariage.

La première recommandation consiste à choisir son alliance en duo.

« Il est important que vous trouviez une bague que vous aimez tous les deux, pour qu'elle représente les goûts de la personne qui l'offre et de celle qui la reçoit. Une bague qui vous ressemble est celle qui est créée spécialement pour vous dans notre bijouterie-atelier Anthony Bucellatti. »

Moi, ce qui me plairait, ce serait une bague de famille qui ait une véritable histoire.

La deuxième porte sur la robe de mariée.

« Oubliez la robe unique, nous vous conseillons de penser aux différents looks et accessoires pour le dîner de répétition, la soirée de mariage et la suite de la nuit. Pour l'*afterparty* ou pour la cérémonie civile, la tendance est aux tailleurs, aux combinaisons ou aux robes courtes. Inspirez-vous de Barbara Kitchen en privilégiant les lignes simples et élégantes, portées avec des voiles spectaculaires à bordures en perles ou en dentelle. Pensez aussi aux tenues de vos invitées pour mettre en valeur votre robe de mariée. Pour cela, orientez-les vers la boutique d'Amandine Pujol, qui vous aidera à présélectionner une palette de couleurs en tenant compte des morphologies et de la peau de chacune. Il est important de s'assurer que tout le monde est à l'aise dans sa tenue le jour du mariage. »

Quel charabia ! La mère Kitchen doit toucher des royalties pour faire du sponsoring.

La troisième met l'accent sur l'importance des fleurs.

« Pierre Charbonnel, notre maître artisan décorateur, saura traduire en langage des fleurs vos envies de couleurs et d'ambiance pour vous proposer un choix de styles et de formes quasi infini. Bouquets de mariée, boutonnières, couronnes, bracelets, bouquets des demoiselles d'honneur, décors des voitures, décoration du lieu de la cérémonie (bouts de banc, grandes compositions de fleurs, arches...), habillage du lieu de réception (centres de table, compositions de buffet), mise en scène du brunch.

« Faites aussi la place aux détails, comme par exemple l'ajout discret de vos initiales sur tous les objets, des verres aux serviettes de table. »

Bah voyons, et pourquoi pas le papier toilette, pendant qu'on y est !

La quatrième concerne les plaisirs de la table.

« En fonction du nombre de vos invités, notre équipe de professionnels, sous la direction de

Mireille De Bessard, trouvera la solution parfaite pour allier gastronomie locale et régal des sens. À vous de choisir entre les deux salles prestigieuses de l'Hôtel des Amoureux nouvellement construit, les salles standing des trois granges rénovées dans un cadre champêtre ou les quatre salles plus intimes réparties dans les restaurants du bourg. DJ, matériel de sonorisation ou encore orchestre sont à votre disposition. N'oubliez pas de surprendre vos invités avec un spectacle de prestidigitation, une soirée cabaret, ou proposez-leur des activités plus drôles les unes que les autres : sumos, clowns, etc. »

Quelle bouffonnerie ! Et pourquoi pas un strip-tease de la mariée pendant qu'on y est ?

La dernière joue le genre *ecofriendly*.

« Pour réduire votre empreinte carbone, nos fournisseurs n'utilisent que des produits régionaux issus de sources durables. Cette approche écologique se poursuit après les festivités puisque, avec votre accord, nous donnons une seconde vie aux fleurs en les offrant à un centre de soins cantalien, de même que nous travaillons avec des associations caritatives pour distribuer rapidement les restes des repas aux personnes dans le besoin. Enfin, chaque cérémonie se concrétise par la plantation d'un arbre d'essence locale dans le jardin des Amoureux. »

Ça, c'est le seul truc à mettre à leur crédit.

Elle jette le prospectus sur la table et grogne toute seule dans son coin.

— Quel flop, ce truc !

Comme « cocon », « flop » est un mot qu'elle aime bien avec sa sonorité de goutte d'eau qui rebondit…

Une goutte d'eau qui lui ouvre brusquement les yeux.

— Eurêka, j'ai trouvé !

— Trouvé quoi ?

Les autres daignent enfin se tourner vers elle.

— Le lien qu'on cherchait, le rapport entre les deux colonnes. Tout est là-dedans !

Elle brandit la brochure et énumère triomphalement :

— Amandine Pujol, Pierre Charbonnel, Anthony Bucellatti et Mireille De Bessard. Voilà notre colonne de gauche complète, les voilà, nos assassins !

« Mehdi avait vu juste, il a regroupé sur la rangée de droite les fauteurs de merde, les habitants du village qui, pour une raison ou pour une autre, voulaient divorcer, et qui aujourd'hui sont tous morts, et à gauche il a dressé la liste de ceux qui profitent du système, ceux qui ont intérêt à ce que ça dure, ceux qui, du coup, sont susceptibles de vouloir empêcher les divorces par tous les moyens.

12

Un coup d'œil par la fenêtre suffit à Fanny pour comprendre que c'est un matin parfait. Les rayons du soleil éclatent en gerbes perlées de brume sur les toits gris-bleu du bourg, un vent léger fait frissonner la cime des frênes et ondoyer leurs feuilles cuivrées avec la grâce d'un éventail.

Sans se presser, elle prépare ses affaires, lentement, pour savourer le moment où elle entrera dans ce décor.

Paul Pujol l'attend sur la place de l'église à côté de sa moto, qui, pour son œil de néophyte, ressemble à s'y méprendre à celle de ses quatorze ans.

Il confirme, c'est une vénérable Triumph Trident 900 équipée de pots Mecatwin au son mélodieux incomparable. Il la présente avec la fierté touchante et un peu ridicule d'un père pour son bambin remportant un prix.

Une moto attachante, lourde à déplacer à l'arrêt, qui n'est sûrement pas faite pour les gringalets, mais le fils Pujol, avec son mètre quatre-vingt-treize, semble pouvoir la manier sans problème.

Il a apporté pour elle un casque, des gants et un blouson un peu trop grand qu'il lui enfile en riant.

— Voilà, comme ça, tu es mon sac de sable !

Il lui explique que c'est l'expression favorite des motards pour désigner par dérision le passager, le poids mort qui leste la moto et limite ses performances.

Fanny se colle contre lui. Elle est un peu gênée au début d'écraser sa poitrine dans le dos d'un garçon, mais elle se dit que son geste n'a rien de provocant, elle plaque ses bras autour de sa taille et se fait toute petite pour rester à l'abri derrière le dos protecteur. Ça lui fait penser aux parties de cache-cache auxquelles elle participait, enfant, dans Chantelauze. Elle choisissait toujours un mur contre lequel elle se tassait afin qu'aucune partie de son corps ne dépasse. Elle restait là jusqu'à ce qu'on la trouve. C'était comme une délivrance. Aujourd'hui aussi, elle se sent étrangement libre. Elle a l'impression d'être un oiseau. Elle décide de faire le vide, d'oublier ses soucis et les questions obsédantes qui depuis quelques jours la taraudent.

Elle sent la chaleur des cuisses de Paul à travers la double épaisseur de jean. Il est un rempart contre lequel elle s'appuie et s'abandonne.

Devant eux, rien d'autre que le bleu du ciel à fleur d'horizon et la toison jaunie des prairies pailletées de roux. Les vaches fument en soufflant de grosses bouffées tièdes, il y a encore un peu de brume qui flotte au fond du vallon.

Le soleil est dans son dos. Fanny sent à travers le blouson sa chaleur qui la fait frissonner de plaisir. Premiers virages. Elle essaie de bouger le moins possible en décalant juste un peu les épaules pour suivre la fluidité des mouvements du conducteur.

Adolescente, sa course à moto derrière ce même garçon et en cachette des parents lui avait offert un avant-goût de liberté. Les années ont passé mais cette sensation demeure. Accrochée à la taille de Paul, elle réalise qu'elle est bêtement heureuse. Un instant rare où tout s'ajuste. Son humeur, la route, la météo, les paysages et, bien sûr, la moto. Fanny cherche d'abord une explication rationnelle. C'est sûrement la survivance d'une mémoire collective liée à la domestication des quadrupèdes, équidés ou bovidés. Voyager à califourchon sur une bestiole doit donner cette même impression de finitude qui vous rend subitement plus vivant.

Il n'y a personne. Ils peuvent maintenant rouler au milieu de la route, là où le bitume est plus lisse, en évitant ainsi les gravillons qui sont l'apanage des routes cantaliennes. Le moteur répond favorablement, la route tourne un peu, le soleil file à travers les feuillages dans un kaléidoscope de roux, de marron et d'or. Les ombres des arbres s'allongent sur l'asphalte. Un gros nuage blanc, joufflu, volute dans le ciel, trois buses tournent lentement au-dessus d'un petit pic rocheux.

Dans les courbes, elle se laisse aller, suit l'inflexion du corps de son partenaire. Lorsque la moto s'incline, rase le sol, elle reçoit l'haleine chaude du goudron en plein visage et des frissons la parcourent. La vitesse la grise, lui donne le vertige. Elle s'imagine comme ces oiseaux majestueux qui se laissent bercer par le vent en planant en grands vols circulaires.

Ils délaissent bientôt la direction du Plomb du Cantal pour se perdre dans le réseau des petites routes qui n'en finissent pas. Elle renoue avec ce pays et ces paysages qu'elle a tant décriés et visitait dans ses souvenirs comme on visite une tombe. La distance, le temps lui permettent aujourd'hui de mieux les comprendre, d'en apprécier enfin la singulière beauté.

Ils s'arrêtent près d'un vieux buron marqueté de lichen.

Fanny est encore tout engourdie, Paul l'attire contre lui, l'embrasse en riant et lui attribue son brevet de sac de sable car elle n'a rien fait de débile comme se pencher du mauvais côté ou changer de position toutes les huit secondes comme certaines de ses passagères.

Elle a presque envie de lui mettre un coup de casque sur la tête pour cette dernière remarque, signe d'une impudente assurance, mais se contente de sourire narquoisement.

Ou du moins d'essayer de le faire.

Cette halte la ramène à la réalité.

Elle a promis à Charlotte.

« Fais comme tu veux, tu as le droit de succomber aux charmes de ce bellâtre, mais jure-moi de le cuisiner auparavant en long, en large et en travers. N'oublie pas que les Pujol sont *a priori* dans le camp adverse. »

Avec Paul, la conversation roule toujours tranquillement, il a la simplicité des gens équilibrés et sûrs d'eux. La moto servira d'accroche à Fanny pour l'interroger.

— Au début, j'avoue que c'était surtout un objet transgressif par rapport à ma famille, mais ça résume assez ce que je suis : casse-cou, indépendant, passionné, libre. Au guidon, je me sens terriblement vivant. Pour moi, aujourd'hui, ce n'est pas seulement un moyen pratique de déplacement, c'est plus ou moins inconsciemment une façon d'aborder la vie. En fait, je l'aime pour tout ce qu'elle n'a pas : les deux roues qui lui manquent, cette merveilleuse carrosserie dont elle est dépourvue, l'absence d'agressivité entre motards, les bouchons dont elle n'est pas prisonnière... Bref, le meilleur dans la moto, c'est encore ce qu'il ne faudrait surtout pas lui ajouter, au risque de s'embourber dans l'ornière trop confortable de l'automobile.

Il tire gentiment sur sa queue-de-cheval et précise :

— Un peu comme toi au demeurant, il ne faut rien t'ajouter, sauf un petit peu plus de confiance peut-être...

— Facile à dire quand on vient d'une famille comme la tienne, qui a tout le village à ses pieds.

— Figure-toi que ça n'a pas toujours été le cas, tu as pu le constater quand tu vivais ici. Si le développement de Chantelauze doit beaucoup à mon paternel et à ses idées, il faut le reconnaître, assez géniales, tout le monde ici en a profité. J'imagine que tu as remarqué le nombre de petits commerces qui se sont créés en à peine dix ans.

Fanny insiste tout en comprenant qu'elle va fatalement le vexer et égratigner leur bonne entente.

— C'est surtout la famille Pujol qui s'en sort bien, quand même !

— Qu'est-ce que tu insinues ? On s'en est sortis, comme tu dis, essentiellement par notre boulot, et j'en suis fier. Ça a l'air simple comme ça mais le fric et les idées ne se trouvent pas sous le sabot des vaches, comme a coutume de dire papa. Tu n'imagines pas le nombre d'heures passées à chercher des financements et à fignoler nos projets. Rien que moi, en tant que photographe – évidemment, ici, j'ai les clients sous la main –, il a fallu que j'obtienne un diplôme, que je fasse des stages, que je perfectionne mon anglais, que j'achète du matos, que je me constitue un carnet d'adresses. Rien que pour développer l'Hôtel des Amoureux, on a hypothéqué la ferme familiale et mes deux frangins se sont coltiné des cours de gestion pendant plus de deux ans tandis qu'Amandine, ma belle-sœur, est partie à Londres dans une école de stylisme, en laissant deux gamins en bas âge à la charge de ma mère. Ma mère, on n'en parle jamais, mais c'est une sainte, dévouée à toutes les idées farfelues de mon père, discrète et pourtant assez efficace pour se taper toutes les tâches ingrates.

Tu sais ce que je pense : sans elle, mon père ne serait rien.

« Et puis c'est facile à dire aujourd'hui, mais ça n'a pas été simple, il fallait y croire, au début. Il fallait en vouloir, surtout, il fallait vraiment se remuer le cul pour le dire grossièrement. La famille a pris de sacrés risques, c'est normal qu'on y trouve notre compte. Les Pujol ont peut-être gagné en notoriété, en reconnaissance surtout, mais crois-moi si tu veux, nous ne sommes pas les plus grands profiteurs du système.

— Qui alors ?

Il hausse les épaules et plonge son regard dans le sien.

Une minute intense, une minute d'hésitation.

Fanny sent qu'un bout de ciel bleu vient de s'entrouvrir, elle est sur le point de renoncer.

Il se reprend le premier pour lui exposer d'une voix dénuée d'émotion les grandes lignes du financement de Chantelauze.

— Les De Bessard sont sans nul doute les grands gagnants du système. En tant que propriétaires de la plupart des terrains nécessaires à l'agrandissement de la commune, ils en ont bien profité, que ce soit le parking, l'emplacement de l'hôtel et de la future école, la gendarmerie, la caserne et même les granges réhabilitées en salles de réception. Je n'ai pas beaucoup d'estime pour eux. On a fait tout le boulot et pris les risques pendant qu'eux se contentaient au début d'encaisser les ventes ou les loyers. Bon, ils se sont aussi endettés à d'autres niveaux, et je dois reconnaître que Mireille sait gérer les affaires, c'est une dure qui ne fait de cadeau à personne. La moitié du village lui appartient. Elle s'occupe de tout, y compris de ses participations dans les sociétés immobilières qui investissent ici, de la négo des contrats de franchise ou encore de la gestion des loyers et des retombées publicitaires.

« Ta copine a dû la rencontrer. Quasiment toutes les cérémonies passent dans ses mains, seuls les petits mariages qui se font dans les restaurants du bourg lui échappent, et encore !

— Je crains que celui de Charlotte ne fasse justement partie des « petits mariages » !

— Attention, il n'y a rien de péjoratif, tout dépend du critère de classement. Pour les De Bessard, c'est celui de l'argent dépensé ; pour Amandine, l'originalité ; pour mes frères, le nombre d'invités ; pour mon père, le degré de complicité entre les futurs époux et pour moi, c'est la lumière que dégagent les fiancés. De ce point de vue, je dois te dire que je n'ai pas ressenti d'aura particulière autour du couple formé par ton amie et son promis…

Le rire de Fanny sonne faux, même à ses oreilles. Cette remarque, qui n'a en soi rien d'étonnant, l'énerve, elle y sent comme une forme de mépris.

— Parce que, évidemment, tu as aussi suivi des cours de psychologie du mariage !

— Non, petite nouille, mais avoue qu'il y a plus de vibrations entre nous deux qu'entre ces deux-là !

Il lui a pris les mains. Elle ne peut le nier, le sentiment qui la traverse est aussi troublant que confus.

Sur la route du retour, tout en vouant tous les Pujol au diable, elle se serre contre lui et se sent étrangement à sa place.

C'est idiot ! S'il n'y a que ça, je vais acheter une moto !

Elle sait pourtant très bien au fond d'elle-même que l'achat d'un tel véhicule ne réglera pas son émoi.

Paul lui fait visiter sa galerie, il la tient par l'épaule, ce n'est pas de la galanterie ni même de la camaraderie, c'est autre chose, une sorte d'entente tacite, naturelle et douce.

Les photos sont belles, l'angle de vue original, elle se surprend à penser que ça plairait à Charlotte. D'un coup, ça la ramène à sa mission.

À force de circonlocutions compliquées elle parvient à citer le nom de Marie Puech, née Daude.

— Je crois qu'on était ensemble à l'école.

Paul plante son regard dans le sien.

Il se moque d'elle tandis que son regard brille étrangement.

Chagrin, regret, blessure…

— Ça m'étonnerait, la gendarmerie a été construite il y a huit ans, Marie avait vingt-deux ans à l'époque. Tu dois confondre, mais je peux te montrer une photo d'elle, je crois que ça restera toujours mon meilleur modèle, elle était plus que jolie, elle accrochait la lumière, la délicatesse.

Sa voix se voile, Fanny comprend qu'il a dû aimer cette femme.

Elle en éprouve une jalousie si forte que dans un premier temps, elle n'arrive même pas à regarder les clichés.

Ce qui la frappe avant tout, c'est l'expression de douceur et de mystère qui se dégage de Marie. Une certaine fragilité aussi derrière les yeux bleus un peu inquiets, le cou délicat, les pommettes hautes, la bouche lascive aux contours presque enfantins.

Est-ce le regard du photographe, son talent ou ses sentiments qui rendent sur papier glacé cette fille aussi attirante et sensuelle ?

Terriblement vivante surtout, même si elle semble toujours s'abriter derrière une sorte de brume indéfinissable et mélancolique. Paul semble maintenant plongé dans ses souvenirs, un pli amer marque sa bouche, son sourire s'est éteint. Sur ses photos de mariée, la jeune femme disparaît sous des voiles de tulle, encore plus secrète, plus inaccessible.

Inaccessible ! C'est ça, le mot que je cherche depuis tout à l'heure, cette fille semble retranchée dans un monde à part.

Le marié, par contre, est d'une beauté conquérante, très avantageux de sa personne, encore un bellâtre, dirait Charlotte. Celui-là a dans le regard quelque chose de suffisant, de dur même, qui l'apparente à un conquistador prétentieux.

Je me fais peut-être des idées, c'est son habit qui donne cette impression.

Puech a en effet, par radinerie ou fierté, gardé pour la cérémonie son uniforme de gendarme. Plusieurs de ses collègues, vêtus de même, forment une sorte de haie d'honneur. Tout ce bleu marine estompe le blanc, le rend presque insaisissable.

Fanny ne pose aucune des questions qu'elle avait préparées. Devant la détresse évidente de Paul, elle n'a plus envie de louvoyer. Glissant sa main dans la sienne, elle attend d'en ressentir la chaleur, d'exister de nouveau pour lui, avant de s'aventurer en terrain inconnu.

— Elle est si belle, comment a-t-elle pu se suicider ?

— Ah ! Tu sais ça aussi ?

Il a failli retirer sa main mais finalement leurs doigts se resserrent, s'étreignent si fort que c'en est presque douloureux.

Fanny tente de s'expliquer :

— Je suis chez les Joussac, et Marinette est une incorrigible bavarde.

Cette précision semble le satisfaire.

— Alors elle a dû te donner la raison officielle. Depuis toute petite, Marie rêvait d'être instit. Lorsqu'elle a raté pour la deuxième fois son concours, elle ne l'a pas supporté.

— Tu ne sembles pas croire à cette version.

Il la regarde d'un drôle d'air et lâche tout à coup presque à contrecœur :

— J'ai en effet du mal à le croire parce que, vois-tu, ce soir-là, Marie devait me rejoindre. On avait décidé de partir tous les deux, de foutre le camp, si tu préfères, de quitter Chantelauze et de vivre ensemble, ailleurs. Alors, depuis quatre ans, je me demande chaque jour si ce n'est pas plutôt à cause de moi qu'elle a fait ça, si je ne lui avais pas mis trop de pression. Marie était très renfermée, très secrète, surtout depuis son mariage, elle manquait aussi de courage pour s'opposer aux autres. C'est d'ailleurs pour ça qu'on avait choisi la fuite plutôt que l'affrontement, que personnellement j'aurais préféré, mais elle ne se sentait pas capable de se mesurer à l'autre con de Loïc, son mari.

« Je me demande bien pourquoi je te dis tout ça. Rien n'a transpiré de nos sentiments, on était très prudents, alors je compte vraiment sur ta discrétion. Salir l'image de Marie serait pour moi la pire des injures.

Fanny acquiesce en silence et resserre sa main, c'est la seule chose dont elle se sent capable. Ces révélations la bouleversent.

Paul lui fait confiance et elle est en train de le tromper avec cette enquête débile qu'ils ont cru pouvoir mener en bons petits détectives. Elle est à deux doigts de lui raconter tout ce qu'elle sait.

Lorsqu'il interrompt leur aparté pour régler un problème de devis, l'assistant de Paul, sans le savoir, tranche pour elle.

En attendant le retour du photographe, Fanny promène son regard un peu désabusé d'un album à l'autre. Dans ce carrousel étourdissant de cérémonies, ces sourires, ces vies, ces regards de bonheur, combien d'unions ont tourné à la tristesse, à la tromperie, au regret, à la déception ou tout simplement à la routine ? Comment peut-on croire à des noces en or éternelles ?

Pourquoi Marie voulait-elle fuir ? Par amour, par peur ?

Pourquoi y a-t-elle renoncé ?

Pourquoi choisir une telle extrémité ? Et l'a-t-elle vraiment choisie ?

Ces questions tournent et retournent dans sa tête comme un manège dont on ne parviendrait jamais à décrocher le pompon.

À son retour, Paul a repris ses esprits, il lui montre d'un air de conspirateur un ultime cliché.

— Tu la reconnais ?

Malgré la tenue de cérémonie, Fanny n'hésite pas un instant.

— Mon institutrice, Mme Paillette ! Mon Dieu, elle a toujours l'air aussi grincheuse, même pour son mariage.

— Oui, moi aussi je garde le souvenir de ses remarques acerbes, avec mes copains on l'appelait le porc-épic ! Impossible de la faire sourire, je crois que c'est un de mes plus mauvais clichés.

Fanny se rapproche pour examiner le marié, un homme moustachu, assez content de lui, à la mine débonnaire. Elle se surprend à rechercher une ressemblance canine mais l'imagination de Charlotte lui fait défaut.

— Dis-moi, c'est bien son second mariage ?

— Ah oui ! Pour le premier, j'étais comme toi sur les bancs de l'école. Elle doit avoir un charme caché que les deux frères Paillette sont seuls à avoir découvert.

— C'était une grande cérémonie, il y avait un monde fou.

— Rien d'étonnant, Yvette est une fille De Bessard, les gros propriétaires du coin dont je t'ai parlé. D'ailleurs il ne faut peut-être pas le chercher plus loin, l'intérêt, pour ne pas dire l'amour, des deux frères pour sa personne, d'autant plus que les vieux Paillette étaient respectivement jardinier et cuisinière de la famille. Je crois bien d'ailleurs que Clovis travaille encore pour eux.

— C'est vrai, mais avoue que rien dans sa façon de parler ou de s'habiller ne laisse penser qu'elle vient d'une famille aisée.

— Parce qu'à l'époque, les De Bessard étaient riches de terres mais pas tellement d'argent, ils tiraient plutôt sur la corde, comme on dit. Yvette n'était sûrement pas la plus gracieuse des deux filles, mais elle était sérieuse. En voilà une qui n'a pas eu de mal à décrocher son concours d'instit !

Fanny glisse de nouveau son bras sous celui du photographe. Nombreuses sont les questions qui se pressent sur ses lèvres mais pour aujourd'hui, c'est fini, elle ne veut plus entendre parler de rien et surtout pas de mariage.

Pas question de le tourmenter davantage, je n'ai pas le droit de trahir sa confiance. Tant pis pour Charlotte, ma « cuisine » est terminée ! Demain, j'interrogerai Marinette.

— Et si on allait chez toi ?

C'est elle qui a pris l'initiative, ça ne lui arrive jamais. Elle n'a pas envie de manquer de courage, d'avoir peur, de ressembler à Marie.

— Tu es sûre ?

Le regard de Paul est intense, surpris, ébloui ; elle hoche la tête en riant.

— Un peu, oui ! J'ai envie d'être pour toi autre chose qu'un sac de sable !

13

À moins d'un mois de leur supposée union, Jean-Cyril et Charlotte sont priés d'« accélérer le mouvement ». Même si l'analyse de leur situation a fait atterrir leur dossier dans la case « petit mariage », en raison du nombre ridicule d'invités déclarés, une dizaine seulement, ils doivent remplir au plus vite un certain nombre d'obligations.

Marcel Pujol l'a fait savoir à JC dans son langage imagé.

— Je comprends bien que la disparition de votre ami ait bouleversé vos plans, d'autant plus qu'il s'agissait de votre témoin, et je n'ai pas voulu vous enquiquiner davantage avec ça, mais votre *to do list* s'allonge à vue d'œil, il est temps de vous y mettre sérieusement. Vous savez, plus on ferme le robinet tôt, moins on risque de se noyer.

JC sent le couperet. Lui qui se posait déjà pas mal de questions penche désormais pour l'arrêt au plus vite de cette mascarade hypocrite qui ne peut aboutir qu'à une catastrophe. Seulement voilà, ce mariage fantoche est la seule raison de leur présence ici, sans cela, impossible de mener la moindre enquête sur la mort de Mehdi.

— Il faut faire vite, résume-t-il en se grattant la barbe d'un air perplexe, on est coincés dans un engrenage qui nous entraîne trop loin. Ça fait trois fois qu'on me réclame les arrhes pour la réservation de la salle au-dessus de la Brasserie des Cœurs, on ne peut plus se défiler.

La pragmatique Fanny cherche à le rassurer.

— Eh bien, payons ! Dis-toi bien que, si nos investigations aboutissent à prouver de façon certaine la culpabilité, ne serait-ce que d'un seul d'entre eux, ils seront bien obligés de nous rembourser.

Charlotte monte une fois de plus au créneau.

— Arrête de te tordre les boyaux, on croirait un chapon qui voit arriver le soir de Noël. Moi, je trouve que c'est, au contraire, l'opportunité rêvée d'aller discuter avec tous les intervenants de cette foutue brochure pour découvrir ce qu'ils ont vraiment dans le ventre.

Tandis que le sociologue cherche à élaborer un plan d'attaque, Fanny glisse en aparté à l'oreille de son amie :

— Franchement, tu aurais pu éviter l'allusion au chapon…

— « Samouraï », « Wiki », « chapon », je crois au contraire que notre intimité se renforce sacrément.

Elle ne peut s'empêcher de s'esclaffer en poussant exprès de petits cris semblables au gloussement des poules.

JC aggrave son cas en la regardant avec condescendance.

— Je ne vois vraiment pas ce qui te met dans une telle joie !

Fanny craint le pire, dans ce tandem, ces deux-là ne pédaleront jamais dans le même sens. Charlotte, pourtant, s'est reprise. Si ses yeux pétillent toujours d'ironie, sa voix se fait plus conciliante :

— Ne t'inquiète pas, chez moi le rire fait fonction d'essuie-glaces, ça n'arrête pas la pluie mais ça permet d'avancer.

Cette explication mériterait plus de développement mais curieusement JC s'en contente tant il a hâte de leur présenter sa « méthodologie de l'action ».

Dans un discours fleuve dont la moitié reste incompréhensible, il aborde comment conduire les entretiens à venir, parle de germes structurants du questionnement, de potentiel des interviewés ou de la façon de relever les contradictions et dissonances de leurs comportements.

Charlotte attend sagement la fin de sa prestation en réprimant un bâillement.

— J'ai pigé, mais on ne pourra pas prendre de notes pour relier les points et les flèches.

Brusquement, JC se rebiffe avec la colère froide de ceux qui ne s'indignent que très rarement.

— Tu n'as rien écouté. Je ne peux décidément pas faire équipe avec toi. Tu es la pire étudiante que je connaisse, tu comptes sur la chance pour conduire ton enquête. Mais ma pauvre fille, tu n'es même pas bonne en calcul !

— Je ne suis peut-être pas bonne en calcul, réplique la récalcitrante, mais je sais synthétiser, ce qui n'est pas donné à tout le monde. J'ai très bien compris qu'il faut déceler les ambitions et les idéaux de chacun mais aussi leurs insatisfactions, leurs frustrations et leurs peurs. Pourtant, on ne pourra pas le faire un crayon à la main. Nous nous présentons comme des amoureux, pas des enquêteurs. Alors disons pour faire simple que tu as préparé le fond et que moi, je pense à la forme.

Les « fiancés » se mesurent du regard avec la précision d'un commissaire-priseur chargé d'estimer un tableau.

Jean-Cyril réalise que, à défaut d'employer le vocabulaire adéquat, elle a effectivement assimilé l'essentiel de ses propos.

Peut-être pas si sotte, après tout, mais une vraie tête de mule.

Quant à Charlotte, elle sait bien qu'elle a absolument besoin de lui pour démasquer le coupable, celui qu'elle nomme l'« empêcheur de divorcer en rond ». Son mariage avec JC, c'est l'alibi idéal pour ouvrir les portes des différents suspects.

Le voilà maintenant susceptible, et aussi sensible qu'un panaris, il faut que je trouve l'antidote au plus vite !

Après leur avoir laissé un temps de décompression suffisant, Fanny pose ses conditions :

— Désolée, mais c'est trop tard pour les états d'âme, nous sommes tenus d'agir au plus vite. Il convient d'en apprendre davantage sur tous ces gens, coupables présumés ou victimes supposées. Seulement, n'oublions pas qu'avant de jouer les accusateurs publics, on doit avoir des biscuits. Nos présomptions sont peut-être complètement fausses. On peut faire beaucoup de dégâts en accusant à tort, il ne nous faut pas seulement des racontars mais des preuves. Alors, mes petits loups, vous allez vous entendre pour en ramener et montrer un peu plus de retenue, non pas dans vos effusions mais dans vos propos.

Si incongrus soient-ils, les applaudissements de Charlotte viennent détendre l'atmosphère.

— Allez JC, on va se coltiner la mère De Bessard en premier, puisque Fanny dit que cette famille est aujourd'hui plus importante encore que celle des Pujol. Profitons de la réservation de la salle, ce sera le prétexte idéal.

Le sociologue se permet de faire observer que la dame en question ne s'occupe pas des petites cérémonies.

— Ne t'inquiète donc pas pour ça, un train peut toujours en cacher un autre !

Jean-Cyril repense à cette expression quand Mireille De Bessard les fait enfin entrer dans son bureau. Il a fallu tout le bagout de Charlotte pour convaincre sa secrétaire de leur arranger un rendez-vous.

Difficile de croire que cette femme à la quarantaine élégante, au sourire commercial et hautain, soit une parente de l'insignifiante Paillette. Avec ses cheveux auburn ramenés sur sa nuque, son tailleur-pantalon très bien coupé et sa voix un peu métallique, elle doit impressionner plus d'un candidat au mariage. S'il se dégage de sa personnalité un magnétisme indéniable, Charlotte retrouve cependant un peu de ressemblance avec sa propriétaire, dans les yeux trop rapprochés qui les scrutent sans aménité et dans les lèvres, aussi étroites qu'un trait de couteau.

Les deux sœurs possèdent également cette autorité naturelle qui résulte plus de l'éducation et du milieu familial que d'une quelconque force de caractère, mais qui permet d'imposer respect et considération.

La dame jauge d'un air réprobateur la tenue psychédélique et les cheveux ébouriffés de la fiancée et s'adresse ostensiblement à JC, dont le catogan strict est de nature à la rassurer.

Tout en mettant un ordre imaginaire dans des papiers déjà trop bien rangés, elle leur sert les précisions d'usage.

— Nous nous sommes probablement mal compris, je ne m'occupe jamais des réceptions de moins de cinquante personnes. Or je crois savoir que la vôtre se déroulera en comité très... restreint.

Ses dernières paroles contiennent une ironie blessante que Charlotte s'empresse de relever.

— Restreint en nombre, peut-être, mais pas en qualité. Ma marraine, Guillemette Marannes, tient absolument à être à mes côtés pour le grand jour.

D'étonnement, Mireille reste un instant bouche bée.

— Vous voulez dire Guillemette Marannes, la grande cantatrice ?

— À ma connaissance, il n'y en a qu'une, madame !

De Bessard prend un air d'abeille butineuse, sa voix se fait tout de suite plus conciliante, plus douce, presque servile.

— Évidemment, évidemment, mon Dieu, comme c'est intéressant. Dans ce cas, je vais m'occuper personnellement de vous, vous avez bien fait de venir. Vous savez, la Brasserie des Cœurs ne conviendra absolument pas. Il faut trouver un endroit à la fois plus *cosy* et plus marquant, vous voyez ce que je veux dire.

Jean-Cyril cache mal son affolement.

Qu'est-ce qu'elle vient encore d'inventer ? Il n'a jamais été question de ça !

Charlotte, qui a l'improvisation facile, lui écrase sans vergogne le pied tout en gardant un petit sourire supérieur. Elle qui faisait du théâtre amateur n'a jamais eu autant de plaisir et de facilité à jouer un rôle.

De Bessard réagit exactement comme elle le souhaitait. Le challenge pour elle est de taille, il lui faut trouver au plus vite une salle de réception digne de ce nom, à la fois petite et fastueuse. L'abeille s'affole un peu, elle va devoir les délaisser un moment pour téléphoner à tout son carnet d'adresses afin de dégoter l'endroit idéal.

— Je vais vous faire apporter des rafraîchissements.

— Inutile, nous avons de quoi nous occuper, nous devons nous mettre d'accord sur l'alliance.

Charlotte tapote d'un air dégagé sur l'énorme catalogue de Bucellatti qu'elle a posé sur le bureau.

— Prenez votre temps, l'important, voyez-vous, c'est l'acoustique. Guillemette aura peut-être envie de chanter.

À peine Mireille a-t-elle refermé la porte que Charlotte bâillonne de sa main Jean-Cyril.

— Tu m'engueuleras après, il faut en profiter pour fouiller son bureau.

— Tu es complètement folle, tu ne sais même pas ce qu'on doit chercher !

— Je m'occupe de l'ordi, elle a laissé la session ouverte. Essaie donc de trouver son agenda, regarde dans les tiroirs du bureau, dépêche-toi, bon sang, arrête de serrer les freins !

— Tu regardes trop de mauvais films.

— Tu peux parler. Qui a une cachette dans les talonnettes de ses chaussures ?

Charlotte sort une clé USB de sa poche, la branche dans le port du PC, et après deux ou trois manipulations commence le transfert des fichiers qui lui semblent les plus intéressants.

Jean-Cyril est à la fois admiratif et sidéré.

À aucun moment de sa vie il n'a participé à quelque chose d'aussi irrationnel et déraisonnable.

C'est absurde et en même temps terriblement audacieux.

Vertigineux même.

Une peur sourde le travaille au ventre, jamais il n'a connu une telle tension.

Tout en maugréant, les sens aux aguets, il ouvre un à un les tiroirs du bureau, épluche à tire-d'aile factures, courriers, rien ne lui paraît véritablement intéressant.

Il ne faut pas rêver, on ne va pas tomber sur un dossier estampillé « meurtres ».

Il feuillette rapidement le talon d'un chéquier, le remet soigneusement à sa place. Les relevés de banque le tentent davantage. Par précaution, il en prélève quatre au hasard en priant pour que la chance les accompagne.

Au fond du tiroir, il y a un petit carnet que Charlotte, d'un coup de menton, lui enjoint de mettre dans sa poche. Le dernier casier renferme une boîte à chaussures trop lourde pour ne contenir qu'une seule paire, il soulève le couvercle, écarquille les yeux en découvrant son insolite contenu, un revolver à barillet fort incongru dans un bureau de dame.

Charlotte en a fini avec l'ordinateur, elle parcourt les rayons de la bibliothèque en merisier dans le renfoncement du mur. Au milieu des revues et des disques, elle trouve plusieurs albums photo étiquetés avec soin. Elle s'apprête à les feuilleter quand JC se jette littéralement sur elle pour l'embrasser à pleine bouche.

Charlotte n'a pas le temps de réagir que la porte s'ouvre à la volée.

— Oh ! Excusez-moi !

Les petits yeux rapprochés de De Bessard les scrutent sans bienveillance, son ton reste malgré tout courtois.

Jean-Cyril resserre son étreinte pour dissimuler l'album que Charlotte tente maladroitement de glisser sous sa veste.

— C'est nous ! réplique le « fiancé », semblant maîtriser la situation mieux que sa compagne, qui a cependant le bon goût de rougir stupidement.

Mireille esquisse un sourire condescendant.

— Si près du jour J, les effusions sont tout à fait normales, cela n'en est que plus charmant.

Cessant ces minauderies qui ne doivent guère être dans sa nature, elle reprend sa place derrière le bureau pour poursuivre d'un ton plus professionnel :

— Je pense avoir déniché l'endroit rêvé pour votre réception. Il s'agit du petit oratoire du Castel de Lauvergne, une adorable chapelle privée qui peut contenir une vingtaine de personnes. Y dresser une table ne posera guère de problèmes pour mon équipe et vous bénéficierez d'une acoustique remarquable. Florence Pelamourgue est une amie. Inutile de vous préciser qu'un lieu si atypique n'entre pas dans nos locations de salles habituelles, elle n'a accepté que pour deux raisons. Me rendre service tout d'abord et avoir le privilège d'écouter la grande Marannes, si elle veut bien se produire ensuite. J'espère qu'elle y consentira.

Charlotte, trop contente d'avoir réussi à s'asseoir tout en intercalant subrepticement l'album dans les pages du catalogue Bucellatti, lui assure qu'elle fera tout pour rendre la chose possible.

— Évidemment, le prix sera un peu ajusté, mais le cadre vous conviendra tellement mieux !

Pour prévenir la radinerie de JC, qui se crispe à côté d'elle, l'heureuse « fiancée » lui écrase de nouveau le pied avec la grâce d'un cheval de trait avant qu'il ne puisse émettre la moindre protestation.

Tant pis si ça nous occasionne des frais supplémentaires, pas question de louper cette occasion rêvée de rencontrer la veuve joyeuse !

Elle ne doute pas une seconde de l'identité de cette Florence, celle-là même dont la voix chevrotante lui annonçait au téléphone son récent veuvage alors qu'un nouveau mariage était déjà sur les rails.

Au moment de prendre congé, Jean-Cyril ose interpeller leur hôtesse, d'un ton posé :

— Je vous prie de m'excuser par avance si vous voyez quelque indélicatesse dans ma question, mais ma formation de sociologue me pousse à la compréhension des comportements humains et je souhaiterais obtenir un éclaircissement sur un point bien particulier.

Charlotte panique.

Qu'est-ce qui lui prend ? Il va tout gâcher !

Sûre d'elle, Mireille De Bessard regarde de haut le « freluquet à deux sous », c'est ainsi qu'elle le considère, qui sollicite de façon aussi pédante son attention. Ignorant la sonnette d'alarme qui tinte dans son subconscient, elle accepte autant par curiosité que par amour-propre.

— Vous m'intriguez, mon cher, faites donc !

JC est peut-être un laborieux qui manque de simplicité et de créativité, mais c'est aussi un acharné qui poursuit lentement son chemin et finit par creuser son sillon.

Pour rendre cette entrevue crédible, il a préparé avec soin une phrase qui correspond à sa méthodologie de recherche. Avec son histoire loufoque de cantatrice, Charlotte l'a empêché d'intervenir, mais partir sans poser cette question serait pour lui un véritable échec.

Il ose donc.

— Voilà, vous dirigez, madame, une entreprise prospère, qui a pour finalité la réussite des mariages et pour activité l'organisation des cérémonies. Pourtant vous-même êtes célibataire, si je ne me trompe, et ce paradoxe m'intrigue.

Charlotte ne cache pas son étonnement.

Quel culot !

Ni son admiration.

Bravo, mon Wiki, vas-y ! La reine des abeilles va sûrement te rentrer dedans !

Visiblement, la question interpelle aussi Mireille, qui marque un instant d'hésitation. Ses yeux se plissent au point de dissimuler ses pupilles.

— Comment dire, mon cher ? Sans me vanter, avec les hommes, je n'ai jamais eu de problèmes, plutôt même des facilités. Comme vous le savez peut-être, j'ai un grand fils.

Elle montre d'un geste la photographie d'un adolescent maussade accrochée au mur.

— J'ai même renoncé à un homme que j'aimais profondément mais qui, lui, était plus pressé et n'a pas pu attendre. En fait, je n'ai jamais trouvé le temps de me poser. À l'âge où les autres se casaient, je me lançais dans les affaires. Le couple qui dure, la famille, c'était pour « quand je serai plus grande »... Je me suis rendu à l'évidence, quelques années plus tard : il ne faut jamais laisser passer sa chance. Celle de tisser une relation durable, de construire autre chose que soi-même. Pour éviter l'amertume, je me suis lancée à fond dans ce projet ; aider les petits couples comme le vôtre est ma récompense. Cette explication du paradoxe vous agrée, j'espère ? Il le faudra, je n'en ai pas d'autre à vous offrir.

Les « fiancés » partent avec un sourire de façade tandis que De Bessard les suit d'un regard pensif.

Je n'aime pas cela, je n'aime pas cela du tout !

À peine ont-ils franchi le mur d'enceinte que les jeunes gens se tournent l'un vers l'autre pour s'écrier d'une même voix :

— Quel culot, tout de même !

L'un parle de la cantatrice, l'autre de la question qui fâche. Du coup, le quiproquo les rapproche.

— Même esprit, pour une fois !

C'est Charlotte qui le dit, JC acquiesce.

— C'est une bonne femme singulière qui ne se démonte pas facilement. Elle a une autorité, une force, elle imprime sa marque, elle est vraiment brillante, il faut le reconnaître.

— N'oublie pas que les gens qui brillent éteignent souvent les autres, poursuit Charlotte. Ne te laisse pas éblouir bêtement. Moi, j'ai le sentiment qu'elle peut mettre cette force au service du mal plutôt que du bien. Mon pote, maintenant qu'on est cernés, on a bougrement intérêt à rester sur nos gardes.

— Il nous reste à espérer qu'elle ne se rende compte de rien. Je ne crains pas trop pour les relevés de comptes car je n'ai pas pris les plus récents, mais si elle constate trop vite la disparition du carnet ou de l'album, elle saura que c'est nous.

— N'empêche que, mon Wiki, on a fait du bon boulot. Fanny va être fière de nous !

JC ne peut s'empêcher d'émettre une critique, au risque de briser leur relative entente.

— Qu'est-ce qui t'a pris, tout de même, de prétendre que la cantatrice est ta marraine ?

— Dis-toi bien que, sans ça, la Mireille nous foutait à la porte ! Avec ces gens-là, la seule chose qui compte, c'est le fric ou la notoriété.

— Pourquoi la grande Marannes ? C'est un peu gros, je trouve !

— Parce que j'ai remarqué des disques d'opéra et de chants religieux dans la bibliothèque. Il fallait absolument trouver un truc qui intéresse cette vieille peau. En plus, je considère que ce n'est pas tout à fait un mensonge car j'ai assisté à plusieurs de ses concerts.

JC lève les yeux au ciel. L'illogisme de cette fille le sidérera toujours.

— Ça ne fait pas pour autant d'elle ta marraine !

— Alors disons que c'est mon complexe de Cendrillon !

14

Charlotte a tellement transformé son sinistre appentis qu'il est devenu leur lieu de prédilection pour se réunir et discuter loin des oreilles indiscrètes. Tous les meubles inutiles sont désormais entassés dans un coin pour permettre au tapis d'étaler ses douces couleurs fanées au milieu de la pièce. Recouvert de coussins et de couvertures, le matelas poussé contre la vitre fait, lui, office de canapé douillet.

Badigeonnés de blanc sur l'envers, les grands puzzles servent de support aux divers collages de l'artiste, qui ajoutent la note de fantaisie nécessaire pour apporter chaleur et sensation de bien-être.

Charlotte voit maintenant le ciel de son matelas, ses nuits sont remplies d'étoiles et de coulées de lune. Elle a acheté des coussins, de la peinture, une bouilloire électrique et un verrou.

Pas question que Paillette envahisse son antre ! Il a d'ailleurs été convenu entre elles que la locataire se chargerait du ménage.

Fanny reconnaît à son amie ce don rare de savoir créer des ambiances un peu magiques.

Le *tea time* est devenu un rituel d'échanges, d'élaboration d'hypothèses et de stratégies policières plus ou moins alambiquées.

— JC est en retard.

— Il ne viendra pas.

— Ne me dis pas que vous vous êtes encore fâchés !

Assise en tailleur à même le sol, Charlotte prend un petit air buté.

— C'est à cause de l'expérience de Walter Mischel.

— Euh, si tu pouvais être plus explicite...

— Un sociologue que JC admire. Il a mis au point un test pour contrôler la capacité à résister à des tentations à court terme. Bon, je te résume, en gros. On propose un marshmallow à un petit de maternelle qui restera seul, quelques minutes, avec la friandise, en lui précisant qu'il en aura une deuxième s'il ne la mange pas. Évidemment, moins de la moitié des gosses réussissent ce test qui, à mon avis, est tout aussi cruel qu'inutile.

« JC pense que les gens résistent à la tentation de divorcer car on leur fait miroiter soit de l'argent, soit un meilleur emploi ou un bénéfice quelconque plus tard.

— Ce n'est pas idiot, ça pourrait expliquer la situation de Chantelauze. Mais, comme tu le dis, la moitié des gosses ont raté l'expérience. On devrait donc avoir moins de divorces mais on devrait en avoir quand même.

— Moi, je considère que ça ne tient pas la route et qu'il faut être pervers pour imaginer des trucs de ce genre. J'adhère plutôt à la pensée d'Oscar Wilde, qui considère que le meilleur moyen de se libérer d'une tentation est d'y céder. J'ai mis JC au défi de ne pas venir prendre le thé aujourd'hui pour pouvoir en avoir deux tasses demain. Je suis certaine qu'il se forcera à ne pas venir, même s'il en meurt d'envie, rien que pour me donner tort.

Fanny oscille entre garder son sérieux et éclater de rire.

— Eh bien, ma vieille, à ce que je vois vous vous amusez drôlement tous les deux !

Charlotte lui lance un coussin sur le nez en guise de réponse, et elle ajoute pour faire bonne mesure :

— Tu ne trouves pas que JC a changé depuis la disparition de Mehdi ? Il est à la fois moins distant et plus paternaliste. Je déteste quand il nous appelle « les filles ».

Elle l'imite en modulant sa voix avec des inflexions comiques.

— Bonjour les filles, au revoir les filles, à demain les filles, réfléchissez bien les filles... Dieu que ça m'énerve, on n'est pas « ses » filles, mais Charlotte et Fanny ! Il pourrait nous individualiser, tout de même, c'est à la fois péjoratif et blessant.

Fanny se tord de rire, elle propose une parade infaillible :

— Juré, la prochaine fois on l'appelle « mon garçon ».

Charlotte reste dubitative.

— Il manque tellement d'humour que ça risque de faire un flop. Enfin, je veux bien essayer.

Elle regarde par la fenêtre d'un air désappointé.

— Remarque, j'aimerais bien qu'il vienne aujourd'hui, ça démontrerait une certaine dose d'humanité. Mais, évidemment, il ne voudra jamais faire partie du pourcentage d'erreurs. Ce serait pas mal pourtant s'il se décidait à venir, car Clovis a noté que pour des fiancés nous étions beaucoup trop raisonnables. Je ne sais pas trop ce qu'il faut entendre par là. De mon côté, je n'imagine pas très bien ce gros chien-chien en train d'embrasser la mère Paillette.

Fanny s'enfonce dans le matelas relooké en prenant une pose langoureuse.

— Tu sais, en y repensant, quand elle était mon instit je la trouvais coincée, sévère et *spéciale*. C'est le mot qu'on employait à l'époque pour montrer qu'elle n'était pas comme nous, qu'elle venait d'un autre milieu. Elle n'avait peut-être pas le pull sur les épaules mais elle portait déjà des jupes plissées, un serre-tête et un foulard autour du cou. Ça tenait aussi à son vocabulaire un peu vieillot. Je me souviens qu'elle commençait toujours par nous demander de secouer nos « souliers » et non pas nos chaussures. En revanche, c'est bizarre, je ne l'ai jamais considérée comme riche, aujourd'hui on dirait friquée, tout cela parce qu'elle s'appelait « Paillette ». Si elle s'était présentée comme une De Bessard à l'époque, je suis certaine que je l'aurais vue autrement. C'est drôle, tout de même.

— Oui, eh bien, en parlant de ça, je me demande pourquoi sa sœur, l'autre De Bessard, a un revolver dans une boîte à souliers cachée dans le tiroir du bureau.

La réponse de Fanny fuse comme une canonnière.

— Pour se défendre. Parce qu'elle a peur, mais de quoi ? de qui ? Ça montre en tout cas qu'elle n'a pas la conscience tranquille. Quand on brasse autant d'argent qu'elle, ça ne doit pas être facile de dormir sur ses deux oreilles. Malheureusement, on n'a pas trouvé beaucoup d'os à ronger dans ce que vous avez subtilisé.

Charlotte, qui reste très fière de cette expédition, tente d'en faire un inventaire plus constructif.

— On sait que le pensionnat suisse de son fils coûte très cher, qu'elle retire en outre régulièrement de grosses sommes en liquide. Tu me diras qu'elle a peut-être des goûts dispendieux, mais on peut aussi imaginer qu'elle soit l'objet d'un chantage ou se trouve dans l'obligation de rémunérer un homme de main pour exécuter les basses besognes.

Fanny lève les yeux au ciel, Charlotte continue, imperturbable :

— L'agenda qu'on a ramassé est malheureusement celui de l'année dernière. JC a toutefois remarqué, ou plutôt établi une corrélation, pour parler comme lui, digne d'intérêt : le jour où

Rémi Tournade est tombé de son toit, elle a noté « fait ».

— Ça ne veut rien dire !

Charlotte quitte sa position du lotus pour bondir sur ses pieds et arpenter la pièce en gesticulant comme un marionnettiste tirant des fils invisibles.

— Ça veut aussi tout dire, d'autant plus que la semaine d'avant on note un « RV Bar des Glaciers 12 h ». Or je te rappelle que la femme de Tournade est serveuse dans ce même bar et qu'on a beau chercher ailleurs dans le carnet, c'est le seul jour de l'année, tu entends *le seul*, où Mireille a mis les pieds dans ce bar. Si tu n'y vois pas une coïncidence, ma parole, c'est que tu joues trop à colin-maillard !

Fanny persiste à se faire l'avocat du diable.

— Une coïncidence n'est pas une preuve. La De Bessard ne craint pas grand-chose avec des corrélations de ce genre. Notre plus grand espoir repose sur la copie des fichiers, mais, pour l'instant, on n'a rien pu établir de percutant.

— Ça nous donne tout de même des indications sur le fonctionnement de la boîte. On voit que quasiment tous les budgets prévisionnels validés par les clients sont dépassés grâce à un flou de départ sur les prestations et les heures facturées. On remarque aussi un certain nombre d'arnaques comme l'obligation de multiplier les essais coiffure ou manucure.

— On a surtout compris que tous les prestataires qui font partie de la liste de Mireille augmentent systématiquement leurs notes de dix pour cent pour lui reverser sa « part de pièce montée », certains documents sont très explicites à ce sujet. C'est ça ou ils sont exclus de la liste, ce qu'évidemment ils ne peuvent pas se permettre.

— Quel mépris, tout de même, envers ces artisans qui font un boulot de qualité, comme envers les mariés qu'on considère vraiment comme des poules aux œufs d'or !

— Tout ça montre que De Bessard a vraiment intérêt à ce que la belle légende de Chantelauze perdure et qu'aucune rumeur de divorce ne se propage dans la commune.

« Reste l'album photo. Je ne sais pas ce qui t'a pris de piquer ce truc. À mon avis, c'était prendre des risques inutiles, d'autant que si tu veux examiner les clichés de mariage, ils sont presque tous exposés dans la galerie du centre.

Charlotte secoue vigoureusement la tête, ce qui a pour effet de faire tomber l'espèce de foulard qui lui relevait les cheveux.

— Tu veux dire la galerie de ton cher motard ! Sans remettre ses talents en cause, je doute fort qu'il détienne des photos aussi intéressantes que celles que j'ai récupérées. Figure-toi que c'est un peu un coup de bol, car ce n'est pas vraiment ce que je cherchais, mais je suis tombée sur leur album de famille. Crois-moi, c'est très édifiant sur le train de vie des De Bessard.

La curiosité pousse Fanny à se relever.

— Montre-moi ça, il y a peut-être des photos de ma chère institutrice enfant, alors ?

— Un peu qu'il y en a ! Enfant et jeune fille même. Dommage que ce soit en noir et blanc, mais, une chose est certaine, toute petite elle avait déjà la bouche cousue.

Les deux amies regardent en silence les différentes photos disposées artistiquement sur le tapis.

On remarque tout de suite que la pauvre Yvette n'est guère photogénique, les traits contractés sous l'effet d'une mauvaise humeur permanente. Elle a de petits yeux fureteurs qui lui donnent un air chafouin.

Sans être jolie, Mireille est plus svelte, plus jeune aussi, elle sait se mettre en avant et prendre un air hautain, aussi ridicule qu'impressionnant. Elle se tient toujours à côté du père, la mère au contraire est en retrait, Yvette entre les deux.

Plusieurs clichés de Mireille seule avec un bébé font le pendant de ceux d'Yvette au bras de son premier époux. La différence d'âge entre les deux sœurs est d'autant plus frappante que la jeune mère semble s'affranchir à cette époque des vêtements vieille France. Son allure plus moderne s'allie à une posture audacieuse, presque arrogante. On sent qu'elle a pris de l'assurance tandis qu'Yvette paraît se ratatiner davantage.

Le contraste entre les deux mariages de cette dernière est tout aussi édifiant. Pour le premier, avec Oscar, l'assemblée est restreinte. Les parents encadrent les époux. On comprend tout de suite que les De Bessard n'ont rien à voir avec les Paillette, qui sont en fait leurs domestiques. Oscar est souriant, plutôt bel homme, Yvette a déjà sa tête d'éteignoir. Mireille est resplendissante au bras d'un cavalier qui semble aux anges.

On retrouve ce même jeune homme, doté cette fois d'une moustache, dans le second mariage, mais à la place d'honneur, c'est-à-dire en marié au bras d'Yvette, nettement plus âgée, encore plus morne si c'est possible. Pour ce remariage, elle a droit toutefois à tous les honneurs, une foule d'invités, une calèche, des fleurs, un orchestre… On voit qu'on est passé à l'ère des Noces en or. Les parents Paillette ont disparu, les De Bessard règnent en maîtres. Mireille supervise la cérémonie en traînant dans son sillage un gamin d'une dizaine d'années qui a l'air de s'ennuyer profondément.

Charlotte sort la première du silence.

— Édifiant, non ?

— Peut-être pas pour notre enquête mais pour ma gouverne, oui ! Je réalise que Paillette devait avoir un peu plus de trente ans quand j'étais son élève. C'est dingue, je la considérais vraiment comme une vieille alors que j'aurai bientôt cet âge.

— Oui, bah, tu ne lui ressembles pas non plus, plaisante Charlotte. Cette bonne femme n'a pas d'âge, elle a toujours été vieille parce qu'elle ne sourit jamais, est enfermée dans ses préjugés et sa haine de l'humanité. Je pense que sa sœur a aussi ce complexe de supériorité, mais elle est plus fine, plus ouverte et sait composer quand il le faut.

— Elle a bien dix ans de moins, non ?

Charlotte se relève pour prendre une grande feuille quadrillée coincée dans la gueule du renard, métamorphosé dorénavant en porte-documents.

— Attends. À partir des dates derrière les clichés, j'ai fait une frise chronologique des De Bessard-Paillette pour mieux m'y retrouver : Yvette a aujourd'hui cinquante-cinq ans, elle s'est mariée à trente ans avec Oscar, qui est décédé quand elle en avait quarante-huit, remariée avec Clovis un an après. Elle a quitté l'Éducation nationale par la même occasion.

« Mireille a onze ans de moins, elle porte beau ses quarante-quatre ans. Elle est partie d'ici à vingt ans, peu après le mariage de sa sœur, a eu un fils à vingt-neuf, et est revenue vivre au pays au moment du lancement de Chantelauze, il y a de cela une dizaine d'années. C'est elle qui, apparemment, gère toute la fortune.

Fanny compte sur ses doigts et approuve.

— Oui, ça colle avec les racontars de Marinette Joussac. Laurent, le fils de Mireille, aurait une quinzaine d'années. On dit qu'il héritera de toute cette fortune puisque les Paillette n'ont pas d'enfants. D'après elle, Mireille était la fierté de son père. Ils se seraient un peu fâchés au moment de la naissance du petit car, à l'époque, et dans un petit village comme ici, être fille mère entachait l'honneur de la famille. Marinette, qui travaillait à la poste, raconte que le père retournait les lettres de sa fille sans même les ouvrir. Tu te rends compte ? Depuis son retour, elle tient sa revanche. Non seulement le vieux De Dessard, impotent, lui a confié la gestion des propriétés, mais, surtout, elle administre bon nombre de sociétés de promotion et de gestion immobilière et d'événementiel. Tous les commerçants et même Pujol lui mangent dans la main. C'est elle, en fait, la véritable maîtresse de Chantelauze.

— Ce que j'aimerais comprendre, ce sont les rapports entre les deux familles. Comment la terne Yvette a-t-elle pu faire deux mariages quand sa sœur plus avenante restait célibataire ? Pourquoi les deux fils du jardinier ont-ils succombé à son charme ? Quelle relation entretient-elle avec sa cadette qui dirige tout d'une main de fer ?

Charlotte regarde sa montre, l'heure du thé est passée, elle regrette l'absence de Jean-Cyril. Pour être lourdes, ses analyses sont parfois justes. Elle aurait aimé avoir son avis sur tous ces personnages qui semblent jouer dans une pièce de boulevard où tromperies, sens de l'honneur, avidités, jalousies et rancœurs se mélangent dans une bien mauvaise salade.

Tout en remettant la frise chronologique dans son curieux coffret, elle écoute Fanny lui rapporter les dernières confidences de sa propriétaire.

— Là-dessus, Marinette est intarissable. Tu sais qu'Yvette refusait aussi les lettres de sa sœur. Trop intransigeante avec l'honneur, ce qui se fait ou non. J'en déduis que les frangines se détestent cordialement. Quant aux Paillette, ils ont toujours été logés au domaine, dans les communs, comme on dit ici. Naturellement, les gamins, sensiblement du même âge que les filles de la maison, ont dû les fréquenter.

« Oscar, l'aîné, a roulé sa bosse un peu partout, pour s'établir finalement comme négociant en vins. Quand il a épousé Yvette, les De Bessard n'avaient pas un rond, ils étaient donc bien contents de le trouver pour régler les dépenses d'entretien des propriétés qui, à l'époque, ne rapportaient pas grand-chose. Si j'ai bien compris, Oscar était un gars qui en voulait, un bosseur qui mouillait sa chemise, un peu chaud lapin sur les bords, mais épouser une institutrice, une De Bessard en plus, lui apportait la considération qui lui manquait. Bref, Marinette en pense du bien, il faut croire qu'il n'était donc pas si mal que cela.

« Ce n'est pas le même son de cloche pour Clovis le Cabot, un surnom qui veut tout dire. Celui-là, plutôt beau mec, a toujours vécu aux crochets de ses parents puis de son frère. Ni bon de la tête ni bon des mains, un peu des jambes puisqu'il jouait au football, mais en gros, c'était un feignant. On raconte qu'il était amoureux fou de Mireille mais qu'Yvette a toujours eu le béguin pour lui. Toujours est-il qu'il s'est marié avec elle alors que la place était encore chaude. Par intérêt sûrement, car, à ce moment-là, les De Bessard avaient redoré leur blason. Il secondait plus ou moins son père comme jardinier, du coup, aujourd'hui, il semble avoir pris une sacrée retraite anticipée. Je suis désolée, mais ton chien n'a pas bonne presse à Chantelauze. Au fond, il n'est peut-être pas si brave que tu le croyais.

Charlotte sert le thé d'un air perplexe.

— Zut ! J'ai vraiment l'impression que quelque chose m'échappe. Paillette et De Bessard devraient se retrouver dans la même colonne, pourquoi Mehdi les a-t-il séparés ?

— Tu oublies qu'Oscar est mort prématurément d'une intoxication qui peut paraître suspecte et que sa femme s'est remariée dans la foulée.

Charlotte ne semble guère convaincue.

— Il n'était pas si jeune, cinquante-deux ans. A-t-on seulement une raison de croire qu'il voulait divorcer ?

— N'oublie pas qu'on le décrit comme « chaud lapin ». Yvette la prude n'a peut-être pas supporté. Devant l'impossibilité de divorcer, à cause du nouveau slogan de Chantelauze, elle le tue ou charge quelqu'un de la liste d'en face de le faire, ça se tient, non ?

— Sauf qu'on devrait alors la retrouver dans la colonne de gauche avec nos supposés meurtriers, et que, en se remariant dans la foulée, on est aussi en droit de penser que c'est elle qui voulait divorcer. Or elle est en vie, ce qui bouleverse notre raisonnement. J'avoue ne plus rien comprendre, je me demande si on ne s'est pas trompés avec cette histoire de colonnes.

Devant ces contradictions évidentes, Fanny soupire. Une fois de plus, les choses s'embrouillent à souhait.

— Bon, reprenons : pour la droite, il n'y a pas de souci, ils sont tous morts d'une mort violente et, que ce soit pour Paillette ou pour Pelamourgue, on a ensuite un remariage un peu trop rapide pour ne pas être suspect. Pour la gauche, effectivement, à part le fait que tous ces gens profitent à fond du système, je ne vois pas trop comment on peut les mettre en cause.

Charlotte se gratte la tête.

— On oublie peut-être un peu trop vite le point d'interrogation. Après tout, les soupçons de Mehdi ne portaient peut-être que sur un seul d'entre eux, sans qu'il parvienne à déterminer lequel. Si tu me suis, dans ce cas je reviens à De Bessard. Avec la mention « fait » inscrite dans son carnet, elle me semble vraiment en première ligne.

— Écoute, Charlotte, ne va pas trop vite en besogne, on ne peut rien déduire sans avoir vu tous les autres.

— À propos, ma belle, lance celle-ci, je te rappelle que demain on a rendez-vous pour ma robe de mariée avec Amandine Pujol ! Ça te permettra de rencontrer la belle-sœur de ton Paul. Attention, pas de favoritisme, elle est aussi suspecte que les autres, plus, à mon avis, car Pujol est le premier nom de la liste et qu'on voit bien que toute cette affaire part, tourne ou revient vers eux. Ne l'oublie pas quand on te proposera une autre virée à moto.

Fanny cherche une réplique pour faire taire l'insolente, mais l'entrée imprévue de Jean-Cyril l'en dispense.

Les joues rougies, un peu essoufflé par la montée de l'escalier ou par le sentiment de perdre son pari, le sociologue prend le temps de secouer sa veste tout en vérifiant d'un geste automatique la bonne tenue de son catogan.

— Salut, les filles, je ne suis pas trop en retard pour le thé ?

— Non, mon garçon !

Elles l'ont dit d'une même voix joyeuse sans même se concerter ni se lancer un regard.

Charlotte esquisse un sourire.

Ainsi, il n'a pas su résister à la tentation ! Il n'y a pas à dire, mon Wiki, tu fais des progrès…

15

Chez Simone Fressange, la télévision crache ses informations en sourdine. Penchée sur son fourneau, l'ancienne secrétaire de mairie bougonne des paroles indistinctes, signe manifeste de sa mauvaise humeur. Les médias font leurs choux gras des dernières frasques du mari de Barbara Kitchen, le beau Harper, acteur de seconde zone de vingt ans son cadet, qui profite manifestement de l'absence de son épouse pour fréquenter assidûment le *dancefloor* du club Eden à Hollywood en compagnie d'une jolie blonde.

« À quand le divorce ? Kitchen fera-t-elle mentir Chantelauze ? »

Pronostics, ragots et médisances vont bon train. Harper, plus riche en pectoraux qu'en neurones, oubliant toute discrétion, s'est prêté au jeu des paparazzis.

Simone est chiffonnée en réalisant que cet imbécile pourrait réduire à néant la réputation si chèrement acquise de son village.

Marcel Pujol n'a pas ce genre d'état d'âme. À peine a-t-il franchi le seuil de la cuisine qu'il se précipite vers le poste pour l'éteindre d'un geste autoritaire.

— Arrête d'écouter ces fumisteries, ça va te miner le moral !

— Tu dois pourtant reconnaître que j'avais raison quand je te disais qu'il n'était pas raisonnable de célébrer les noces de cette actrice. On ne peut pas faire confiance à ce milieu-là.

Elle prononce ces derniers mots du bout des lèvres pour mieux montrer sa réprobation. Pour la fidèle secrétaire, jamais sortie de Chantelauze, le *show-business* évoque un monde aussi superficiel qu'épouvantable, peuplé de superstars excentriques aux réactions démesurées et de fans incontrôlables qui hurlent ou s'évanouissent en public. Le tout assaisonné de champagne, tapis rouge, glamour, sexe, drogue et autres turpitudes plus ou moins avouables.

Ces derniers temps, Pujol supporte mal la contradiction. Il réplique vertement :

— *Mila diou !* Tu sais très bien que Barbara nous a apporté la notoriété, et qu'on ne court aucun risque. Elle a besoin de nous pour faire parler d'elle et redorer son image. Toutes les stars divorcent, avec le renfort d'escouades d'avocats plus retors les uns que les autres pour assurer leurs arrières. Elle a compris qu'elle gagnera beaucoup plus en étant une des rares à avoir une relation durable.

« Évidemment, elle aurait pu choisir un autre partenaire que cet abruti d'Harper. Il est peut-être canon au point de faire rougir une escalope, mais on voit tout de suite qu'il n'a pas joué dans le même bac à sable qu'Einstein.

« Peu importe, tu sais bien qu'il a les pieds et poings liés dans cette affaire, on le tient. Il peut folâtrer si ça lui chante, mais il ne divorcera pas. Barbara va lui couper les vivres et le faire revenir vite fait. Tu verras, ils paraderont ensuite tous les deux, bras dessus, bras dessous, dans les rues de Chantelauze, pour le plus grand bonheur des tabloïds, et on gagnera encore en crédibilité.

Simone hausse les épaules, elle a plus confiance en Marcel qu'en n'importe qui. Quoi qu'elle pense, elle finit toujours par s'en remettre à son bon sens.

Férue d'histoire et d'historiettes, elle a fait sienne la formule attribuée à Napoléon pendant la campagne d'Italie : « Un chef est un marchand d'espérance. » Marcel est encore plus que ça pour elle, c'est un pionnier qui a mis en œuvre un projet insensé, organisé son développement et son succès. Aujourd'hui, c'est le chef d'orchestre de cet ensemble de plus en plus complexe.

La peur que leur « bébé » ne leur échappe l'envahit parfois, les prédateurs sont nombreux à attendre un faux pas, le gâteau en tente plus d'un et ceux qui en ramassent des miettes ont les dents longues.

Marcel lui-même utilise depuis quelque temps ce ton dictatorial qui ne présage rien de bon.

Elle le sent inquiet.

D'ailleurs, il ne met plus que deux sucres dans son café.

C'est un signe.

Signe qu'une menace diffuse, dont elle ne perçoit pas bien les contours, pèse sur Chantelauze.

— Si ce n'est pas cette histoire avec Harper, alors qu'est-ce qui te tracasse de la sorte ?

Marcel se moque tout d'abord d'elle.

— Ah, je sens que tu vas encore me faire un speech sur la fameuse intuition féminine !

Le regard de Simone ne cille pas, au contraire, il interroge. Ces dix années ne l'ont guère changée, elle reste sèche et osseuse comme un vieux cheval de trait. Pourtant, le remplacement de sa canine par un implant lui a donné l'assurance qui lui manquait.

Pris au piège, Marcel lance d'une voix énervée :

— La mort de Mehdi Farez m'interpelle, si tu veux vraiment le savoir.

— Je croyais que c'était arrangé avec le major Daude.

— Bien sûr, mais maintenant, c'est moi qui suis redevable et je n'aime pas ça. Je me sens surtout coincé vis-à-vis du mariage Messahel. Tu connais ma position sur cette union, que je n'arrivais pas à cerner au début. J'avais décidé de faire poireauter les tourtereaux jusqu'à ce qu'ils changent d'avis.

— Ce sont des imposteurs, j'en suis à peu près sûre ! Je les ai bien observés, tu sais, ils s'embrassent sans la langue, c'est un signe qui ne trompe pas.

La remarque fait sourire Marcel, qui n'imaginait pas que Simone puisse jouer avec autant de perfectionnisme son rôle ingrat d'espionne.

— Vrai ou faux baiser, il est difficile, voire impossible maintenant, de différer plus longtemps. Jean-Cyril a été d'une discrétion remarquable, rien n'a transpiré dans la presse alors qu'il était en droit d'exposer publiquement ce drame ou même d'émettre des doutes. Ce garçon m'intrigue, mais je lui suis sacrément redevable.

— Méfie-toi, je l'ai trouvé trop souvent à la mairie en train de fouiller dans les actes d'état civil. Tout comme pour son copain qui a eu cet accident épouvantable, tu ne m'enlèveras pas de l'idée qu'il y a anguille sous roche. Sociologue, ce n'est pas un métier, et experte en collages encore moins, tu peux me dire de quoi ils vont vivre, ces deux-là ?

Marcel soupire, la situation s'embrouille. Il fait comprendre à Simone qu'ils sont peut-être plus aisés qu'il n'y paraît. Mireille l'a prévenu que la petite était en fait la filleule de Guillemette Marannes et que la cantatrice serait présente à la cérémonie.

— La grande Marannes ?

Simone est estomaquée. Elle adore l'opéra. Son addiction à l'art lyrique remonte à l'enfance. Quand sa grand-mère l'emmenait à la messe, elle avait déjà les larmes aux yeux en entendant l'Alléluia. Bien qu'elle trouve toutes ces histoires d'un autre âge passablement ridicules, avec leurs arguments désuets et les divas qui pèsent trois fois plus lourd que leurs amoureux, elle ne peut s'empêcher de pleurer quand elle écoute en boucle la scène finale de *La Bohème* de Puccini. Elle râle aussi copieusement quand la musique de Verdi sert de support publicitaire aux pâtes et pizzas après avoir fait vendre des voitures.

Savoir que Guillemette Marannes, la déesse internationale aux aigus stratosphériques, risque de venir à Chantelauze, l'entraîne subitement à considérer d'un œil plus favorable la petite colleuse.

— Qui aurait deviné ça ? Avec ces artistes, c'est toujours difficile de juger sur l'apparence !

Marcel est moins enthousiaste.

— En attendant, ça me complique encore la tâche. D'autant plus qu'ils se sont mis tout le monde à dos. Tu ne sais pas ce qu'ils ont demandé à Charbonnel pour le bouquet de la mariée ? Des violettes ! Lui qui n'est déjà pas trop fan de cette couleur, qu'il associe plutôt au deuil, voulait y adjoindre d'autres fleurs comme des orchidées, mais non, ils veulent un simple bouquet de violettes et rien d'autre. Et encore, la petite a fait des réflexions désagréables sur le prix.

Quant à Anthony Bucellatti, il est furieux : ils ont discuté avec lui pendant plus de trois heures pour lui annoncer finalement qu'ils avaient une bague de famille qui convenait mieux.

— Je sais que, chez ta belle-fille, la future a essayé tout un tas de modèles sans rien trouver de satisfaisant. Amandine se réjouissait de devoir créer une tenue plus originale, j'espère qu'ils ne vont pas la faire travailler pour rien.

— Je ne m'inquiète pas pour elle, Amandine est une pro qui s'y entend pour embobiner ses clients. Ils y réfléchiront à deux fois avant de se rétracter. Évidemment, si la Marannes se décide à chanter malgré le nombre minimaliste d'invités, on ne peut pas les reléguer dans une petite salle. Heureusement qu'on peut compter sur Mireille, elle nous le fait payer cher mais elle est efficace. Elle a réussi à convaincre la Pelamourgue de louer l'oratoire, ce serait sublime pour un concert.

La langue de Simone claque trois fois dans sa bouche, accentuant encore sa ressemblance avec un vieux cheval.

— En parlant de Pelamourgue, il faut que tu raisonnes Florence. Ça fait à peine deux mois que Jean est mort qu'elle veut déjà publier les bans. Quelle indécence, tout de même ! Ah, il est loin le temps où les veuves ne quittaient jamais le noir !

— Sans regretter cette époque, je trouve qu'elle y va en effet un peu fort, concède Marcel. Tout le monde va comprendre qu'elle ne tenait pas tant à ce pauvre Jean, et que les rumeurs sur son infidélité étaient bel et bien fondées. Je lui parlerai. La raisonner, comme tu dis, est une autre affaire. Ces gens-là ont une si haute opinion d'eux-mêmes ! Au fond, je me demande si ce ne serait pas plus efficace d'avoir une conversation d'homme à homme avec le remplaçant.

Le nez pointu de Simone se trémousse de curiosité.

— Tu le connais donc ? C'est quelqu'un d'ici ?

Pujol étend ses jambes en considérant d'un air chagrin son ventre rebondi, comme s'il venait seulement de le découvrir.

— Tu ne trouves pas que j'ai grossi ?

Une manière comme une autre de détourner la conversation. Il sait pourtant qu'il peut compter sur la discrétion de Simone. Il a terriblement besoin, en outre, de partager cette information qui le dérange jusque dans son sommeil.

Mettre la poussière sous le tapis n'a jamais été sa façon d'avancer.

Il soupire et lâche dans un souffle :

— Loïc Puech.

— Le brigadier de gendarmerie ?

— Lui-même.

Dans le silence qui suit cette révélation, le tic-tac de l'horloge semble de plus en plus cadencé, au point de devenir aussi inquiétant que le claquement du couteau détaillant la viande sur l'étal du boucher.

C'est que le nom de Puech sonne comme un glas dans leur mémoire. Parmi tous les drames qui ont traversé Chantelauze, le suicide de Marie, si belle, si jeune, si émouvante, est celui qui a le plus marqué les esprits.

Il a fallu toute la force de Marcel pour tourner la page de l'incompréhension et de la sidération. Aujourd'hui, il se demande s'il a eu raison. Si les habitants en parlent avec cette cassure dans la voix et cette larme au coin des yeux, c'est probablement parce qu'ils n'ont pas eu le temps de faire leur deuil.

Tout a été trop vite, l'habitude était déjà ancrée : « Ne pas faire de vagues. » Chantelauze, village du bonheur, ne pouvait pas s'appesantir sur la mort prématurée d'un de ses enfants.

Même Daude, accablé de chagrin, et sa femme, éperdue, ont joué le jeu.

Compromissions, étouffement de l'affaire, bassesse, oubli.

Plutôt tentative d'oubli, puisque tout le monde en parle encore.

Ou y pense en silence, ce qui est sûrement pire.

Le remariage de Puech ne pourra que raviver les souvenirs.

Quatre ans de veuvage. Le temps du deuil doit lui paraître raisonnable, si tant est que la raison joue un rôle dans cette affaire.

Loïc n'est pas un garçon facile. Suffisant et fier de sa personne. Ces défauts-là, Marcel les lui pardonne, il sait faire avec. Mais aussi borné, imbu de son pouvoir de petit chef, usant et abusant de son titre pour s'imposer : c'est le côté insupportable que le maire déteste. Humiliations et réprimandes sont son mode de fonctionnement. Marcel est bien placé pour le savoir, il a plusieurs fois été obligé d'intervenir pour faire cesser des tracasseries stupides, comme ces contrôles d'identité humiliants pour les invités de couleur d'un mariage ou ces tests d'alcoolémie en fin de soirée sur le parking de l'Hôtel des Amoureux. Il n'y a rien de pire que ces subalternes obtus, qui n'ont aucune faculté de discernement et respectent la consigne à la lettre.

Le remariage du gendarme avec Florence Pelamourgue l'étonne. Il est plus jeune qu'elle, et surtout sans le sou comparé à la riche héritière du Castel de Lauvergne. Ils ne sont pas du tout du même milieu. Rien de commun non plus dans leurs centres d'intérêt – Florence est antiquaire –, ni dans leur manière de parler – elle fait très bourgeoise – ou de s'habiller.

— Ce sera terrible pour lui, il sera comme un éléphant dans le magasin de porcelaine.

Marcel approuve Simone avec une admiration non feinte.

— Exactement ce que je pensais. La différence de milieu va peser lourd. Ça risque, à mon avis, de réactiver son complexe d'infériorité, car quoi qu'on en pense, c'est sûrement la meilleure explication à sa brutalité crasse.

Simone renchérit, plongée dans ses souvenirs.

— Je suis allée une fois prendre le thé chez les Pelamourgue. J'étais jeune mais ça m'a marquée pour toujours. Je n'avais jamais vu une déco aussi raffinée. Tout était du plus grand chic et choisi sans regarder à la dépense, du guéridon du salon jusqu'aux petites cuillers en argent. Chez moi, on recyclait les pots de pâte à tartiner pour s'en servir comme verres. Je ne me suis jamais sentie aussi misérable que ce jour-là. Je lui souhaite bien du plaisir. J'espère que tu pourras au moins retarder l'échéance du mariage. Tout de même, quand on se rappelle la classe de Jean, qu'est-ce que Florence peut lui trouver ?

— Ah ! Simone, ne fais pas ta Sainte Vierge. Sans rivaliser avec Harper, reconnais que Loïc a du chien, du sex-appeal, comme on disait à notre époque. Il faut croire que tout

Pelamourgue qu'elle soit, Florence avait besoin de ça. Malheureusement, toi comme moi, on sait que les histoires de cul ne font pas les meilleurs mariages.

— Je me suis toujours demandé s'il ne la battait pas.

Cette fois, Marcel reste sans voix. Il devine très bien de qui parle Simone. Ce qui le sidère, c'est qu'elle ait encore eu la même intuition que lui. Loïc est brutal et Marie était si fragile, elle avait, surtout la dernière année, ce regard un peu fuyant et un manque de confiance en elle qui forcément interrogent.

— Et ton fils, il ne t'en parle jamais ?

Si anodin qu'il puisse paraître, le changement de conversation montre qu'ils suivent le même cheminement de pensée. Le maire sait gré à Simone d'avoir posé cette question sans équivoque.

— Ce n'est réellement qu'après le suicide de Marie que je me suis rendu compte de l'amour que Paul lui portait. On s'est disputés plusieurs fois à ce sujet. Je ne voulais pas qu'il tourne autour d'une femme mariée. Tu connais ma rigueur sur ce point : ni adultère ni divorce. Vu sa douleur après, j'ai compris que ce n'était pas une passade. J'avoue que ça m'a fait plus peur qu'autre chose. Je l'ai envoyé en Grande-Bretagne sous prétexte d'un stage de perfectionnement de son anglais. J'ai eu tort, on aurait dû tout de suite crever l'abcès. On n'en serait pas là aujourd'hui, à se demander comment il réagira au remariage de Loïc.

« Depuis son retour, il n'a jamais plus parlé d'elle. J'ai découvert dernièrement, par hasard, des photos de la tombe de Marie, il va donc au cimetière. Savoir qu'il y pense encore, ça m'a remué. Paul est sûrement le plus talentueux de mes gamins, mais aussi le plus secret. Tu sais que je compte sur lui pour me succéder, mais pour cela j'aimerais être sûr qu'il parvienne à tourner la page. Un célibataire ne peut pas être maire de Chantelauze, ça ne serait absolument pas crédible.

Simone abonde dans son sens tout en se mordant les lèvres. Dans sa mission d'espionnage au service de la commune, elle a recueilli sur le photographe des renseignements qui pourraient bien déplaire au père. Pour autant, Marcel a déjà tellement de problèmes en ce moment qu'elle hésite à les lui confier. Sa fidélité l'emporte finalement sur les scrupules.

— Un petit oiseau m'a dit que Paul s'intéressait à la fille de Darcourt, l'ancien postier. Tu sais, la jeune femme plutôt distinguée qui habite chez les Joussac. Ils font des virées à moto qui se terminent par des soirées tardives chez lui.

« Un petit oiseau m'a dit » est une expression stupide que Simone emploie pour éviter de donner ses sources. Quand Marcel est de bonne humeur, il se contente d'un sourire ironique. Quand il est contrarié, il se sent dans la peau du chat qui guette les moineaux.

— Tes corbeaux feraient mieux de croasser ailleurs. Cette fille, comme tu dis, s'en va à la fin du mois. C'est d'ailleurs une raison supplémentaire de ne pas décaler le mariage Messahel. Quant à moi, j'ai une autre idée en vue : la fille de Pierre Charbonnel, qu'est-ce que tu en penses ?

Les lèvres de Simone se gonflent en une moue dubitative.

— Tu parles d'Alicia, la grande brune ? Je ne suis pas sûre que ce soit une bonne idée. Elle est peut-être jolie, mais, faute de savoir composer un bouquet, elle a été reléguée dans les bureaux par son père. Or n'oublie pas que ton fils a la fibre artistique.

— Ça collerait bien, pourtant. Tu comprends : une association Pujol-Charbonnel permettrait de contrebalancer le poids des De Bessard. Je la vois venir, la Mireille, avec son gamin qu'elle voudra bientôt caser dans le système. Je me demande même si elle n'a pas des visées sur la mairie. Eh oui ! Elle commence à avoir la folie des grandeurs et, pire, les manigances qui vont avec. Je n'aime pas ça… Tu sais que sa sœur fait maintenant partie du conseil paroissial ? Une façon de contrôler davantage encore les cérémonies.

— Le père François a son mot à dire, tout de même !

— Il n'est plus tout jeune, notre curé. En outre, il n'a aucune malice. C'est peut-être sa fonction qui veut ça, mais tout de même, de là à gober la canne à pêche avec l'hameçon… C'est bien le seul, d'ailleurs, à donner sa bénédiction au mariage Messahel, alors qu'on n'a pas besoin d'être devin pour affirmer que c'est un duo improbable.

— Il les a donc rencontrés ?

— Tiens donc ! Un truc que ton piaf a oublié de te rapporter, c'est étonnant !

Marcel hausse les épaules et se verse un café.

— Ils veulent une cérémonie religieuse, c'est normal que le père François les reçoive. Je comptais sur lui pour me donner du grain à moudre, montrer qu'ils n'étaient pas prêts à s'engager, des trucs comme les curés savent dire, mais penses-tu, il trouve la petite rafraîchissante et lui très cultivé. La fraîcheur et la culture, pour moi, c'est surtout bon pour les salades, et ces deux-là, des salades, j'ai comme l'impression qu'ils sont prêts à nous en servir !

Simone acquiesce d'un air sombre.

Elle comprend que la situation est grave, très grave même.

Marcel n'a mis aucun sucre dans son café.

16

Les filles se laissent tomber sur le matelas pour déguster leur première tasse de thé de la journée. La pluie crépite sur la vitre, les feuilles tourbillonnent dans un ciel chargé, la journée s'annonce plutôt maussade. Charlotte a déniché un vieux paquet de sablés dont la date d'expiration est largement dépassée, mais qui ont l'air mangeables.

— Dis donc, ta virée à moto me semble compromise !

— On avisera, je ne suis pas en sucre et, bien équipée, c'est peut-être jouable.

Fanny rêvasse, bien décidée à ce que rien, même la météo, ne vienne ternir cette journée que Paul a réussi à libérer de toute obligation. Une journée rien que pour eux deux, pour visiter les plus beaux villages de la Planèze, manger au restaurant, se raconter, se découvrir, mieux se comprendre. Charlotte lui a rappelé qu'elle doit en profiter pour récolter un « max d'infos » sur Marie Puech, mais elle n'en a pas envie. Pour éviter le sujet, elle préfère diriger la conversation sur l'expédition que doivent mener ses deux acolytes.

— Où a lieu votre rendez-vous avec Lola Tournade ?

— Chez elle, ici, à Chantelauze.

— Vous auriez mieux fait de la retrouver ailleurs, ça aurait été plus discret.

— Ma belle, tu sembles oublier que ni JC ni moi n'avons le permis. Alors je veux bien emprunter ta voiture, mais tu risques de ne pas la reconnaître quand je te la rendrai. Remarque, ça te donnerait un prétexte pour acheter une moto.

— Vous faites vraiment la paire, tous les deux ! plaisante Fanny, sans relever la moquerie. Ne pas savoir conduire, à notre époque, avoue que c'est incroyable !

— C'est au contraire très réfléchi de notre part, et, pour une fois, nous sommes d'accord. Pourquoi avoir une voiture quand on habite la capitale ?

— Tu pourrais au moins passer le permis pour en louer une quand tu sors !

Charlotte semble curieusement prendre l'idée au sérieux. Elle ne dit pas non, envisage même de le faire, et finalement admet qu'elle aimerait bien vivre à la campagne. Enfin, pas n'importe quelle campagne : un endroit austère, fier, avec des volcans, des torrents, des pierres, du caractère, de la force, des brumes languissantes et des nuits étoilées.

— Comme ici, quoi ! tranche Fanny.

— Exactement ! Je me sens de plus en plus l'âme cantalienne. C'est très bon pour ma créativité. Je n'ai jamais fait autant de compositions et de collages. Au fait, n'oublie pas de me rapporter des feuilles mortes et de faire les agrandissements photo que je t'ai demandés.

Fanny ronchonne.

— J'essaierai, mais ce n'est pas très discret. J'espère que Paul ne se rendra pas compte que les clichés proviennent presque tous de l'album de famille des De Bessard…

— Comment veux-tu ? Arrête de le prendre pour le grand mamamouchi. En parlant de taille, il est beaucoup plus grand que toi, non ?

— Et alors ?

Charlotte lève les mains au ciel en signe de dédouanement.

— Attention, ce n'est rien de plus qu'une constatation scientifique ! Selon JC, la norme sociale du couple « physiquement bien assorti » fixe une différence de douze centimètres entre l'homme et sa compagne. C'est le cas pour les trois quarts des hommes de taille moyenne.

Fanny joue l'écœurement.

— Ce mec n'est pas possible, il ne peut pas remplir son cerveau avec autre chose que des chiffres et des pourcentages ? Méfie-toi, à mon avis, cette histoire de douze centimètres ne rime à rien, d'autant que c'est à peu de chose près la différence de taille entre vous. Il doit inventer ! C'est pour mieux te séduire, mon enfant !

— Je ne crois pas, non.

Charlotte prend un air exagérément déçu.

— Il utilise davantage ses foutues statistiques pour me signaler mes erreurs. Ainsi, j'aurais eu tort de m'inventer une marraine cantatrice car quatre-vingt-quinze pour cent des Français ne vont pas à l'opéra.

Elle ajoute, en tapant joyeusement sur les coussins du matelas pour les remettre en place :

— Il me raconte aussi des choses très édifiantes. Sais-tu que, d'après une enquête américaine, vingt-neuf pour cent des femmes mariées pratiquent l'infidélité psychique, c'est-à-dire qu'elles fantasment sur quelqu'un d'autre pendant les rapports sexuels, tandis que c'est le cas de cinquante-deux pour cent des maris ? Ça donne à réfléchir !

— Oh non, pitié ! Franchement, vous n'avez rien d'autre à vous raconter ?

La grimace de Charlotte est significative.

— C'est une façon comme une autre de communiquer. Moi, ce qui m'intéresse, c'est de ne pas entrer dans la norme des statistiques. J'ai horreur de tout ce qui nous ampute de notre libre arbitre. C'est en particulier pour ça que j'ai refusé tous les modèles de robes formatés proposés par la belle-sœur de ton copain.

Fanny, cette fois, préfère ne pas répondre.

J'ai bien cru qu'elle allait dire « ma » belle-sœur ! Elle est un peu lourde avec ses allusions, mais c'est vrai qu'Amandine a tout fait pour pousser à la dépense. Si seulement Paul ne s'appelait pas Pujol, ce serait tellement plus simple ! Lui mentir me tue, je ne pourrai pas continuer longtemps comme ça. Ce n'est pas honnête, ça me tourmente, et les autres ne s'en rendent même pas compte !

L'essayage des robes de mariée restera probablement dans la mémoire de tous les protagonistes comme une épouvantable épreuve. Alors que la pauvre Amandine Pujol déroulait son argumentaire habituel – « La robe est vraiment l'élément phare du plus beau jour de votre vie, il faut faire les choses jusqu'au bout, ne pas se sentir limitée par un budget, c'est une question d'image, de tradition, de bonheur, vous devez être à la hauteur de l'événement » –, la « fiancée » refusait un à un tous les modèles pour des raisons aussi surprenantes que rédhibitoires. « Je n'aime pas le blanc » étant la première d'entre elles.

— Sérieux, tu en penses quoi, de la boutiquière ? s'inquiète Charlotte.

Bien que légèrement péjorative, cette nouvelle dénomination convient mieux à Fanny, qui ne supporte plus d'entendre parler des Pujol comme une seule et unique entité.

— Patiente, baratineuse, flatteuse et finalement épuisée.

— Tu es bien trop généreuse ! Avec sa bouche en cœur, elle m'a prise pour un bout de viande avec un porte-monnaie ! Heureusement, j'ai réussi à faire parler la petite stagiaire. Je ne sais pas si tu as remarqué les caméras. Figure-toi qu'elles ne sont pas seulement là pour les vols. Elles retransmettent en direct les images à la boss, qui passe sa journée à fliquer le personnel. Les vendeuses ont un objectif de panier d'achat moyen à atteindre, leurs fins de mois se jouent sur les primes. La concurrence entre elles est rude. C'est à celle qui aura le plus de clientes, ou la future avec le plus gros budget. Une fiancée qui part sans rien, comme moi, c'est presque le renvoi assuré. C'est pour ça que je me suis engagée auprès d'Amandine à acheter un modèle exclusif. Je l'ai demandé un peu large, comme ça, il pourra toujours me servir.

— Tu as l'intention de grossir ? demande Fanny, étonnée.

Charlotte repose d'un air horrifié un sablé dans la boîte.

— Non ! J'espère bien par contre avoir des enfants un jour, ça me fera une super robe de grossesse.

Courbée en deux sous la violence du rire, Fanny laisse échapper sa joie.

— Il n'y a vraiment que toi pour être aussi cinglée : acheter une robe de mariée dans le seul but de la porter enceinte ! Ma pauvre Charlotte, je crains au contraire que l'air d'ici ne te réussisse pas du tout !

Il en faut plus pour déstabiliser l'artiste, elle a toutefois rangé la boîte de biscuits hors de sa vue.

— Tu as pu constater comme moi que, à part avec une accréditation officielle comme celle de Paul, les photos sont interdites, que ce soit pour les robes, les fleurs ou les bijoux. Je trouve ça bizarre.

Fanny a du mal à reprendre son sérieux.

— Ce sont des modèles exclusifs, j'imagine que c'est pour éviter la copie. Ne cherche pas le grain de sable partout. On peut dire en tout cas que ces visites ne sont guère concluantes ; j'ai l'impression, moi, d'avoir perdu mon temps. Il faut croire que nous sommes de piètres enquêtrices ou que ces gens n'ont rien à cacher.

— Mis à part qu'ils pratiquent tous des prix exorbitants, rétorque Charlotte, j'ai noté qu'ils s'adressent immédiatement à De Bessard dès qu'une demande leur semble singulière. C'est elle la tête pensante de la pièce montée. Avec JC, on a passé tellement de temps chez Bucellatti pour choisir une alliance qu'il a fini par nous laisser seuls avec le catalogue. Rien à faire du côté de son PC, protégé par un mot de passe. Par contre, avec mon portable, j'ai réussi à prendre la photo d'inauguration de sa boutique qui trône au-dessus de la table d'exposition.

— Celle que tu veux que j'agrandisse ?

Hochement de tête significatif de la part de Charlotte, rouge d'excitation.

— Tiens-toi bien, les Paillette étaient là ! Quand je dis les Paillette, attention, ce sont les deux frères, et bien sûr leur femme commune. Oscar était encore de ce monde.

— Ce n'est pas un scoop, Yvette étant la sœur de Mireille, elle a dû être invitée à cette occasion.

— Attends, laisse-moi finir. Le scoop, le vrai, vu la date indiquée en bas du cadre, c'est que c'était la dernière sortie d'Oscar : il est mort deux jours après. Tu vas encore me dire comme JC que c'est une coïncidence, mais ça commence à en faire tellement qu'on pourrait peut-être les appeler des indices, tu ne crois pas ? En outre, pourquoi Clovis était-il là ? En quoi l'ouverture de la bijouterie le concernait-elle ?

Fanny regarde sa montre, l'heure de son rendez-vous approche, l'imagination de Charlotte est déroutante.

Elle fonce tête baissée dans cette enquête sans se rendre compte du danger. C'est sûr, elle s'investit trop et moi pas assez, j'ai l'impression qu'un rouleau compresseur nous conduit droit dans le mur.

Imperturbable, Charlotte persiste à relever des erreurs, des incohérences, des signes, là où Fanny ne voit que de simples hasards. Elle tente de la raisonner.

— Le fait de participer à un cocktail deux jours avant de mourir ne prouve absolument rien.

— Tu oublies qu'il est mort empoisonné.

— D'une intoxication, c'est déjà différent. Tu crois que Bucellatti a versé du cyanure dans son champagne ? Désolée, je ne peux pas te suivre, ça n'a aucun rapport, à mon avis ! Ne me dis pas non plus que tu as trouvé la moindre piste intéressante chez Charbonnel. J'étais avec toi chez le fleuriste et mis à part qu'il déteste le violet, je n'ai rien relevé d'anormal.

Charlotte prend sa revanche dans un sourire angélique.

— Rien pour notre enquête, je te l'accorde. Celui-là range trop bien ses dossiers. Mais la grande brune derrière la caisse te regardait tellement méchamment que j'ai pris des renseignements sur elle : c'est la fille de Charbonnel et on dit qu'elle pourrait faire la prochaine Mme Pujol.

Fanny préfère le prendre à la légère.

— Renseignement de peu de valeur, chère enquêtrice. « On dit » ne prouve absolument rien !

Tout en papotant comme des collégiennes, elles reprennent du thé et terminent le paquet de biscuits avant de se séparer, pour rejoindre chacune de son côté quelqu'un qu'elles ont du mal à nommer, pour des raisons différentes d'ailleurs.

Admirateur, amoureux, amant, « fiancé », bon ami, épouseur, futur, prétendant, soupirant... dans la ronde des possibles, tout est permis.

Charlotte doit retrouver JC sur le parvis de l'église. Une cérémonie ayant lieu deux jours plus tard, la Rubalise a été retirée. Tout est redevenu normal. Les graviers sont ratissés, les pierres luisent sous la pluie. Difficile de croire qu'un drame s'est déroulé ici quinze jours plus tôt.

Mue par une impulsion soudaine, la jeune femme emprunte l'escalier pour atteindre l'esplanade des cloches. La clé de voûte badigeonnée de rouge, par concession à la sécurité, reste le seul vestige de l'accident. L'emplacement est idéal pour une rencontre secrète : on domine toute la place tout en restant caché aux regards extérieurs, protégé par la hauteur des murailles.

Pourquoi Mehdi est-il venu ici ? Qui l'attendait dans le noir pour l'agresser ?

Tout est là ! Mehdi n'était pas un imbécile. Pourquoi n'a-t-il pas senti le piège ? S'il n'était pas sur ses gardes, c'est qu'il avait confiance. Alors en qui ?

Perdue dans ses réflexions, Charlotte aperçoit en bas Jean-Cyril qui fait les cent pas devant le porche. Son accueil est plutôt froid.

— Qu'est-ce que tu foutais là-haut ?

Elle préfère lui faire remarquer son retard, inhabituel pour quelqu'un dont la ponctualité est exemplaire. Il ressort de ses explications emphatiques qu'il s'est fâché avec Thérèse Albaret à cause du chat. Les animaux étant interdits à la résidence, il devait déposer ce dernier dans un refuge, or, depuis la veille, la directrice a autorisé la présence d'un caniche trois fois primé dans les concours de beauté, sous prétexte que son propriétaire allait l'offrir en cadeau de mariage à sa fiancée.

— Je lui ai dit que c'était de l'injustice pure et simple. Une inégalité de traitement insupportable. Alors, soit elle m'autorisait à garder Socrate, soit le chien partait. Elle a fini par céder.

Charlotte ne cache pas son admiration.

Honnête JC, il me fait penser à Don Quichotte ! Prêt à oublier la bienséance pour défendre les opprimés.

Leur fragile entente prend fin devant le portail de la petite maison des Tournade. Avant même d'appuyer sur la sonnette, Jean-Cyril tente de mettre en garde sa compagne.

— Cette fois, laisse-moi faire. Ne va surtout pas t'inventer un parrain trompettiste ou un neveu acrobate !

Lola Tournade est une petite femme grassouillette et vive. Après les avoir fait entrer solennellement dans un salon rempli de bibelots, de meubles cirés et de fauteuils recouverts de dentelle, elle les invite à prendre place tout en les regardant d'un œil inquisiteur. L'ordre et, encore plus, le froid de canard qui règnent dans la pièce leur font comprendre qu'on réserve celle-ci aux grandes occasions ou aux étrangers de passage.

Charlotte, dont les dents jouent des castagnettes, a gardé son manteau. Jean-Cyril, qui a pioché dans le site Copains d'avant, s'est présenté comme un ancien camarade du défunt.

— Ainsi, vous avez connu Rémi au collège d'Aurillac ?

Petit à petit, la sauce prend, elle baisse la garde et finit par leur proposer des rafraîchissements. Profitant de son absence, Charlotte, qui aurait préféré un thé brûlant, fait le tour du propriétaire. Le décor, d'une banalité affligeante, reflète un manque de ressources ou un total désintérêt. Très vite, cette deuxième solution l'emporte dans l'esprit de la jeune femme, qui comprend que la serveuse ne réside plus à Chantelauze que deux jours par semaine.

— Je viens ici les jours de repos pour être avec ma petite. C'est ma belle-mère qui la garde le reste du temps. Avec mes horaires, c'est plus pratique. J'ai pris un appartement à Murat, près de la brasserie.

— Vous pourriez peut-être travailler ici. Il y a pas mal de restaurants dans le bourg maintenant.

— Oh ! Non, je connais trop de monde, et puis je suis plus tranquille…

Elle rougit, renonce à finir sa phrase et en commence une autre.

— Moi, je rêvais de Paris, mais on ne quitte pas facilement le coin. Un jour, on voudrait aller voir ailleurs, mais c'est trop tard : quelque chose vous attrape ici et ne vous lâche plus. Vous restez.

Avec son métier, Lola a, semble-t-il, l'habitude des conversations un peu décousues. Ils apprennent ainsi au fil des mots qu'elle était mariée depuis cinq ans quand l'accident de Rémi est arrivé. À l'époque, c'est lui qui gardait la petite, elle avait déjà pris ses habitudes à Murat. Comme JC insiste, elle leur montre des photos du défunt qu'elle fait défiler sur son Smartphone. Elles sont peu nombreuses, on le voit surtout avec l'enfant et en train de jouer au foot. Petit, râblé, souriant, la casquette vissée sur le crâne et le teint hâlé.

— Pensez, avec son métier, il était dehors par tous les temps.

— C'est arrivé en automne, il pleuvait ?

Elle se trouble tout à coup, rougit de nouveau.

— Non, enfin je ne sais pas, je n'étais pas là, vous comprenez.

— Les chutes de hauteur représentent dix-huit pour cent des accidents du travail chez les couvreurs. C'est malheureusement, avec les charpentiers, la profession la plus touchée.

— Ah, oui !

Son regard est plus serein. Pour une fois, les statistiques de JC semblent avoir un effet apaisant.

— Je n'ai jamais aimé ce travail. Il aurait pu en changer, mais avec le développement de Chantelauze, les demandes de rénovation de toiture se sont multipliées. À la fin, ce n'est pas le boulot qui manquait ; avec les nouveaux chantiers, on ne se voyait même plus. Remarquez, c'est arrivé chez un de nos plus anciens clients.

— Les De Bessard, je crois.

Lola acquiesce d'un mouvement de tête, qu'elle semble regretter l'instant suivant.

Trop tard.

Charlotte, contente de voir son intuition confirmée, lance un regard jubilatoire à JC qui, sans broncher, tente encore une fois de relancer l'entretien.

Ils n'en apprendront guère plus, si ce n'est que le pauvre Rémi est mort sur le coup, les vertèbres fracturées. L'assurance, suffisamment généreuse, pourrait permettre à la veuve de « s'en sortir ». Quant à la belle-mère, c'est une teigne qui, pour des raisons obscures, en veut à sa bru.

Après cette enquête pour le moins frigorifiante, les fiancés se réfugient d'un commun accord à la Brasserie des Cœurs autour d'un chocolat chaud.

— Que faut-il retenir de tout ça ?

Si JC semble perplexe, il n'en faut pas plus à Charlotte pour se lancer dans une reconstitution de l'affaire, son imagination suppléant largement, comme toujours, l'insuffisance de détails.

— Lola trompait son mari. Il y a pour cela des signes évidents, comme le fait d'avoir son logement indépendant à Murat. Ce n'est pas loin, tout de même, comment ils font, les banlieusards ? Une femme aimante, et plus encore une mère attentive, serait revenue tous les jours au bercail. Belle-maman était au courant, ce qui explique la haine entre elles aujourd'hui. Lola n'a pas l'air particulièrement affligée pour une veuve d'un an, mais elle ne songe pas non plus à refaire sa vie ni à partir. On peut donc en déduire que c'est Tournade qui voulait divorcer car, lui, il ne supportait plus cette situation. Elle en touche deux mots à De Bessard, qui profite alors de la réparation de son toit pour en finir avec le gêneur.

— Rien ne te permet vraiment de dire ça !

— Mets-toi bien dans la tête qu'à Chantelauze, c'est toujours celui qui veut le divorce qui est éliminé. Encore une fois, je me demande pourquoi ces deux-là étaient ensemble. Cette fille a besoin de liberté et l'autre la mettait sous cloche dans son village avec maman et les copains du foot pour seul univers.

JC regarde attentivement sa compagne.

Comment peut-elle faire autant d'extrapolations saugrenues à partir d'un seul entretien ? C'est à la fois admirable et insupportable. Tout comme elle, d'ailleurs !

Il croise les bras et tire sur sa barbe en s'efforçant de prendre un air magistral.

— Je peux t'expliquer la raison de leur union. L'adage « Qui se ressemble s'assemble » se vérifie dans les statistiques. Selon une étude publiée par l'Observatoire des inégalités, soixante-dix-huit pour cent des ouvriers vivent avec une ouvrière ou une employée, contre trois pour cent seulement avec une cadre supérieure. Tout le reste n'est qu'hypothèses fantaisistes, je ne peux donc pas les retenir, mais…

— Mais ?

Les yeux de Charlotte brillent d'intelligence et de curiosité.

Elle est presque jolie ! Tellement vivante surtout.

Il s'éclaircit la voix, se délectant par avance de sa réaction :

— J'ai relevé un fait, un vrai, vérifiable, qui pourrait nous intéresser. Franchement je m'étonne que tu ne l'aies pas remarqué.

— Vas-y, accouche !

— L'entraîneur de foot qui jouait avec Tournade, c'est Clovis. Je l'ai tout de suite reconnu sur les photos.

— Paillette ? Tu en es sûr ? Ça alors ! Comment j'ai pu faire pour le louper ? Décidément, mon Wiki, tout tourne autour de Paillette et de

De Bessard. Il faut absolument qu'on trouve la clé de ce manège.

Le sociologue relève toujours avec exaspération les expressions imagées et souvent inexplicables de Charlotte, y compris ce surnom ridicule qu'elle utilise de plus en plus souvent. Cette fois, pourtant, il se sent tellement excité, si près du but et presque au diapason avec elle, qu'il en oublie toute réprobation.

17

Florence Pelamourgue les attend pour le thé. Aujourd'hui, c'est en tant que fiancés officiels que Charlotte et JC se présentent devant la grille du Castel de Lauvergne.

Cette ancienne maison consulaire, face à l'église, date de la Renaissance. C'est le seul édifice vraiment remarquable de Chantelauze, tant par la finesse et l'abondance de ses sculptures que par la richesse de ses proportions. Le jardin lui-même, avec ses allées de buis et sa roseraie amoureusement entretenue, contribue à le mettre en valeur.

Bien que la visite de l'oratoire serve de prétexte à l'entrevue, celle-ci est vite expédiée par sa trop délicate propriétaire.

— Ne vous inquiétez pas, le 5 novembre, pour votre réception, la pièce sera évidemment chauffée. Vous pouvez compter sur Mireille, qui va transformer cette glacière en charmant boudoir. Remarquez toutefois l'incroyable qualité acoustique de la voûte, qui permettra de rendre hommage aux inflexions de la voix la plus pure. Vous savez, ma chère, je place votre marraine parmi les plus grandes virtuoses de ma connaissance.

L'opéra est ma passion, Mireille le sait, je ne pouvais qu'accéder à votre demande.

Charlotte ne peut s'empêcher d'envoyer un clin d'œil narquois à Jean-Cyril.

Elle fait donc partie des cinq pour cent !

Florence est une grande femme, un peu osseuse, très distinguée. Elle porte une robe noire à manches longues, à la coupe étudiée, un collier de perles et des pendants d'or aux oreilles. Un vrai costume de veuve qui s'accorde avec sa voix légèrement voilée. En total contraste cependant avec ses faux cils recourbés, son fard à paupières foncé et son rouge à lèvres métallisé qui lui donne un look *glamour* beaucoup moins distingué.

Deux facettes étonnantes qui viennent corroborer dans l'esprit de Charlotte les rumeurs de la récente passion débordante qu'on attribue à la jeune veuve. JC, plus indulgent, incline à penser que cet excès de maquillage résulte d'une volonté délibérée de cacher aux autres ses cernes, sa tristesse et ses pleurs.

La jeune femme les entraîne dans un salon où tous les meubles semblent occuper l'exacte place pour laquelle ils ont été créés. Tentures, coussins, tableaux, bibelots s'harmonisent si parfaitement qu'on sent que tout a été étudié avec soin et qu'ici manifestement on ne regarde pas à la dépense.

La fibre artistique de Charlotte n'y trouve pourtant pas son compte, elle éprouve même une sorte de malaise confus à l'idée qu'on puisse séjourner dans un tel décor. C'est un peu comme passer son existence dans un musée.

Ou dans un caveau ! Je sais ce qui cloche ici, c'est l'absence totale de vie !

Mais Florence s'est déjà lancée, volubile, énumérant les salles des ventes, les anecdotes et les trouvailles. De grands noms défilent. Elle parle d'une voix douce, pas désagréable. Elle sort un étui en or, roule délicatement une cigarette, manque de l'allumer, puis la range, s'excusant poliment. Plus rien ne l'arrête désormais, elle raconte les enchères, les batailles entre antiquaires pour débusquer les plus belles pièces, ses histoires s'étirent, filandreuses, pleines de détails enchevêtrés. Il est même question d'un lit à baldaquin déniché à l'occasion du mariage de l'actrice Barbara Kitchen.

Ses mains fines virevoltent quand elle parle de ses trésors et sa voix monte dans les aigus quand elle raconte dans quelles circonstances elle a réussi à acquérir l'authentique fauteuil Louis XV au galbe parfait qui est l'orgueil de sa bibliothèque.

Ces mouvements de manches découvrent incidemment ses poignets d'un blanc laiteux zébrés de larges cicatrices rouges.

Subjugué par la conversation, JC n'a pas l'air de les avoir remarquées, tandis que l'imagination de sa « fiancée » part immédiatement au triple galop.

Tentative récente de se taillader les veines, séquelles de l'accident de voiture, dispute ou jeu sexuel dangereux ?

Pourquoi voudrait-elle se suicider ? Remords, chagrin, chantage... ?

Florence verse le thé avec la même délicatesse que les motifs dessinés sur sa porcelaine.

— C'est un véritable plaisir pour moi de rencontrer des esthètes comme vous ; les gens sont si ordinaires ici, vous ne trouvez pas ?

Se tournant vers Charlotte, elle continue du ton qui n'est plus celui de l'antiquaire parlant de sa passion mais celui du simple commérage.

— Vous connaissez les Paillette, puisque vous logez chez eux, c'est l'exemple type de l'intérieur bourgeois sans aucun goût. Comme quoi ce n'est pas tellement une question d'argent mais plutôt d'éducation et de sens critique. Le pauvre Clovis ne fait pas plus la différence entre le verre et le cristal qu'entre une lithographie et une œuvre originale. Encore, lui, on peut lui trouver des excuses, car il vient d'une famille très fruste, mais Yvette, qui ne jure que par ses affreux puzzles qu'elle croit être de l'art, c'est véritablement terrifiant, vous ne trouvez pas ?

Charlotte, que toutes ces considérations étourdissent, décide, malgré la mise en garde préalable de JC, d'entrer plus rapidement dans le vif du sujet.

— Vous devez vous sentir bien seule depuis l'accident de votre mari.

Florence rougit sous son fard, tripote ses perles, tire sur ses manches pour finalement laisser échapper un soupir.

— C'est peut-être encore pire pour une femme dans ma condition. Il faut savoir faire quelques infractions à la solitude pour pouvoir la supporter. J'ai des amis, heureusement.

— J'espère que vous n'étiez pas avec votre mari dans la voiture ?

L'hésitation ne dure qu'un instant.

— Non. C'était la nuit, mon mari revenait d'une salle des ventes de Rodez. Il a perdu le contrôle de son véhicule, qui a percuté un arbre.

— Un malaise ?

— Fatigue, plutôt, Jean travaillait beaucoup.

Malgré les yeux furibonds de JC et les réponses de plus en plus laconiques de son interlocutrice, Charlotte persiste.

— Je vois qu'il aimait aussi le football.

Elle désigne la photographie sur le secrétaire, montrant le portrait d'un homme aux cheveux courts tenant un ballon dans ses mains gantées à la manière d'un gardien de but. L'éclair de fierté qui illumine son visage lui donne un reflet martial.

Cette fois, Florence pique un fard qui fait virer son fond de teint au violet.

— Non, il y a méprise, c'est le portrait d'un ami.

Elle retourne prestement le cadre double face en bronze décoré de petits carquois, en soulignant au passage la finesse du travail de l'orfèvre, qu'elle date de la fin du XIXe.

— Voici mon défunt mari, Jean. Comme vous pouvez le constater, c'était le contraire même du sportif.

L'autre côté laisse apparaître l'image en pied d'un petit homme, frêle, étroit de poitrine, à la moustache noire, raide, avec cet air un peu pincé qu'ont certains aristocrates.

Cette fois, Charlotte en est sûre, elle a senti la nuance de satisfaction et de mépris dans la voix de leur hôtesse.

Quel manque de tact, ces clichés dos à dos de l'ancien et du futur !

Un démon malicieux la pousse à remarquer :

— Je ne connaissais pas ce genre de cadre, c'est bien pratique quand on a deux… parents.

C'est évidemment le premier reproche que lui fait JC à peine la grille refermée.

— Franchement, j'espère que tu te rends compte que ton commentaire était complètement déplacé. Nous avions réussi à gagner la confiance de cette pauvre femme et en deux minutes tu as sapé tout notre travail d'approche. Ensuite, c'est tout juste si elle ne nous a pas mis à la porte. Tu peux être contente de toi !

Charlotte jubile.

— Figure-toi, mon beau, que c'est exactement le cas : je suis contente de moi ! Quant à toi, tu n'as pas de quoi faire le fier, tu semblais tellement subjugué par tout ce que racontait cette bonne femme que tu en oubliais le motif de notre visite. Tu veux que je te dise, elle t'a embobiné avec ses compliments. T'entendre qualifier d'esthète a tellement flatté ton ego que tu ronronnais comme un vieux chat.

Jean-Cyril est d'autant plus vexé que Charlotte n'est pas loin de la vérité. Pour une fois, il s'est senti à l'aise, dans une ambiance cérémonieuse mais recherchée, une parenthèse dans son existence actuelle, bien trop stressante, saccadée, remplie de mensonges, d'angoisses, de risques et d'inconnues. Ses études et son manque de perspectives commencent à l'interroger sérieusement.

Ils font le chemin en silence jusqu'à l'appentis de Charlotte.

Malgré leur récente dissension, la jeune fille s'accroche tout à coup à son bras. Elle a repéré Clovis dans le jardin et préfère donner le change. Difficile pour autant de couper à la curiosité de Paillette, qui balaie mollement les feuilles mortes près de l'escalier.

— Alors, jeune homme, toujours prêt à vous mettre la corde au cou, à ce que je vois ?

— Ne dit-on pas, au contraire, que l'amour brise les chaînes ?

Le rire de Clovis n'a rien de gracieux, il justifie en partie le jugement sans appel de Florence sur sa personne. Ses petits yeux fureteurs se fixent sur la main de Charlotte qui resserre inconsciemment son étreinte.

Clovis est en fait un drôle de chien, tantôt toutou à sa mémère, tantôt dogue, bâtard, chien qui fait le beau ou qui ronge un os.

— Dites-moi, monsieur Paillette, vous entraînez toujours l'équipe de football locale ?

La question de JC le désarçonne, sa voix se teinte de regrets.

— Non, mon gars, c'est de l'histoire ancienne. Voyez-vous, Mme Paillette trouvait que ça me prenait trop de temps. C'est ça, les femmes, toujours à réclamer votre présence ! Alors j'ai fini par passer le relais, à un gendarme en plus, comme ça, il n'y aura pas de problème de discipline.

Ils gravissent l'escalier à la hâte, sous le regard du jardinier amateur qui ne semble guère pressé de reprendre son labeur.

Tout en refermant la porte, Charlotte exulte.

— Je te parie que c'est Loïc Puech, le nouvel entraîneur, le beau gosse dans le cadre double face, l'époux de Marie qui s'est suicidée, le gendre du major Daude et le copain de Rémi Tournade. La boucle est bouclée !

— Attends, qui te dit que c'était un pote de Tournade ?

— Quand j'ai vu son portrait tout à l'heure, j'ai tout de suite pigé que ce visage ne m'était pas étranger. En fait, je l'ai vu hier sur le Smartphone de Lola quand elle faisait défiler les photos des joueurs de foot. Tu te rappelles, celle où Paillette était leur entraîneur. Ça colle !

— Tu en es certaine ?

— Évidemment. Pourquoi faut-il que tu remettes en cause tout ce que je dis ? Au fait, il n'y a peut-être que cinq pour cent des gens qui vont à l'opéra, mais entre De Bessard et

Pelamourgue, on est tombés sur deux passionnées, avoue que j'ai eu le nez fin !

Jean-Cyril préfère s'asseoir sur le matelas en prenant un air faussement accablé.

Tout en branchant la bouilloire, la jeune femme lui fait part de son étonnement sur ce remariage si rapide qu'envisage la dame du Castel.

— C'est très rare en effet. Si les demandes de divorce proviennent le plus souvent des femmes, seulement cinq pour cent des veuves sont de nouveau en couple un an après le décès de leur mari, contre treize pour cent des hommes. Cinq ans après la mort du conjoint, un veuf sur deux n'est plus seul, contrairement à quatre-vingts pour cent des veuves précoces !

Charlotte lui tend une tasse en souriant.

Cher Wiki, il ne changera jamais !

— Dans ce cas, on va pouvoir appeler Florence Mme Cinq-pour-cent ! Plus sérieusement, je me demande pourquoi elle se précipite pour se remarier et témoigner ainsi publiquement de son nouvel amour et, partant de là, de son infidélité à l'ancien.

— C'est sûrement lui qui insiste, professe Jean-Cyril. D'après ce qu'on a vu, il a tout à y gagner.

Charlotte ne l'écoute plus que d'une oreille, elle s'active mystérieusement entre son Smartphone, son imprimante, ses ciseaux et ses tubes de colle.

Avec la vivacité d'un prestidigitateur, très fière, elle lui présente sous le nez une planche de photos grossièrement découpées, souvent floues mais tout de même assez reconnaissables.

— Voilà, maintenant on va pouvoir réfléchir, non plus d'après une liste, mais avec des têtes. Je crois que la collection est complète !

— Comment as-tu fait ?

Contente d'avoir bluffé l'imperturbable JC, Charlotte lui montre les différents clichés pris à partir de son portable, le plus souvent quand il avait le dos tourné ou bavardait avec leurs interlocuteurs.

— J'avoue que je suis assez fière de moi, surtout pour le cadre double face, j'ai réussi à prendre les deux. Fanny m'a aidée pour les portraits qui me manquaient, en particulier celui de Marie Puech. Regarde, je les ai disposés en respectant l'ordre des noms sur la liste de Mehdi.

« À gauche, nous avons donc la tête d'Amandine Pujol, puis celle du fleuriste Charbonnel, suivie du bijoutier Bucellatti, pour terminer par Mireille De Bessard, et j'ai mis à côté d'elle la photo de son gamin Laurent.

— Qui est la femme près de Pierre Charbonnel ?

— Oh ! La méchante brune, c'est sa fille Alicia. Mais je l'ai placée là plus pour embêter Fanny qu'autre chose, n'en tiens pas compte. Maintenant, regardons la colonne de droite, qui est beaucoup plus intéressante. On commence par Paillette, donc par Oscar, mais j'ai collé à côté de lui Yvette et Clovis puisqu'ils portent tous deux ce joyeux patronyme. La jolie fille en dessous, c'est Marie Puech, et tu reconnais près d'elle Loïc, le gendarme-mari-footballeur, je ne sais pas dans quel ordre il faut le dire. Vient ensuite Rémi Tournade en joueur de foot du dimanche, accompagné de Lola, prise de biais et un peu floue, et de Loïc, le gendarme-copain-footballeur. Enfin, Jean Pelamourgue en petit homme malingre, Florence en train de nous verser le thé et de nouveau Puech, cette fois en gendarme-amant-footballeur. Intéressant, non ?

JC fait un geste résigné et dubitatif. Ce trombinoscope le trouble. Tous ces visages où se mêlent morts et vivants, maris et amants, regards tristes, fiers ou fuyants forment un étrange kaléidoscope aux combinaisons infinies.

— J'ai l'impression qu'on peut associer et mélanger ces noms de plusieurs façons. Ainsi, la photo de Clovis en tant qu'entraîneur de foot peut rejoindre tous ceux de droite.

— Et même s'inscrire à côté de Mireille en tant que beau-frère, jubile Charlotte.

— Dans ce cas, ce serait le seul à se retrouver dans les deux colonnes.

— Non, Mireille, en tant que sœur d'Yvette, peut également se retrouver à droite.

JC se lève, presque étourdi, il a l'impression de sortir d'une ronde infernale. Ce tableau, bien plus parlant que la liste, rend cependant l'ensemble encore plus confus, car le moindre déplacement d'un des éléments semble entraîner des conséquences bouleversantes.

— Ça donne à réfléchir, mais j'avoue ne pas savoir comment m'y prendre pour progresser dans notre enquête. Fanny a raison, on ne peut pas avancer sans preuves. On voit bien qu'il y a un lien, que ces morts sont suspectes, puisque chaque fois le conjoint cherche à se recaser ou du moins ne montre pas de regrets éternels, mais c'est tellement ténu, Charlotte, ça ne repose sur rien.

— N'oublions pas Mehdi ! reprend celle-ci avec fermeté. On a peut-être eu tort de partir de sa liste et pas de lui. Celui qui l'a supprimé connaissait cette liste ou du moins l'avancée de son enquête. Jean-Cyril, c'est toi qui détiens la clé de tout ça. Toi seul es capable de nous dire qui il fréquentait. Par exemple, connaissait-il Paillette ?

— Je n'en sais rien, proteste JC en levant les mains au ciel. Je t'ai déjà dit qu'on travaillait chacun de son côté. On parlait de faits, d'hypothèses, pas d'une personne en particulier, sauf de Pujol, bien sûr. Franchement, je ne crois pas l'avoir entendu une seule fois prononcer le nom de Paillette. Il fréquentait plus la brasserie que moi, c'est sûr, la secrétaire de mairie aussi à cause de l'état civil. Il a peut-être rencontré Mireille De Bessard avec cette histoire de coaching et de *wedding planner*, c'est elle qui supervise ce genre de prestations, mais je ne peux rien te certifier.

« En fait, Mehdi détestait l'idée même du mariage. Tous ces poèmes, chansons, fleurs, chocolats en forme de cœur, surnoms ridicules et discours sur l'engagement dégoulinants de romantisme l'écœuraient de plus en plus. Au début, il faisait semblant, se retenait, mais je l'ai entendu par la suite faire des sorties virulentes et un peu trop ironiques sur le sujet. Évidemment, ici, dans ce contexte particulier, ça mettait tout le monde mal à l'aise.

— On ne l'a pas tué pour ça, tout de même !

— Non. Ce que je veux dire, reprend JC, un peu calmé, c'est que de tels propos ont pu être rapportés à l'une des personnes de cette liste, ou à quelqu'un d'autre d'ailleurs, quelqu'un qui ne fréquentait pas forcément Mehdi.

— Mehdi était plutôt du genre méfiant, je ne l'imagine pas se rendre à un rendez-vous avec un inconnu dans un coin aussi traquenard que le clocher de l'église.

— Le problème avec toi, Charlotte, c'est que tu as beaucoup trop d'imagination !

— Et toi, tu es bien trop rigide. Ça tue en toi toute créativité. Tu ne sais pas faire autrement qu'à l'habitude. Tu veux que je te dise ? Tu ne veux pas plier et reconnaître tes torts. Jusqu'au jour où tu seras atteint d'arthrose aux genoux, il sera alors bien trop tard pour essayer de te baisser !

Loin de se vexer, JC secoue la tête et laisse échapper un sourire presque attendri.

Ce n'est pas possible, je dois m'habituer à ses sorties intempestives ! Quelle provocatrice ! Au moins, elle, elle ne risque pas d'être sclérosée !

— Allons bon, me voilà rhumatisant, maintenant. Au lieu de proférer autant de bêtises, tu n'aurais pas quelque chose à boire de plus fort que le thé ?

Le rire musical de Charlotte le console du coup de canif donné à son amour-propre.

— Oh ! Mon Wiki, il fallait le dire plus tôt. J'ai une bouteille de chablis que je gardais pour accompagner mes nuits étoilées. Si ça te convient, je l'ouvre !

C'est ainsi que Fanny les découvre un peu plus tard, en train de siroter le vin blanc tout en échafaudant avec verve et véhémence des théories fumeuses traversées parfois d'éclairs de génie.

— Eh bien, ça va tous les deux ! Vous fêtez quoi, votre futur mariage ? Arrêtez de me regarder comme la Sainte Vierge, je vous ai peut-être fait faux bond depuis hier, mais je reviens avec une info de première qui me vaudra, j'en suis sûre, votre pardon à genoux !

— Tu as intérêt, ma vieille, parce que, comme pour la Sainte Vierge, justement, n'oublie pas que le doute s'installe si elle n'apparaît pas de temps en temps, observe Charlotte en riant.

En guise de réponse, JC, pour une fois plus pragmatique, lui tend tranquillement un verre et l'invite à s'asseoir.

Fanny s'installe tant bien que mal entre deux piles de coussins en pensant que l'antre de l'artiste ressemble de plus en plus à un joyeux capharnaüm. Ses cheveux flottent librement sur ses épaules, ce soir, ses yeux brillent d'un éclat inhabituel, elle met dans ses gestes comme dans sa conversation plus de chaleur et de vivacité qu'à l'ordinaire.

— Tenez-vous bien, j'ai appris que Loïc Puech était un violent, il battait sa femme, raison pour laquelle elle voulait le quitter. Ce qui amène légitimement à se demander si son suicide en était un ! Attendez, ce n'est pas tout, ce mec est vraiment un pervers qui a l'habitude d'abuser du pouvoir que lui confère sa profession. Et, accrochez-vous bien : Mehdi l'a rencontré à la gendarmerie le matin même de son décès, à propos du chat et du non-respect du règlement de la résidence à la suite d'une plainte d'Albaret. C'est vrai, je vous assure, une personne que je connais était présente, elle m'a dit qu'entre eux la discussion était plutôt rude et que Mehdi est sorti en le traitant de « sale raciste » ! Qu'est-ce que vous en dites ? C'est autrement plus concret que vos petits soupçons sur Paillette et la mère De Bessard, non ?

18

Ce soir, le brouillard enveloppe Chantelauze d'une ouate humide et mystérieuse.

— Le beau de l'automne est passé maintenant, dit Thérèse Albaret, la directrice de la résidence.

Elle s'empresse d'ajouter :

— Les mariages brumeux sont les plus heureux !

Évidemment !

Charlotte sourit, un brin agacée toutefois par cette propension, ici, à en revenir quoi qu'il arrive au mariage. Avec Jean-Cyril, ils ont passé la soirée à caresser le chat tout en mangeant une pizza et en discutant une fois de plus de l'enquête. Loïc Puech devenant brusquement l'acteur principal du film, ils ont essayé tout au long de la journée de recueillir le maximum de bavardages, confidences et commérages sur son compte, allant même jusqu'à passer une visite médicale pour glaner l'avis du médecin de famille. Mais les détectives amateurs se sont heurtés au secret médical et au mutisme d'un médecin excessivement consciencieux.

Si les gens décrivent Marie comme une personne « fragile », ce n'est pas tellement en raison de son physique ou de sa santé, mais bien plus pour la tendance qu'elle avait à se cogner, à se blesser, à tomber... Des bleus, des cernes, une fracture du doigt, un coup de ciseau maladroit sur sa joue, une dent cassée lors d'une chute... Les mauvaises langues disent qu'elle buvait en cachette. En fait, les mauvaises langues répètent ce que le mari laissait entendre.

Sur le beau brigadier, les jugements sont plus tranchés. La plupart le détestent parce qu'il est autoritaire, vicieux, prétentieux. Il verbalise sans jamais chercher de circonstance atténuante, droit dans ses bottes, méprisant avec les petits, flagorneur envers les puissants. Ses rares partisans louent son courage et bien sûr son physique avantageux. Son regard sensuel de mâle dominateur semble plaire aux femmes, du moins à certaines.

Nul doute que la veuve Pelamourgue est de celles-là. Elle lui aurait acheté une Rolex et se ridiculise en le poursuivant de ses assiduités jusque dans la gendarmerie et en multipliant coups de fil et jérémiades.

Les gens sont sévères avec Florence, une femme oisive, une Bovary qui trompait son mari pour retrouver ses émois d'adolescente et joue sa Lady Chatterley avec un rustre. Les rumeurs d'une prochaine union entre ces deux-là évoquent également la démission probable du brigadier, allant même jusqu'à lui prêter l'envie incroyable de devenir le prochain maire de Chantelauze.

— Il ne manquerait plus que ça ! disent les uns.

— Vous n'y pensez pas. Il n'y a qu'un Pujol pour remplacer Pujol, sûrement pas un flic ! renchérissent les autres.

Quand on les interroge sur la mort de Marie Puech, ils se montrent plus circonspects, les paroles se libèrent au compte-gouttes. Les motifs avancés pour expliquer son suicide paraissent la plupart du temps improbables.

— Franchement, quelle jeunesse d'aujourd'hui irait se supprimer pour avoir raté un concours ? De professeur des écoles, en plus ! Vous en connaissez beaucoup, vous ? Avouez que ça ne tient pas debout.

— Moi, ma petite dame, je ne miserais pas un sou là-dessus !

Les langues se taisent surtout par respect pour la famille. Le major Daude, contrairement à son gendre, est fort apprécié de la population. Qu'une jeune femme fraîchement mariée décide d'avaler trop de somnifères pour une telle peccadille ouvre la voie au doute. Avec le recul, on s'accorde à penser que c'est uniquement parce qu'elle était fille et femme de gendarme que l'enquête n'a pas été poussée plus loin à l'époque.

Comment prouver quoi que ce soit quatre ans après ?

C'est la question essentielle. Quoi qu'on fasse ou pense, il faudra établir la vérité de manière irréfutable.

Charlotte regrette l'absence de Fanny, qui passe une fois de plus la soirée en compagnie de son photographe préféré.

Avec JC, ce n'est pas pareil. Il a beau s'appliquer, s'améliorer même, il reste encore trop prudent et s'entête à respecter un tas de théories fumeuses qui brident son imagination. Le sociologue a cependant réussi à décrocher un déjeuner avec Mme Daude en personne.

Un véritable exploit !

Charlotte espère beaucoup de cet entretien. Elle aimerait être une petite souris pour guider les questions, hélas, elle n'est pas invitée. La femme du major s'est prise d'amitié pour le jeune fiancé au moment du décès de Mehdi. Elle l'a même aidé à remplir les formalités aussi fastidieuses qu'accablantes réclamées dans l'urgence par une administration insensible au chagrin des hommes. L'honnête JC garde pour elle une reconnaissance attendrie.

Charlotte quitte la résidence en se morigénant. Elle n'aurait probablement pas dû réitérer ses conseils au moment de prendre congé.

— Essaie surtout d'en savoir plus sur cette histoire de somnifères.

— C'est moi qui suis invité, pas toi ! Fais-moi un peu confiance, bon sang !

Évidemment, mon Wiki si susceptible l'a mal pris, mais c'est que le temps presse ! Je ne suis pas certaine qu'il saura aussi bien que moi lui tirer les vers du nez.

Chantelauze est plongé dans un brouillard léger. Il se fait tard, le silence de la nuit est presque pesant dans cette étrange atmosphère feutrée. Une petite lumière bleue luit à l'intérieur d'une voiture sur le parking, c'est le seul signe de vie. Elle réalise qu'il s'agit du portable qu'un chauffeur est en train de consulter. La lueur des réverbères éclaire faiblement le pavé des rues. Ce serait follement romantique si quelqu'un s'accrochait à son bras. Ce soir, sa solitude rend l'atmosphère plutôt oppressante ; elle presse le pas. Sur la place de l'église, le premier mouvement d'une suite de Bach pour violoncelle vibre dans l'obscurité, berçant le bourg endormi dans les replis du temps. Les vitraux éclairés de l'intérieur ruissellent sur les murs en une myriade de feux follets.

Ce bref interlude la rassure, un peu comme les ronds jaunes des lampes derrière les vitres, qui réunissent les humains dans le ventre chaud des maisons ou plus prosaïquement devant le poste de télévision.

Maintenant, Charlotte se hâte. Une angoisse protéiforme la pousse à sortir au plus vite de cette brume qui rend méconnaissable le décor familier. Sa peur résulte d'un mélange d'imaginaire – le monstre tapi dans les ténèbres –, de menace hypothétique, liée cette fois au smog londonien de Jack l'Éventreur, et de la crainte de la disparition, vertige poisseux qui ne la quitte plus depuis la mort de Mehdi.

Elle n'en parle pas, les autres non plus d'ailleurs. Pourtant, le sentiment d'invulnérabilité propre à la jeunesse les a bel et bien tous quittés. Ils sont devenus tristement adultes.

Par instants, Charlotte ressent avec détresse toute la fragilité de la vie. C'est pour cela qu'elle accorde tant de prix à cette enquête. La réussir lui permettra de continuer, de tourner la page, de retrouver une partie de son insouciance, d'essayer de vivre.

La maison des Paillette est plongée dans l'obscurité.

Ils doivent être de sortie ou dorment déjà.

Est-ce qu'ils font tout le temps chambre à part ?

Elle ne les imagine pas se prélassant dans le même lit. Cette image la fait sourire, elle se détend.

Quelle purée de pois, tout de même, je suis bien contente d'être arrivée !

Sa quiétude s'éteint d'un coup lorsqu'elle aperçoit un halo jaunâtre à travers la vitre de l'appentis, un faisceau lumineux qui bouge, se dilate, rétrécit de nouveau, semble passer en revue toute la pièce.

Aucun doute, quelqu'un est là, chez elle, malgré le verrou de sûreté. Un mystérieux visiteur nocturne qui fouille sûrement dans ses papiers, ses vêtements, ses livres…

Un frisson la parcourt.

Curieusement, cette fois, la colère l'emporte sur la peur.

Elle va épingler le rôdeur sur le fait, le confondre, le faire avouer, surtout elle va découvrir enfin le nom de la personne qui, en se dévoilant ainsi ce soir, prend le risque de passer en tête de liste !

Sans s'appesantir sur le possible danger, elle se dirige sans hésiter vers l'escalier de bois et empoigne la rampe en silence. Elle se rappelle à temps que les marches grincent, se baisse pour enlever ses chaussures qui font un horrible bruit de succion.

Charlotte s'arrête sur le palier pour reprendre son souffle. Elle pousse la porte du pied. Celle-ci s'entrouvre suffisamment pour lui permettre d'apercevoir de dos la silhouette massive de Clovis.

Le toutou s'est transformé ce soir en chien de chasse.

Averti par le léger frottement de l'huis, l'homme fait un tour sur lui-même, atteignant Charlotte d'une gerbe de lumière en plein visage.

— Que faites-vous chez moi ? Vous n'avez aucun droit d'être ici !

Sa voix est moins assurée qu'elle ne le voudrait, surtout, Paillette ne semble pas plus surpris que coupable.

Il est juste incroyablement menaçant.

Dans cette masse de chair qui se dirige vers elle, la jeune femme ne voit tout d'abord que deux yeux au regard brûlant.

Ce ne sont plus de bons yeux de chien mais des yeux de loup.

La transformation est terrifiante.

Un regard perçant si cruel qu'elle préfère reculer, mais il se précipite sur elle et la traîne sans ménagement à l'intérieur de l'appentis en faisant claquer la porte.

Charlotte se rejette en arrière pour allumer l'interrupteur, elle a besoin de le voir pour jauger la situation, dialoguer avec lui et au besoin le confondre.

Paillette la regarde d'un air goguenard. Il bloque désormais la sortie.

— Que faites-vous chez moi ?

Elle répète sa phrase en criant presque, sent que la situation est en train de lui échapper.

Un affreux ricanement de dédain lui répond. Ce n'est plus le falot mari d'Yvette qu'elle a en face d'elle mais un gaillard robuste et menaçant.

Charlotte essaie de se reprendre. Un coup d'œil circulaire lui permet de distinguer le verrou dérisoire gisant sur le sol près d'une tige de fer qu'elle assimile à un pied-de-biche. Plus loin, ses vêtements débordent des tiroirs béants de la commode, tout son matériel d'artiste est renversé.

La vue de ses petites culottes voisinant avec ses pots de peinture et de colle lui donne la nausée.

Pourquoi n'a-t-il pris aucune précaution ? Il savait pourtant que j'allais revenir.

Il s'en fiche, car il veut en finir avec moi ! C'est ça, j'en suis sûre.

Il va me tuer comme il a liquidé tous les autres.

Merde, je suis coincée là avec ce porc, il faut que je le raisonne, il faut que je me sauve…

Surtout ne pas lui montrer ma peur.

Elle tente de prendre un air dégagé, enfonce fièrement les mains dans ses poches, ses doigts rencontrent le contact sécurisant de son portable, son moral remonte subitement en flèche.

Charlotte recule imperceptiblement pour mettre de la distance entre eux. Clovis vient de caler le dossier d'une chaise contre la poignée, ce qui n'est pas rassurant.

Préférant ne pas y penser, elle prend un ton à la fois volontaire et apaisant :

— Vous n'êtes pas dans votre état normal, monsieur Paillette. Je vous demande une dernière fois de sortir d'ici immédiatement, sinon j'appelle les gendarmes.

Elle a à peine le temps d'extirper son téléphone de sa veste qu'il l'a déjà attrapée par les cheveux tout en lui tordant le poignet avec une force décuplée par l'envie de faire mal.

L'appareil, arraché de ses mains, est projeté violemment à travers la pièce pour finir sa course avec un bruit mat contre la cloison.

Les doigts puissants de Paillette emprisonnent son bras endolori. Il la tient dans ses serres avec la même cruauté que le vautour sa proie. Une démonstration de brutalité pour la faire ployer, lui faire comprendre la loi du plus fort.

Il n'a aucun mal à la faire reculer jusqu'au matelas.

— C'est quoi ce bordel ? cingle-t-il.

Sa voix légèrement essoufflée est coupante comme l'acier. Il désigne avec mépris ce qu'elle appelle sa reconstitution de l'affaire avec les portraits des protagonistes étalés sur deux colonnes, reliés parfois, pour les besoins de sa démonstration, par des traits, des ronds ou des points d'interrogation.

Dans un élan de courage, faisant abstraction de son bras douloureux et de sa position précaire, elle avale sa salive et le regarde froidement.

— C'est un collage, une composition artistique, si vous préférez. Vous ne pouvez pas comprendre, et vous n'avez surtout pas le droit d'y toucher !

Charlotte essaie d'élever le ton, mais, tétanisée par le vol plané du Smartphone et l'imposante domination physique de son adversaire, elle comprend que cette fois l'affaire est sérieuse. Il ne va pas la lâcher de sitôt, il ne va d'ailleurs peut-être pas la lâcher du tout.

Inutile de discuter avec ce dingo, il faut que je me sauve.

Appeler au secours ? Personne ne m'entendra, la maison est trop éloignée et Mme Paillette a assez répété qu'elle prenait tous les soirs un somnifère.

Comment faire ? La porte est bloquée, il n'y a pas d'autre sortie.

La fenêtre ! Non, c'est de la folie.

Pas sûr, en tout cas elle est assez grande pour que je passe à travers.

— Où as-tu dégoté ces photos, sale fouine ?

Charlotte ne songe même plus à se justifier, c'est inutile, elle n'a plus qu'une seule idée, se sauver par la fenêtre. C'est malheureusement un châssis fixe qui ne s'ouvre pas. Il n'y a pas de double vitrage, de cela au moins elle est sûre, car le froid pénètre chaque soir à travers la croisée.

Comment brise-t-on une vitre quand on n'a rien sous la main ?

Avec les mains justement !

Je l'ai vu faire dans un film avec Bruce Willis.

Évidemment, je ne suis pas Bruce Willis !

Mais ça doit être possible. De toute façon, je n'ai pas le choix !

Quinze marches, un petit étage, ce n'est pas très haut.

Pas plus que le cerisier du jardin d'où je suis tombée tant de fois.

Ma veste est épaisse et peut me protéger des coupures.

Oui, mais je suis en chaussettes et mes mains, mes pauvres mains sont nues.

Non, c'est de la folie, ça ne marchera pas.

Je n'aurai jamais le courage...

Elle réfléchit à s'en fendre la cervelle, garde la bouche ouverte comme une sotte et grelotte de tout son corps.

La peur, une peur perfide, se glisse dans ses veines, pénètre son imagination, profite de sa faiblesse, s'enroule dans ses pensées, gagne petit à petit son corps et son esprit.

Elle doit la repousser, elle le sait, sans lucidité elle est perdue.

Clovis s'impatiente devant cette fille tétanisée, aussi inerte qu'un mannequin de cire, qui refuse toute explication.

Que diable a-t-elle compris, deviné, imaginé ? A-t-elle partagé ce qu'elle sait avec son fiancé ou sa copine ? Que sait-elle vraiment, cette gourde ?

Clovis aimerait en avoir le cœur net, prendre le temps de l'interroger, mais le danger qu'elle représente le pousse à précipiter les choses. Il est trop tard pour arranger une disparition « convenable », suicide, chute ou accident, comme il sait si bien faire. Il doit la détruire. La détruire et tout détruire.

Un incendie, ce serait bien, ça, un incendie, ça ne laisse pas de traces ! Quelles preuves détient-elle de toute façon ? C'est sûrement du bluff !

Le trombinoscope pourtant est là, devant lui, bien réel, témoignage accablant de la découverte par sa locataire des dessous de l'affaire ou d'une partie du moins.

Ce foutu collage le nargue, l'affronte, l'étouffe, le menace, l'offense.

Paillette n'en peut plus, il s'empare du cadre, le soulève sans difficulté apparente malgré son poids, le brandit au-dessus de sa tête, Charlotte rentre inconsciemment les épaules, persuadée qu'il va le lui écraser sur le crâne.

Clovis a trop de rage, il préfère l'exploser comme le téléphone contre le mur. Les milliers de pièces du puzzle se déversent sur le sol dans un bruit de grenaille.

La furie s'est emparée de Paillette, il en ramasse une poignée, se colle comme un damné contre Charlotte. Elle n'a pas le temps de réagir qu'il lui ouvre brutalement la mâchoire et lui enfonce les pièces de force dans la bouche.

La jeune femme remue la tête dans tous les sens, se débat pour écarter cette grosse main poisseuse qui lui fourre dans la bouche ces immondes bouts de carton mêlés de colle qui lui font horreur. Elle les repousse de la langue, les recrache pour éviter l'étouffement.

Elle trouve la force de repousser Clovis mais pas de s'enfuir.

Dans le mouvement qu'il fait pour la plaquer contre le mur, elle touche un interrupteur et parvient à éteindre.

Ils ne sont plus maintenant que deux ombres indistinctes. Charlotte sent les gros doigts broyer sans ménagement les siens, ils tombent ensemble lourdement.

Elle se débat maladroitement, il est plus puissant qu'elle, joue en outre de son poids, lui enfonce son coude dans les côtes, la douleur est intolérable.

Ce visage si près du sien l'écœure, l'odeur acide qui émane de lui provoque en elle une véritable nausée, un dégoût semblable à celui qu'elle a ressenti une fois, enfant, devant le cadavre d'une bête en putréfaction.

Clovis en fait est l'envoyé de la mort, elle le comprend parce qu'il ne cherche plus à l'effrayer ni même à discuter, mais à la tuer. Rien ne semble pouvoir l'arrêter.

À l'aveuglette, en se tortillant, elle mord sa joue charnue jusqu'au sang. C'est tout ce qu'elle a trouvé et ça la dégoûte à en vomir.

Avec un hurlement de rage, il la frappe, mais relâche un peu son étreinte. Charlotte parvient alors à se redresser malgré la pince meurtrière qui la tient toujours. Il la tire brutalement contre lui, elle sent la chaleur répugnante de son souffle, sa moustache visqueuse de sang. Elle s'efforce de repousser son visage mais il la courbe en arrière et lui enfonce son genou dans le bas-ventre.

Elle pousse un cri de douleur, Paillette pèse sur elle comme un taureau, lui couvre la bouche et le nez de sa main épaisse qui l'empêche de respirer et tire un rideau noir devant ses yeux.

Il relâche la pression pour la traîner vers le matelas. Elle comprend avec horreur qu'il va abuser d'elle avant de la tuer.

Il est trop fort, elle ne peut pas lutter.

Elle n'a plus rien à perdre.

Tant pis, c'est décidé, je vais faire ma Bruce Willis !

Alors, pendant qu'il déboutonne son pantalon, elle dégage son bras droit, serre son poing comme s'il s'agissait d'un marteau, c'est un poing nu levé contre la nuit et le mal, un poing tendu qu'elle abat à toute vitesse sur la vitre de l'appentis, moins fort toutefois qu'elle ne l'espérait car Clovis a bloqué en partie son geste.

Le coup fracture le verre et des toiles d'araignée argentées se propagent sur le carreau. Surpris par cette riposte inattendue, Clovis l'a lâchée.

De sa main ensanglantée, Charlotte frappe de nouveau sur le carreau, qui cette fois se pulvérise en milliers de petits morceaux.

Elle dégage sa main tuméfiée de la vitre et enjambe le cadre. Des bouts de verre volent alors en éclats, des écailles aiguisées comme des rasoirs et presque invisibles se fichent dans ses pieds, son visage, ses mains mais aussi sur le sexe dressé de Paillette, qui cette fois hurle de douleur.

Clovis, médusé, comprend trop tard ce que Charlotte est en train de faire et l'attrape par le pied.

Charlotte s'arc-boute au montant. Elle tient bon.

Sa chaussette poisseuse de sang glisse, glisse lentement.

Entaillée par le verre, la main de Clovis lâche prise.

Alors la jeune fille saute.

Saute dans le vide sans même crier car elle n'en a plus la force.

19

Paillette n'en démord pas, l'incendie qui a ravagé l'appentis ne peut s'expliquer que par une négligence de sa locataire, qui avait amassé un fouillis indescriptible dans l'appartement avec sa manie de collectionner les vieux papiers, journaux, photos et feuilles mortes. En outre, plusieurs mégots de cigarettes ont été retrouvés lors des premières constatations effectuées par la gendarmerie. Surprise dans son sommeil, prise de panique, la jeune fille s'est défenestrée en brisant la fenêtre.

Une réaction malheureusement très fréquente en cas d'incendie, comme le montrent les faits divers similaires.

Lui-même et son épouse dormaient profondément quand l'accident s'est produit. Réveillé en pleine nuit par la sirène des pompiers que des voisins avaient alertés, il s'est rendu compte que le brasier concernait son propre appentis. Il s'est alors précipité en pyjama dans le jardin pour secourir la malheureuse qui gisait à terre. Les premiers secours arrivaient, il a aidé de son mieux comme le prouvent les nombreuses entailles qu'il s'est fait en tentant d'éloigner le corps de la pauvre enfant des débris de verre.

Il lève sa main droite enflée, l'ouvre et la déplie plusieurs fois pour montrer les parties tuméfiées et décolorées.

— La petite était inconsciente quand les pompiers l'ont emmenée à l'hôpital. Il paraît qu'elle est dans le coma et que son pronostic vital est engagé. Je suis sous le choc et mon épouse aussi. Nous sommes bouleversés par toute cette histoire. Je crois bien que nous raserons l'appentis et ne prendrons plus de locataire. On ne sait jamais vraiment à qui on a affaire. La petite était mignonne, mais en stockant de la colle, des peintures et tout un tas de vieilleries pour ses compositions prétendument artistiques, elle a préparé son propre bûcher et fabriqué elle-même son cercueil. C'est triste à dire, mais c'est vrai, quoi, on n'a pas le droit d'être aussi étourdie !

— Viens, j'en ai assez entendu, on s'en va !

Jean-Cyril tire Fanny par la manche, il doit s'y reprendre à deux fois pour qu'elle le suive. La jeune femme est totalement anéantie, l'angoisse qui l'étreint est si forte qu'elle a l'impression de ne se mouvoir que par automatisme. Le choc a inscrit sur ses traits un air hébété, presque stupide. Elle est devenue sourde, muette, comme saoule, perdue dans un abîme de pensées macabres qui noient toute capacité de raisonnement.

En comparaison, Jean-Cyril paraît calme, ferme, impavide même, sous la pluie de difficultés, de questions et de tourments qu'engendre ce nouveau coup de théâtre.

Il y a des mots pourtant qui ne franchiront jamais ses lèvres : « pronostic vital », « mort cérébrale », « traumatisme crânien », « coma »...

Des mots qui se bloquent, qui font mal, qui lui amèneraient, s'il n'y prenait garde, des larmes aux yeux.

Des mots paralysants de cruauté, or il sait que, pour tenir, l'espoir ne doit pas lui être interdit.

Ce matin, le brouillard s'est dissipé, l'air reste humide, lourd, empli d'une âcre odeur de fumée et d'un mélange plus subtil de feuilles mouillées et d'automne.

Laissant Clovis à ce que Jean-Cyril appelle sa conférence de presse, les deux jeunes gens, sans avoir besoin de se concerter, se dirigent vers le lieu du drame.

Les pompiers ont pu contenir les flammes et éviter qu'elles ne se propagent aux maisons voisines. Les dégâts matériels sont cependant assez considérables, les murs sont fragilisés par la chaleur, il ne subsiste plus rien de l'escalier de bois, une partie de la toiture risque même de s'effondrer. Le capitaine des pompiers inspecte les gravats avec précaution pour récupérer tout ce qui a pu échapper au feu. Il leur explique que la commune va interdire l'accès au bâtiment en raison de sa dangerosité.

— Vous ne devriez pas rester là !

JC s'avance, sa voix grave impose le respect :

— C'est ma fiancée, je veux tout savoir.

Le capitaine Gosselin est un brave homme qui va marier sa fille dans deux mois, ce qui lui permet de mieux comprendre le désarroi du pauvre promis, qui craint de perdre sa compagne. Il décide de se montrer coopératif.

— Une enquête a été ouverte pour déterminer l'origine du sinistre. Pour l'heure, aucune piste n'est vraiment privilégiée. Un expert incendie doit intervenir prochainement. Le brigadier Puech a pris personnellement l'affaire en main, vous pourrez obtenir tous les renseignements auprès de lui.

Le nom de Puech semble galvaniser Jean-Cyril.

— Comprenez-moi, c'est vous qui l'avez trouvée. J'ai besoin d'avoir votre sentiment, votre expertise, vous seul pouvez me permettre de me rendre compte, de savoir où elle était, dans quel état..., dit-il d'une voix tremblante.

Ces sanglots difficilement contenus ont raison de la réticence du capitaine.

— Pour tout vous dire, quand on est arrivés sur place, le propriétaire l'avait déjà transportée à l'écart, ce qui partait d'un bon sentiment, mais on ne bouge pas n'importe comment les victimes. C'est malheureux, mais c'est toujours comme ça, on doit engueuler les gens avant de commencer notre boulot. Elle était inconsciente et ensanglantée, pas belle à voir, je vous le dis franchement. Mais à mon avis, beaucoup de ses coupures étaient superficielles. En revanche, aucune trace de brûlure ni même d'asphyxie, ce qui signifie qu'elle a sauté avant que les flammes ne se déchaînent. Le plus à craindre sont les conséquences de la chute, elle a pour le moins les deux pieds cassés. Pendant son transport à l'hôpital, elle a repris connaissance brièvement mais elle divaguait totalement. Elle parlait de Bruce Willis et de Wikipédia, vous voyez, mais c'est normal après un choc de ce genre. Attention aussi à ce qu'on raconte, elle n'est pas dans le coma, mais on l'a plongée dans un coma artificiel pour qu'elle ne souffre pas, ça laisse davantage de perspectives. En cas de traumatisme aussi important, cette technique permet de préserver les fonctions vitales en les empêchant de trop puiser dans les réserves d'énergie pour aider le corps dans son processus de guérison. C'est plutôt une bonne chose, vous savez.

— Tous ces bris de verre, c'est terrible !

Fanny montre d'un geste tremblant les minuscules fragments qui jonchent le sol bétonné.

Le capitaine comprend que la jeune femme est en état de choc, il s'efforce de prendre un ton rassurant comme lorsqu'on s'adresse à un enfant :

— Par chance, la vitre s'est brisée en milliers de petits bouts plutôt qu'en gros morceaux tranchants. Donc plus de coupures, mais beaucoup moins profondes. Sa veste a servi d'amortisseur pour le corps, ce sont les mains, le visage et les pieds, parce qu'elle était malheureusement en chaussettes, qui ont presque tout pris.

— C'est tout ce que vous avez récupéré ?

Elle désigne cette fois un tas de décombres noircis extraits du chantier de l'incendie.

— Pour l'instant, il n'y a pas grand-chose d'intéressant, on est sur le point de terminer les recherches, vous pouvez regarder mais n'emportez rien, il faudra voir ça avec Puech.

JC se penche sur les déblais.

Le brigadier a raison, peu d'éléments ont survécu à l'incendie.

La fameuse bouilloire de Charlotte, ses bottines, légèrement calcinées, récupérées par un pompier au pied de l'escalier, celles-là mêmes qu'elle portait la veille quand elle a dîné à la résidence, quelques vêtements roussis, une cuvette de W-C, une imprimante écrasée, des livres à moitié brûlés et écornés, des bouts d'album et de nombreux morceaux de collage plus ou moins carbonisés.

C'est terrible, on a l'impression que tout ce qui reste d'une vie peut tenir dans un sac, que l'existence de la pétulante Charlotte se résume aujourd'hui à ces quelques objets dérisoires imprégnés pourtant de sa présence, de ses gestes et de sa mémoire.

Ces chaussures sans pieds fascinent Jean-Cyril. Spectatrices du drame de la veille, elles ont résisté à l'incendie, il veut y voir le signe d'une espérance.

Fanny, elle, a subtilisé une pièce de puzzle, discrètement, presque naturellement, en se baissant pour nouer son lacet. Elle l'a glissé dans sa poche et le serre compulsivement.

Ça lui donne des forces, elle a l'impression de voir Charlotte penchée sur ses collages, les cheveux en bataille, le visage illuminé par une inspiration aussi déroutante que fantaisiste. Elle a surtout l'impression de l'entendre exposer ses théories, ses suppositions, ses certitudes, tracer des traits, entourer un portrait, le joindre à un autre, jubiler, rire.

Ce rire qu'elle croit percevoir la pénètre avec une telle acuité qu'elle fond brusquement en sanglots inextinguibles.

Avec JC, ils s'éloignent en se tenant par le bras, cramponnés l'un à l'autre. Fanny ravale ses larmes, désemparée mais un peu plus combative.

— Arrête, je t'en prie, murmure Jean-Cyril, on aura toute notre vie pour pleurer si elle ne revient pas. Reprends-toi, cette fois on ne laissera pas cet accident sans coupable, Fanny, il ne faut pas les laisser faire !

Une fois à la résidence, il commande des boissons chaudes tandis que Fanny, épuisée, s'affale sur le lit. Elle marmonne, les yeux à demi fermés :

— Je ne comprends pas ce que tu veux dire par « accident sans coupable ». Tu as entendu Clovis comme moi, c'est quand même bien à cause du fatras accumulé par Charlotte que le feu a pris.

JC tire une chaise en face d'elle et s'installe à califourchon, prêt à en découdre.

— Paillette est un menteur. N'oublie pas qu'il est sur la liste, il est en train de nous jeter de la poudre aux yeux. Tu ne vas quand même pas le croire !

— Tu as tort de l'accuser ! s'écrie Fanny, on a tous eu tort, d'ailleurs, c'est un brave homme, au fond. Lui, au moins, il a essayé de la sauver. Tu as vu ses mains, c'est affreux ! Et moi, pendant ce temps, je faisais quoi ? Je me prélassais avec Paul comme une égoïste. J'avais pourtant le pressentiment depuis un certain temps déjà que ça tournerait mal et je n'ai rien fait...

— Tais-toi, bon sang ! la coupe JC sans ménagement. Tu donneras libre cours à ta culpabilité un autre jour, ce n'est vraiment pas le moment. Comprends bien qu'une fois de plus, c'est à cause de notre enquête qu'on s'en est pris à Charlotte. Rien n'est innocent ou fortuit dans cette histoire.

— « On s'en est pris » ? Tu dis n'importe quoi ! Elle a sauté par la fenêtre pour échapper au feu.

— Fanny, réfléchis donc une seconde au lieu de gober toutes les conneries de Paillette. Par exemple, tu sais aussi bien que moi qu'elle ne fumait pas et pourtant on a retrouvé des mégots !

Fanny relève la tête sans répondre. Il insiste.

— Il y a bien trop d'incohérences dans le récit de Paillette. Pourquoi Charlotte aurait-elle sauté par la fenêtre au lieu de prendre l'escalier ?

— Parce que le feu s'est déclaré près de la porte et qu'elle ne pouvait plus l'emprunter.

— Foutaise ! Si ce sont vraiment ses collages et ses papiers qui sont à l'origine de l'incendie, alors rappelle-toi qu'ils étaient justement à l'autre bout de la pièce, à côté du matelas, près de la vitre donc. Tu vois bien que ça ne tient pas debout !

Le silence de Fanny répond pour elle.

— Autre chose, peux-tu m'expliquer pourquoi elle n'avait pas de chaussures ?

— Quand je dors, je n'ai pas de chaussures non plus !

C'est ce qu'il attendait, il exulte.

— Tu dors habillée, aussi, peut-être ?

— Je ne comprends pas.

— Bien sûr que si ! Tu as entendu comme moi le capitaine Gosselin. Elle avait gardé sa veste de mouton. Or, hier soir, elle est partie d'ici avec cette même veste sur le dos. Tu seras d'accord pour dire qu'elle ne s'est pas couchée avec, donc c'est en rentrant que l'incendie a dû se déclarer, non seulement elle n'était pas déshabillée mais elle avait encore sa veste, c'est une sacrée nuance, tout de même !

Fanny s'est levée, les couleurs reviennent un peu sur ses joues.

— Dans ce cas, elle aurait dû garder ses chaussures, le pompier a dit qu'il les avait retrouvées dans le fatras des planches de l'escalier.

— Vraisemblablement, elle les a retirées pour monter les marches, ça tombe sous le coup de la logique. Mais je ne vois pas pourquoi, d'autant plus qu'il y avait du brouillard et qu'elles allaient fatalement se mouiller.

— Parce qu'elle avait vu le feu d'en bas, peut-être ?

JC se lève si brusquement qu'il en oublie son étrange position et manque de tomber de sa monture. Il claque impétueusement dans ses mains.

— C'est ça ! En apercevant quelqu'un chez elle, elle a retiré ses bottines pour le surprendre sans faire de bruit.

— Admettons ! Ça ne nous avance pas à grand-chose.

Jean-Cyril marche de long en large d'un pas si décidé que le chaton préfère se réfugier sous le lit.

— Ça ne peut être que Paillette ! J'imagine qu'ils se sont disputés et qu'elle s'est jetée par la fenêtre ou que ce salaud s'en est chargé. En tout cas, il a mis le feu après pour effacer toutes les traces, c'est pour ça que Charlotte ne souffre ni de brûlure ni d'asphyxie...

Bien qu'attentive, Fanny est muette, concentrée, son esprit semble complètement accaparé par cette nouvelle conception des événements.

— Tu décris un truc complètement dingue, finit-elle par déclarer, mais sans savoir pourquoi je sens que tu es dans le vrai. Paillette a failli m'avoir en donnant le change. Maintenant, ce qui me frappe, ce n'est plus tellement sa main tuméfiée mais la plaie sur sa joue, tu as remarqué, toi aussi, cette vilaine coupure ? En outre, il marchait d'une bien étrange manière, les jambes écartées. Le fait d'être arrivé le premier sur les lieux ne peut expliquer toutes ses blessures. En tout cas, il s'est bien gardé d'en parler et de les mettre en avant.

— Si tout cela est vrai, Charlotte vivante représente un danger pour lui.

JC tape du poing sur le dossier de la chaise.

— Comment peut-on l'empêcher de lui faire du mal ? Je le crois capable des pires bassesses.

— Pour l'instant, à l'hôpital, dans le service de réa en plus, elle est en sûreté.

Peu convaincu, Jean-Cyril secoue la tête.

— Il protège déjà ses arrières. N'oublie pas que c'est Puech qui est chargé de l'enquête. S'ils sont de mèche comme on essayait de l'établir, crois-moi, ils s'arrangeront pour la faire taire.

— Pourquoi Puech, d'ailleurs ? Ce n'est pas lui qui dirige la brigade !

— Le major Daude est en formation pour deux jours à Montluçon, confie Jean-Cyril d'une voix fatiguée. C'est d'ailleurs pour cette raison que je devais déjeuner avec sa femme ce midi. Je suis en train de penser qu'ils ont profité de cette absence pour monter leur coup. Avec Puech sur l'enquête, Paillette ne risque rien, parce qu'il le tient d'une façon ou d'une autre. Il ne pouvait pas prendre le risque que Daude fasse les premières investigations.

Ils se regardent, effarés par cette nouvelle complication. Le doute s'insinue une fois de plus chez Fanny, ses pauvres certitudes rongées par de pénibles interrogations.

On est en train d'imaginer une machination épouvantable, une conspiration de crimes organisés, ici, à Chantelauze ! Franchement, ça n'a aucun sens ! Et si on se trompait depuis le début ? Si l'accident de Charlotte et celui de Mehdi n'étaient dus qu'au hasard, à la malchance... ? Bon sang je ne sais vraiment plus ce qu'il faut faire !

Elle se relève, enfonce machinalement les mains dans ses poches, le contact du bout de carton récupéré dans les décombres lui fait monter les larmes aux yeux.

Oh ! Charlotte, je m'en veux tellement !

Elle l'extirpe comme une relique précieuse, un morceau noirci qui tient dans sa paume. En l'époussetant avec précaution elle sent une poudre coupante, de minuscules grains de verre qui brillent sur sa peau.

Puzzle d'un côté, photographie de l'autre, ce fragment hétéroclite ne faisait donc pas partie des compositions artistiques, mais du fameux trombinoscope de Charlotte.

À première vue, le visage grisâtre, écorné et sale qui la regarde est le portrait de Clovis, un Clovis différent toutefois, sans moustache, beaucoup plus jeune.

Un éclair de lucidité la traverse. Fanny tend le fragile lambeau à JC.

— Qu'est-ce que tu en penses ?

Il n'hésite pas un instant.

— C'est Laurent, le fils de Mireille De Bessard.

En plaisantant il ajoute :

— Tu as sauvé le plus jeune du lot, c'est un peu normal !

Fanny ferme les yeux, elle vient d'avoir une révélation si extraordinaire qu'elle en tremble presque, elle a découvert ni plus ni moins le chaînon manquant, le lien entre les deux colonnes, celui qu'ils ont si longtemps cherché.

Elle s'adresse de nouveau à JC, d'une voix un peu rauque qui cache très mal son excitation.

— C'est le fils de Paillette, affirme-t-elle, je veux dire, de Clovis Paillette.

— Quoi ?

JC fait l'ahuri, mais son regard montre qu'il a compris l'énormité de l'information.

Fanny répète, précise même avec une espèce de délectation :

— Laurent est le fils de Mireille De Bessard et de Clovis Paillette. Dessine-lui une moustache, c'est le portrait craché de son père. Comment avons-nous pu être assez aveugles pour ne pas nous en rendre compte avant !

Même s'ils n'en comprennent pas bien encore toute la portée, cette parenté inattendue chamboule une bonne partie de leur échafaudage. Deux priorités s'imposent à leurs esprits enfiévrés : protéger Charlotte coûte que coûte en montant la garde près de son lit ou, au pire, près de sa chambre à l'hôpital, et mettre le major Daude au courant, car il faut bien, dans cette mosaïque infernale, jouer son va-tout en faisant confiance à quelqu'un.

Fanny s'acquittera de la première tâche, le sociologue de la seconde. Tous deux sont tendus à l'extrême, car même si le visage de l'adversaire se précise, la partie est loin d'être gagnée. Il va falloir convaincre avec des preuves si ténues et des arguments si discutables que la démonstration sera périlleuse. Il va surtout falloir combattre un ennemi pernicieux, l'hydre à plusieurs têtes qui ne recule devant rien. De ce nombre de têtes dépend peut-être la victoire. Jamais la liste de Mehdi n'a été aussi inquiétante.

Au moment de se séparer, JC ose enfin poser la question qui le tourmente de manière lancinante depuis leur entretien avec le capitaine Gosselin :

— J'ignore pourquoi Charlotte murmurait le nom de Bruce Willis, mais le mot « Wikipédia » ne peut pas être un hasard, elle était encore consciente, tu ne crois pas ?

— Sûrement !

C'est tout ce que Fanny est capable de prononcer. Une fois de plus, les larmes viennent enrayer ses pensées. Elle a mal à en crier et sait que Jean-Cyril, si digne, si droit, ressent la même intolérable douleur qu'elle.

20

— Je veux tout savoir !

Dans sa chambre d'hôpital, Charlotte sourit à ses amis en observant d'un œil consterné les sacs plastique qui dissimulent deux imposants plâtres immobilisant ses jambes des genoux au bout des orteils. Avec sa chemise de nuit blanche à pois bleus, elle ressemble à une petite fille pas du tout modèle qui serait tombée d'une chaise en voulant attraper un pot de confiture. Pâle, trop pâle malgré les multiples cicatrices rougeâtres qui zèbrent encore son visage, elle est sortie du coma depuis trois jours et « se porte bien », selon le diagnostic médical. Le gros pansement qui entoure sa main droite ne l'empêche pas de se gratter le nez ou de tapoter nerveusement ses draps.

— Ne faites pas cette tête-là, puisque je vous dis que ça va ! Je suis juste un peu vexée. Dans les films, Bruce Willis ne se casse pas les deux pieds. En fait, j'ai très mal sauté et je me suis fracturé les os des talons en me réceptionnant. J'en ai pour deux mois. Mon cher Wiki, tu seras obligé de pousser mon fauteuil roulant dans les rues de Chantelauze car je compte bien revenir sur les lieux du crime. Maintenant, si vous ne me racontez pas tout dans les moindres détails, je ne réponds plus de rien !

Jean-Cyril et Fanny se lancent un coup d'œil complice, enfin rassurés après tant d'angoisse et de tension nerveuse. Ces derniers jours ont été épuisants.

Malgré son air enamouré, JC a encore de l'inquiétude dans le regard. Connaissant ses défauts, Fanny sait que son compte rendu risque d'être trop long pour la convalescente. Elle décide de prendre les explications en main.

— Comme tu le sais, on a décidé de s'en remettre à Daude, en espérant d'une part qu'il nous croie, d'autre part qu'il accepte d'agir. JC a préparé le terrain auprès de sa femme, nous n'étions pour autant pas très à l'aise. Finalement, ça a été plus facile de le convaincre qu'on ne s'y attendait.

JC se sent obligé d'intervenir. Après tout, c'est lui qui a encouragé le major à les suivre.

— À cause de Marie, tu comprends. Depuis la mort de sa fille, il ne cesse de s'interroger. Paradoxalement, c'est la mère Pelamourgue qui lui a mis la puce à l'oreille. Elle est venue un matin à la gendarmerie, il y a un mois à peu près, avec des bleus sur le bras, elle était furieuse contre Puech ce jour-là et tenait à déposer une main courante. Seulement, le lendemain, elle s'est ravisée ; Loïc, entre-temps, avait dû réussir à la calmer. Ça a été un déclic pour Daude, qui s'est rappelé les bleus de Marie… Pour autant, si ça pouvait expliquer le suicide de sa fille, ça ne faisait pas de Puech un meurtrier. Quand on lui a tout déballé, il est d'abord resté perplexe, et j'avoue que pendant un moment on a bien cru qu'il allait nous envoyer balader.

— Pourquoi lui parler de Puech et pas de Paillette ? l'interrompt Charlotte en fronçant les sourcils. C'est quand même lui qui a voulu me tuer. Pour moi, c'est le principal responsable, non ?

— On a d'abord parlé de Puech pour que le major se sente concerné, à cause de la mort de sa fille, réplique JC, avant de laisser la parole à Fanny.

— Tu comprends, reprend celle-ci, on partait de peu de choses concrètes : ton « accident », celui de Mehdi, puis, en remontant le temps, ceux de Jean Pelamourgue, de Rémi Tournade, de Marie et d'Oscar. Accidents et disparitions qui tombaient au moment même où les défunts songeaient à engager une procédure de divorce. Le témoignage de Paul a été essentiel.

— Ton Paul ? Qu'est-ce qu'il vient faire là-dedans ?

— Marie devait s'enfuir avec lui la nuit de sa mort. Vu les événements, Paul avait toujours gardé ce secret pour lui. Quand on a raconté à Daude ce projet d'escapade, il a enfin compris que sa fille ne s'était pas suicidée mais qu'on l'avait forcée d'une quelconque façon à avaler des somnifères. Or, ça ne pouvait pas être Puech, qui était de garde cette nuit-là, c'est d'ailleurs pour cela que Marie avait projeté de partir à ce moment précis.

— Vous pensez que Paillette…

JC serre doucement la main libre de Charlotte.

— Bien sûr ! C'est lui, l'homme de main, celui qui chaque fois produit les accidents avec un petit cocktail à sa façon. Son frère d'abord : intoxication alimentaire, tu parles ! Empoisonnement à la strychnine, tout simplement, de la mort-aux-rats toute bête, qui n'est plus en vente libre depuis longtemps mais que Paillette s'est procurée chez un véto de sa connaissance. Un produit qui agit dans les trente minutes en provoquant la tétanisation des muscles respiratoires. On le sait maintenant avec certitude puisqu'une exhumation et l'autopsie du corps ont été réalisées. Je peux donc faire mon savant mais, à l'époque, tout le monde a gobé le coup de l'intoxication, d'autant plus qu'Yvette avait fort opportunément cuisiné des champignons la veille.

— Justement ! s'écrie Charlotte avec curiosité, Yvette était au courant ?

Fanny secoue la tête vigoureusement.

— Apparemment non. Oscar et elle n'étaient pas dans les meilleurs termes, c'est le moins qu'on puisse dire, puisqu'il avait une maîtresse depuis plus d'un an et souhaitait justement divorcer. Pour autant, même s'ils faisaient chambre à part et qu'elle refusait obstinément le divorce, elle ne semble pas avoir participé au crime. Elle l'a, en revanche, sûrement précipité en faisant part à Mireille de l'intention d'Oscar.

« Tiens-toi bien, à l'époque, Mireille était justement en rage contre celui-ci. Elle avait compris l'importance d'investir dans le nouveau Chantelauze pour augmenter sa part de gâteau. Pour cela, elle avait besoin de l'argent d'Oscar ou du moins de sa garantie pour obtenir des prêts bancaires, or celui-ci ne voulait rien entendre.

« Quant à Yvette, c'est tout ce qu'on veut, un cul pincé, un porc-épic, une endive ou une femme aigrie, jalouse de sa sœur plus brillante qu'elle, mais ce n'est pas une criminelle. Elle s'est remariée ensuite avec Clovis, le plus beau des deux Paillette, en croyant prendre sa revanche sur sa sœur, alors qu'elle servait en fait les desseins mêmes de la belle Mireille.

Charlotte éprouve une envie irrésistible de se lever, de faire les cent pas et de crier victoire, elle trépigne d'impatience, sachant qu'on arrive au nœud de l'histoire : la relation entre Mireille et Clovis.

— C'est bien toi, Fanny, demande-t-elle d'une voix haletante, qui a compris que Laurent était le fils de ces deux horreurs ?

Fanny se permet un moment d'autocongratulation en dodelinant exagérément de la tête.

— Oui, ça a été notre sésame pour deviner tout le reste. Franchement, on aurait pu y songer avant car, sur toutes ces photos, le fils et le père se ressemblent comme deux gouttes d'eau, sauf la moustache évidemment.

— D'ailleurs ils sont tous les deux passionnés de foot, ajoute Jean-Cyril, qui poursuit d'un ton presque lyrique. C'est l'histoire classique de la reine et du berger. Clovis, le fils du jardinier, a toujours été amoureux fou de Mireille, la plus belle fille de ses patrons, les De Bessard. Mireille le traitait de haut la plupart du temps mais trouvait parfois des avantages à ses bras consolateurs. Sachant que sa sœur ne pouvait pas avoir d'enfants, elle en a voulu un pour qu'il soit le seul héritier du domaine. Quel étrange arrangement a-t-elle passé avec Clovis, qui aurait reconnu son fils si elle le lui avait demandé ? On n'en saura jamais rien, toujours est-il qu'elle préférait à coup sûr le garder à sa botte plutôt que de l'avoir à son bras.

« Chantelauze commençait à rayonner, et elle à s'enrichir, quand cet imbécile d'Oscar a voulu demander le divorce, au risque de tout faire capoter. Elle a réalisé à ce moment-là qu'un divorce à Chantelauze était dorénavant totalement impossible car ça enlèverait toute crédibilité à la légende. Elle avait trop investi, elle avait trop à perdre, elle ne pouvait plus reculer. Alors comme Oscar persistait dans sa décision et refusait en outre de l'aider financièrement, elle a décidé froidement de l'éliminer. Désormais, Oscar était pour elle l'homme à abattre. En le supprimant, Mireille préservait le mythe de Chantelauze et récupérait sa fortune par l'intermédiaire de son héritière, Yvette, que Clovis saurait utilement conseiller. Un beau doublé !

« Je pense qu'on peut dire que c'est à ce moment-là qu'elle bascule dans la folie car il faut avoir perdu tout sens commun pour mettre au point une telle machination. Dès lors, préserver la légende du village va devenir son idée fixe, qui primera tout le reste.

— Pour être folle, Mireille De Bessard est bien folle, reprend Fanny avec vigueur, c'est sûrement ce que plaidera son avocat. N'empêche que sa « fixette » va se payer de la vie de cinq personnes.

« C'est le premier pas qui compte et c'est sûrement ce meurtre-là qui lui a le plus coûté, car elle connaissait bien Oscar, pourtant elle n'hésite pas.

« Clovis est peut-être une brute épaisse, la tête pensante, c'est elle. Il ne faut pas s'y tromper. Elle sait qu'elle peut compter sur Clovis pour exécuter ses basses œuvres, il lui est entièrement soumis, n'a aucun scrupule, aucune morale. Elle le manipule comme elle veut. La preuve ! Elle pousse sa sœur à se remarier avec lui pour mieux contrôler l'héritage d'Oscar et empêcher Yvette de se montrer trop curieuse ou trop gourmande. En fait, Yvette n'est que la pâle copie de sa sœur, elle n'a pas une once d'imagination, se contente de sa petite vie bourgeoise bien rangée et ne représente aucun danger.

— La même comédie s'est répétée pour les autres ? interroge Charlotte d'une voix un peu fébrile.

Fanny approuve.

— On peut dire, à la décharge de Mireille, qu'elle ne pensait probablement pas devoir récidiver. Pourtant, quand cela s'est reproduit, elle n'a pas hésité davantage. Elle et Clovis étaient rodés. En tant qu'entraîneur de foot, Clovis côtoyait presque tout le monde. Quand il a eu vent des problèmes de couple de Puech, il s'est empressé de les rapporter à Mireille. Tu avais bien raison de le comparer à un chien, un retriever de première pour tous les ragots, et une fidélité sans pareille.

« De Bessard est loin d'être sotte, elle a tout de suite compris le parti qu'elle pouvait tirer de cette affaire. Loïc est un homme violent, furieux, qui préférerait supprimer sa femme plutôt que de la laisser partir avec Paul. Mireille va s'en charger à sa place en montant une histoire de suicide. Là, elle fait fort, car elle crée ainsi une nouvelle alliance. Avoir le brigadier de gendarmerie dans sa poche lui permet d'envisager sereinement l'avenir. L'exhumation est en cours, l'autopsie n'a pas encore eu lieu, mais il y a fort à parier qu'on ne trouvera aucune trace de somnifère mais bien encore de la strychnine. En agissant quand Loïc était de garde, le gros Clovis lui offrait un alibi en béton pour mieux le tenir ensuite à sa merci. L'autre, désormais, allait être obligé d'arranger leurs coups.

JC résume d'un air écœuré :

— De Bessard, Paillette et Puech, un beau trio. Dans leur petit groupe, il n'y avait pas de place pour la morale, le doute ni l'apitoiement. Un trio au sein duquel il n'y avait pas de secrets, où les services se rendaient sans poser de questions. À la vie, à la mort, comme dans les clans, et bouche cousue. Puech, ensuite, a toujours tout excusé, fermé les yeux sur le délit ou le crime, sans rien changer à ses habitudes ni prendre ses distances. Il savait mais était redevable. Alors il se contentait d'observer Mireille poursuivre son ascension, happée vers le haut malgré le poids du secret, jusqu'à la tête d'une fortune qu'elle défendait coûte que coûte.

Charlotte pousse un soupir.

— Ce que tu veux dire, c'est que, moins de trois ans après, la même chose s'est reproduite avec Rémi Tournade. Ils commençaient à être au point.

— Tout à fait, approuve Fanny. C'est d'ailleurs le plus horrible, cette entente secrète bien huilée qui va se mettre en branle à la moindre menace. Chez Mireille, son idée fixe prend désormais toute la place, aucun divorce ne doit se produire à Chantelauze. Si un couple marié ici et établi ailleurs divorce, elle ne peut l'empêcher, on peut toujours ignorer la procédure, l'édulcorer, la nier, mais dans la commune même des « noces en or », c'est absolument rédhibitoire, les habitants doivent tous être irréprochables. Cette idée s'impose à elle de façon incoercible, jusqu'à devenir une véritable névrose obsessionnelle.

Jean-Cyril approuve en précisant que ce type de névrose peut aboutir à la paranoïa, voire à la schizophrénie.

— Ce qui est certain, intervient Fanny, c'est que Mireille est bel et bien en train de perdre les pédales. Le prochain grain de sable ne tarde pas, il vient cette fois du couvreur. Après un tournoi de foot un peu arrosé, il révèle à son pote Loïc et à son entraîneur, Clovis, qu'il a décidé de divorcer. Sa femme le trompe, sa mère le sait et veut garder la petite, la situation est explosive. Rémi Tournade a le sang vif, il a déjà pris contact avec un avocat, il faut agir dans l'urgence.

« C'est en réparant le toit des De Bessard qu'il va chuter. Tout a été organisé pour que ça se passe sans témoin. Jour de sortie des domestiques et jour de permanence de Puech à la gendarmerie, c'est pas mal joué, il faut le reconnaître. Le plus probable, c'est que Paillette lui a fait boire sa mixture avant de le hisser sur le toit et de le pousser dans le vide.

— Et sa femme, celle qu'on a rencontrée, Lola, elle était au courant ?

JC regarde Charlotte avec une pointe de respect. Malgré sa faiblesse, elle n'a pas perdu sa vivacité d'esprit.

— On n'en sait rien, reconnaît-il avec une moue dubitative, à mon avis elle s'en doutait, mais n'a rien dit, ça l'arrangeait. Elle a laissé couler d'autant plus facilement que Mireille s'est débrouillée pour lui obtenir une bonne indemnité de la part de l'assurance. Cependant, elle est plus coriace qu'il n'y paraît, elle n'a rien avoué. Ce sera peut-être difficile de l'inculper, sa ligne de défense, pour l'instant, tient en un seul mot : « verrouillage ».

Charlotte ferme les yeux, elle semble épuisée.

Fanny fait signe à JC pour lui faire comprendre qu'il est temps de mettre fin à leurs démonstrations.

Du fond de son lit, la jeune fille esquisse un début de grimace qui se transforme en un sourire malicieux, elle se redresse sur ses oreillers en essayant de prendre un ton autoritaire :

— J'ai dit que je voulais tout savoir, vous ne pouvez pas partir maintenant, ce serait trop cruel !

Fanny prend la relève tout en guettant le moindre signe de lassitude chez Charlotte, mais celle-ci semble avoir surmonté sa faiblesse passagère.

— On arrive maintenant à Florence…

— Le maillon faible, intervient Jean-Cyril en haussant les sourcils pour dramatiser la situation.

— Tu sais, on lui doit une fière chandelle ! Sans elle, nos preuves seraient bien minces, renchérit Fanny. Elle a craqué la première. Son avocat lui a conseillé de plaider l'emprise, même si on n'y croit qu'à moitié, on s'en fout, ce qui nous arrange, c'est qu'elle a tout déballé.

— Elle est donc bien impliquée dans la mort de son mari. J'en étais sûre ! s'écrie Charlotte, cette fois tout à fait éveillée.

Jean-Cyril, qui a gardé pour la veuve une petite attirance, tient à préciser :

— Nous avons établi avec certitude que sa liaison avec Puech durait depuis presque un an. En réalité, Florence était tellement sous son emprise que, malgré ses brutalités, elle a vite retiré sa plainte et, à mon avis, ça aurait pu continuer encore un bon moment. Ce monsieur aime apparemment les jeux sexuels dangereux, ligoter sa partenaire, lui faire subir des sévices, je te fais grâce des détails. Devant les brûlures infligées à sa femme, Jean Pelamourgue a fini par découvrir le pot aux roses. Florence, toujours sous l'emprise infernale de son amant, a cherché à nier et a défendu plus ou moins adroitement Puech. Alors, comme l'héritier du Castel de Lauvergne n'était pas du genre à se laisser tromper sans agir, faute de pouvoir poursuivre l'amant pour violences, il a décidé de divorcer. Il en aurait même parlé à Pujol.

« Une fois encore, on retrouve notre trio. Puech avertit Mireille, qui charge Clovis de débarrasser Chantelauze du monsieur. La suite, nous la connaissons grâce aux aveux de Florence. Paillette a donné rendez-vous à son mari sur un parking isolé de la route de Laguiole sous le prétexte de lui apporter une preuve irréfutable de l'infidélité de son épouse. Vu la corpulence des deux hommes, Clovis n'a eu aucun mal à faire boire de force sa saloperie au pauvre Jean. En une demi-heure, tout était réglé, malaise général, crise cardiaque. Il s'est ensuite arrangé pour envoyer la voiture dans un fossé. Florence est une trouillarde qui soutient maintenant mordicus qu'elle ne se rendait pas compte à ce moment-là de ce que Paillette projetait vraiment. Elle pensait à un entretien un peu musclé pour le dissuader d'entamer une procédure de divorce, tu parles !

— C'est donc elle qui a craqué.

— En effet, confirme Jean-Cyril. Puech était tellement sûr de lui qu'il lui a raconté ensuite tous leurs forfaits, ça le faisait jouir, paraît-il... Les aveux de Florence les a tous accablés, ils étaient suffisamment étayés et convaincants pour que la machine policière s'emballe : interrogatoires, perquisitions, confrontations, exhumations, autopsies, arrestations, aveux... On peut dire qu'on n'a pas chômé pendant que tu étais tranquillement dans le coma !

Le mot « tranquillement » fait sourire Charlotte, qui les menace de sa grosse main bandée.

— Je ne dormais pas, je me battais à vos côtés. Ma bagarre avec Paillette a été homérique, dommage que vous n'y ayez pas assisté. Je crois bien que j'y ai repensé cent fois depuis que je suis ici, un véritable cauchemar. Vous pensez qu'il voulait vraiment me tuer ?

Fanny fait une grimace de dégoût.

— Je crains fort en effet, ma pauvre vieille, qu'il cherchait à mettre fin à tes jours. S'il avait pu, il t'aurait fait avaler un peu de strychnine avant de mettre le feu à l'appentis. Le suicide d'une jeune fiancée avant le jour J n'est pas fréquent, mais ça arrive.

— Moins d'un pour cent, affirme JC qui, en fait, n'en sait rien du tout, mais cherche à la faire rire. D'une façon générale, les suicides concernent davantage les hommes que les femmes, qui ne représentent qu'un quart des cas.

Entendre de nouveau les statistiques de JC donne à Charlotte tant de bonheur qu'une larme monte au coin de son œil. Elle la cueille de sa main valide avec l'index plié pour cacher son émotion.

— Et pour Mehdi, parvient-elle à demander, on sait ce qui s'est passé ?

Les autres hochent la tête d'un air grave.

— Oui, répond JC, catégorique, même si Paillette nie toujours en bloc. De Bessard est passée rapidement aux aveux, ce n'est pas une dégonflée. Quand elle a compris que c'était foutu, elle a vidé son sac en chargeant Paillette, c'est de bonne guerre. Elle a craché le morceau en parlant sans fard de sa vision de Chantelauze, de l'héritage et de la puissance qu'elle voulait léguer à son fils. Elle était tellement obsédée par l'idée de conserver son empire, de défendre la légende des noces en or, qu'elle ne pouvait supporter le moindre début d'enquête sur le sujet.

« Ayant eu vent des investigations de Mehdi à la mairie, elle a chargé Paillette de surveiller ses faits et gestes. Le matin de sa mort, Mehdi s'est disputé avec Puech à la gendarmerie à propos du respect du règlement de la résidence concernant les animaux. D'un mot, c'en est venu à un autre, et Mehdi a lancé au brigadier : "Dommage que vous ne soyez pas aussi scrupuleux ici en cas d'accident ou de suicide !"

— Je pense que cette déclaration intempestive a signé son arrêt de mort, reprend Fanny en soupirant. Les trois compères ont réalisé que Mehdi n'était pas loin de découvrir la vérité. Paillette a décidé de l'éliminer froidement en lui tendant un guet-apens, cette fois pas besoin de strychnine mais un coup mortel sur la tête au moment où il passait sous la voûte de l'escalier du clocher.

— Mais comment Mehdi, si prudent, a-t-il pu tomber dans un tel traquenard ? interroge Charlotte en fronçant les sourcils.

D'une voix triste teintée d'une pointe de culpabilité, Jean-Cyril lui révèle le fin mot de l'histoire.

— Apparemment, Paillette lui avait laissé un mot à la résidence en lui donnant rendez-vous dans le clocher. Un message laconique disant : « Je peux vous en apprendre beaucoup sur les accidents mais j'ai besoin d'une discrétion absolue. » Si seulement il m'en avait parlé..., conclut-il d'un air misérable.

Charlotte lui secoue le bras de sa main valide.

— Ne t'accable pas ! Tu sais combien Mehdi était secret. Il était tout de même drôlement perspicace, ajoute-t-elle d'un ton admiratif. Si on en croit sa liste, il avait presque tout compris de l'affaire.

— N'oublions pas le point d'interrogation, objecte Fanny fermement. Mehdi n'avait probablement pas établi le lien entre Mireille et Clovis. On peut tenir pour certain qu'il savait que ces faux accidents dissimulaient des meurtres. Il en avait également deviné la raison, pas de divorce à Chantelauze. Pour autant, il ne savait pas à qui bénéficiait le crime, alors il a dressé la liste des profiteurs du système avec un point d'interrogation. Notre tort a été de les croire coupables en bloc alors que seule De Bessard avait un lien avec la colonne d'en face.

Un peu simpliste, tout de même !

C'est ce que pense Charlotte en se tortillant dans son lit. Elle comprend très bien où Fanny veut en venir : elle cherche à protéger son photographe et sa famille. Pour autant, il lui semble impossible de tirer un trait sur cette affaire sans demander des comptes au maire de Chantelauze.

— Peut-on tous les absoudre aussi rapidement ? demande-t-elle d'une petite voix flûtée en regardant tristement son amie.

Jean-Cyril, que la position de Fanny met également mal à l'aise, s'empresse de faire remarquer que, en ce qui concerne Charbonnel et Bucellatti, la chose paraît évidente. Même si le fleuriste et le bijoutier se référaient souvent à Mireille pour leurs affaires, ils ignoraient vraisemblablement ce qui se tramait en coulisse.

— Pour Pujol, ajoute-t-il, je reconnais qu'on est en droit de se poser la question.

— Quel Pujol, d'abord ? demande Fanny, sur la défensive.

— Je pourrais te répliquer : la famille entière, dit JC, mais je pense qu'on peut d'abord se cantonner à Marcel. En tant que maire, il était forcément au courant...

— Des meurtres ? le coupe Fanny avec une certaine brusquerie.

— Laisse-moi finir. Des meurtres, je n'en sais rien, mais des envies de divorcer des uns et des autres, ça, on peut en être à peu près sûrs. Tout passe par lui, sa fidèle secrétaire est au courant de tous les cancans, il dispose en outre d'un réseau bien rodé qui croise les informations de la directrice de la résidence avec celles de ses enfants, que l'on retrouve plus ou moins éparpillés dans les postes importants du système Pujol. Alors oui, Fanny, désolé, on peut se poser la question de son implication. Maintenant, si vous voulez mon point de vue, je vous rappelle que je le connais sûrement mieux que vous deux. Je le pense sincèrement hors du coup. Pour faire simple, puisqu'on me reproche souvent de faire compliqué, je dirais qu'il ne vit que pour sa ville de Chantelauze mais ne tuerait pas pour elle.

— Bien parlé, mon Wiki, tu es le meilleur ! Ne fais pas cette tête, Fanny, tu vois bien qu'une petite conversation s'impose avec Marcel Pujol, mais, juré, on ne lui tranchera pas le cou sans entendre sa défense !

Épilogue

Cinq ans plus tard

Chantelauze.

Un mot qui fond dans la bouche comme une pomme d'amour.

Un nom de village, symbole du bonheur, situé sur la Planèze au pied du Plomb du Cantal.

Quand les lauzes des toits frémissent langoureusement sous la caresse de la bise, on sait ici que leur chanson annonce les douces soirées autour du feu, les câlins sous la couette et les échanges passionnés.

Chantelauze aujourd'hui porte bien son nom, avec sa grande rue aux boutiques éclatantes, ses résidences discrètes qui recèlent autant de couples fusionnels que de promesses d'amour.

Chantelauze apaise, Chantelauze porte l'espérance.

Le village a été érigé en symbole de la revitalisation des campagnes : installation de jeunes ménages, accès facilité au télétravail, actions en faveur de la petite enfance, du tourisme et du sport, développement des services, mise en place d'un calendrier culturel riche et varié.

L'École du mariage apporte chaque année son flot renouvelé d'étudiants, d'apprentis et de stagiaires qui arpentent joyeusement les rues du bourg, les petits commerces se multiplient, privilégiant davantage la qualité, l'originalité et le savoir-faire. Le presbytère a retrouvé son charme d'antan.

Paul Pujol, le maire, est né ici, au sein d'une famille unie où se côtoyaient plusieurs générations. Il est parti souvent, il est à chaque fois revenu. Son village, il l'a dans la peau, il connaît chaque maison, chaque pierre, chaque histoire.

Les Pujol ont toujours tenu la mairie de Chantelauze, son père, son grand-père, son arrière-grand-père même et bien d'autres aïeux encore avant eux.

Le secret de Chantelauze, jalousement gardé, vient de là : le respect de la famille, du mariage, de l'honneur et de cette lignée d'édiles qui considèrent qu'une parole donnée ne se reprend pas. Dans une petite ville où chacun connaît tout le monde, pour éviter les rivalités et la haine, on conjure les conflits. On n'en parle pas ou, lorsqu'ils sont inévitables, on les enterre. Surtout, on n'en garde pas trace, aucune trace écrite, même légalement obligatoire.

Un lointain Pujol, bien-pensant, puriste ou intégriste, a édicté cette règle. À Chantelauze, depuis la nuit des temps, il n'y a pas de mauvais exemple ni de brebis égarée.

C'est ce qu'a tout de suite compris Simone Fressange quand elle s'est plongée à l'époque dans les registres d'état civil. Quelques ratures, biffures ou blancs montraient par-ci, par-là qu'une main vigilante, probablement pujolienne, était passée, un jour ou en plusieurs fois, pour effacer l'opprobre.

Au début, ça l'avait ennuyée, choquée même. Sous certains gommages plus maladroits la mention de divorce ou de séparation de corps pouvait encore se deviner.

Simone a toujours été la droiture même, elle sait que l'officier d'état civil a un devoir d'exactitude, d'information et d'authenticité, qu'il est responsable des mentions illégales, mensongères ou contradictoires et, pire, que le détournement d'actes publics et la réalisation de faux peuvent entraîner de lourdes sanctions pénales.

Marcel n'ayant jamais mis le nez dans ces registres, ses prédécesseurs étaient bien évidemment les seuls responsables de la falsification, mais ils appartenaient quand même à la grande famille Pujol. La crainte que Marcel ne soit mis en cause l'a fait douter.

Elle avait par ailleurs bien compris que Chantelauze se mourait et que la numérisation de ces actes était une façon élégante d'ensevelir le passé. Au train où allaient les choses, il n'y aurait bientôt plus à Chantelauze de mairie pour consigner quoi que ce soit.

Protéger Marcel, sa mission, un devoir presque sacré, allait excuser tout le reste. Elle prit conscience qu'il lui suffirait de camoufler un peu mieux ces malfaçons pour qu'elles deviennent, une fois numérisées, totalement indécelables. Elles n'étaient pas si nombreuses, au demeurant, et c'est peut-être ce qui la décida à agir : trente-huit en tout, la dernière datait de quarante ans. Que pouvait-elle craindre ? Rares étaient les mémoires individuelles pouvant remonter autant de décennies. Après tout, les souvenirs se modifieraient ensuite par la façon dont la société les raconterait.

Alors la fidèle Simone passa des heures à masquer, escamoter, couvrir, dissimuler et... numériser.

Finalement, les registres furent vierges de toute annotation marginale de divorce. La secrétaire de mairie n'avait cependant pas assez d'imagination pour entrevoir, ne serait-ce qu'une seconde, la portée de son geste.

Une seule chose comptait, sauver l'honneur des Pujol.

Une fois la machine infernale en marche, il lui a été impossible de reculer.

Le mythe de Chantelauze vient de là.

À son corps défendant, elle en est à l'origine.

Elle se sent responsable.

Avec Marcel, bien sûr.

Bourrelée de remords devant le tapage médiatique qu'entraîna la révélation des agissements du trio criminel mené par la De Bessard, Simone a fini par le mettre au courant.

Marcel est un pragmatique, une fois l'étonnement passé, il l'a félicitée en proclamant qu'un mensonge qui fait du bien n'en est pas vraiment un. Il y avait tout de même eu quarante ans sans divorce à Chantelauze, la légende des noces en or n'était pas complètement inventée !

Pour la convaincre, il a même cité la célèbre formule de Beaumarchais dans *Le Mariage de Figaro* :

— « Toute vérité n'est pas bonne à croire. » Avec le temps, bien sûr, a-t-il concédé, il y en aura, des divorces pour les mariages célébrés ici, c'est inéluctable, mais toujours beaucoup moins qu'ailleurs. Se marier à Chantelauze est un acte de foi. Ceux qui se marient ici croient à la sincérité de leur engagement, à la solidité de leur union, à la force de leur famille. Ceux qui se marient ici croient au mythe de Chantelauze.

Grâce à Simone, une part de notre société blasée arrivait encore à s'émouvoir et à sortir de l'ennui. Elle se devait d'être fière d'avoir mis au point cette jolie histoire qui permettait d'embellir le quotidien de tant de gens. En somme, on lui devait respect et reconnaissance.

Maintenant, Marcel a passé la main. Son fils Paul est le nouveau maire, c'est son premier mandat. Il a promis à son père de suivre sa voie, de continuer le travail entrepris pour la notoriété de Chantelauze, pour son honneur aussi.

Plus qu'une promesse, c'est un engagement. L'engagement de ne pas fermer les yeux, de chercher des compromis sans jamais se compromettre, de ne pas fuir les responsabilités, voire d'accepter les échecs.

Un engagement d'honneur qui modifie légèrement la formule gagnante : « Chantelauze, ici, on ne divorce pas. » Tout est dans la nuance, « ici » suppose qu'on ne divorce pas à Chantelauze mais que... cela reste possible... éventuellement... en dernier recours... ailleurs.

« Le gang des divorcés de Chantelauze », c'est pourtant par cette formule que la presse s'est emparée de l'affaire il y a cinq ans déjà. Loin de nuire à la réputation de Chantelauze, le trio infernal, à l'origine de cinq meurtres – Paillette ayant fini par reconnaître avoir sauvagement assommé Mehdi –, a au contraire décuplé l'intérêt du public pour ce village hors norme.

Même si elle n'a pas terni son honneur, cette histoire a en revanche terriblement blessé Marcel. Il ne savait pas ce qui se tramait, mais au fond de lui, l'ancien maire est bien conscient qu'il aurait dû le savoir.

À l'époque, tellement obnubilé par la réussite de son village, les rumeurs, il préférait les ignorer ; les coïncidences, il ne voulait pas les voir ; les problèmes, comme l'accident de Mehdi, il les étouffait au plus vite et usait de son autorité pour ne pas en entendre parler.

Que n'aurait-il pas fait alors pour préserver le nom de Chantelauze ?

Aurait-il pu éviter tous ces drames ?

Ces questions lancinantes sont désormais un caillou dans sa chaussure, il lui faudra vivre avec.

De tous, c'est peut-être sa belle-fille, Fanny, qui paradoxalement le comprend le mieux. Il a saisi plusieurs fois une lueur de complicité, d'intelligence, de mansuétude, de bonté même au détour d'une conversation ou d'un regard croisé lors d'un repas de famille.

Un regard qui ne trompe pas, un regard qui fait du bien, qui réconforte.

S'il a passé le flambeau, il reste toujours un peu sur le pont, comme ces vieux loups de mer qui ne peuvent quitter leur navire.

Les cérémonies de mariage sont plus que jamais son viatique, elles lui sont nécessaires. Elles le dédouanent aussi un peu de ses silences passés.

Il a besoin de voir le regard des fiancés au moment de l'échange des consentements, d'admirer les visages pétillants des jeunes, ceux, attendris, des plus vieux, et surtout d'entendre le souffle palpable du bonheur.

Chaque mariage est un moment de grâce, un moment unique, peu importe ce que l'avenir en fera. Marcel a compris que c'est cet instant-là, seul, qui compte.

Tout simplement parce que les époux se croient heureux, alors en ce moment précis ils le sont vraiment. Ce bonheur éclate comme un incendie qui éclairera leur vie, la brûlera aussi peut-être mais leur laissera toujours au moins un souvenir.

Et un souvenir de bonheur, Marcel le sage sait depuis longtemps que c'est mieux que rien, que ça excuse surtout bien des mensonges.

C'est bien pour cela qu'il ne regrette rien.

La légende de Chantelauze doit continuer à illuminer les regards, allumer la flamme, entretenir l'espérance. Tout le monde a envie de croire au merveilleux.

Paul et Fanny ont une vision plus moderne des choses, ils ont multiplié l'organisation de petits mariages, ceux des gens sans le sou, sans notoriété. Ils favorisent les boutiques artisanales, les ateliers pour créer soi-même son bijou, sa robe, son faire-part, ils ont même autorisé un dépôt-vente et un commerce de location de tenues. Ils multiplient par ailleurs les salles plus intimes, les *food-trucks* et, quand le temps le permet, les *picnic weddings*.

Maintenant, les amoureux jettent aussi des euros dans la fontaine de Cupidon, dernière idée de Marcel Pujol, nouvelle recette qui participe de manière significative au budget de la commune.

Paul est heureux, il a oublié Marie.

Sa femme est toujours avec lui.

C'est une union fusionnelle.

Il aime la douceur de son sourire, sa voix posée, sa queue-de-cheval trop sage, sa droiture, son bon sens, son intérêt pour les gens, son goût pour les balades à moto et l'enfant qu'elle porte dans son ventre depuis quelques mois.

C'est décidé, si c'est un garçon, il s'appellera Marcel, pour rendre hommage au patriarche.

Fanny lui tient aussi lieu de secrétaire, c'est un peu sa Simone à lui.

Chez lui ou à la mairie, son bureau est curieusement rangé de la même façon avec une répartition des documents en deux tas.

À droite les mauvaises nouvelles, à gauche les bonnes.

Pourquoi à gauche ?

Parce qu'il est gaucher, volontiers critique, ouvert au progrès, sensible aux valeurs sociales, et que le côté gauche est le siège du cœur.

Ou tout simplement parce que la sinistre colonne de droite était celle des victimes, et que les mauvaises nouvelles sont si rares aujourd'hui qu'il peut ainsi prendre à tout moment la main de sa femme, qui travaille à côté de lui.

C'est que le village de Chantelauze a encore de beaux jours devant lui, et les projets ne manquent pas.

Avec la crise sanitaire et le dérèglement climatique, la « risquophobie » s'est généralisée avec une tendance au repli sur soi et la recherche de comportements réconfortants et plus sécurisants. Même si tout le monde ne souhaite pas se barricader derrière une forteresse de coussins, la quête du grand frisson semble définitivement dévalorisée au profit de la famille et d'une ambiance ouatée qui touche toutes les classes d'âge.

Le mariage, mais aussi la notion d'engagement, font leur retour en force comme le prouvent les nombreux dossiers qui affluent chaque jour en mairie.

Ce matin, Fanny a fait du thé, du bon, de l'Earl Grey au goût prononcé de bergamote. Paul boit la première tasse lentement, à petites gorgées. Il a le regard moqueur.

Surtout, il a mis un nuage de lait et ça, c'est bon signe.

Quand Paul est de bonne humeur, il vaporise généreusement son thé.

La quantité de lait dans le thé de son mari est pour sa femme le meilleur baromètre de son état d'esprit.

— Toi, tu me caches quelque chose !

Il l'attire tendrement vers lui.

— J'ai reçu un coup de fil qui va te faire plaisir.

— Charlotte ?

Il secoue la tête, prend son temps pour répondre en se servant une deuxième tasse de thé bien crémeux.

— Jean-Cyril, plutôt, et tiens-toi bien…

— Laisse-moi deviner ! Ils attendent encore un enfant ? s'écrie Fanny, qui hésite entre enthousiasme et stupéfaction.

L'impétueuse Charlotte et le rigide JC ont en effet deux adorables fillettes qui s'adonnent déjà aux arts créatifs et un petit garçon de deux ans, précocement passionné par les puzzles. On se demande bien pourquoi !

Depuis qu'il enseigne l'histoire dans un collège, Jean-Cyril égrène à tout bout de champ les dates plutôt que les statistiques. Charlotte dit que c'est beaucoup plus reposant. Ces deux-là, dont le dossier s'apparentait pourtant à celui de la carpe et du lapin, selon Marcel Pujol, s'entendent à leur façon, c'est-à-dire plutôt bien.

Il a fallu l'angoisse de perdre Charlotte pour que JC comprenne enfin la nature exacte de ses sentiments envers cette fille insupportable, véritable trublion qui remettait sans cesse en cause sa façon de penser.

Quant à l'artiste, son cher Wiki la rassure, l'apaise, la modère, l'attendrit, l'énerve aussi un peu parfois.

En renonçant à son catogan et à sa barbe, JC a quitté son air de dandy du XIXe siècle qui croit que l'habit fait le moine et que la supériorité réside dans l'intellect, il est devenu un peu moins scientifique, un peu moins détaché du réel, un peu plus humain en quelque sorte.

Sa nombreuse nichée contribue sûrement à ce changement. Dans leur appartement super-encombré, son tout nouveau sens pratique est d'ailleurs le bienvenu.

— Avec un autre bébé, ils seront obligés de déménager.

— Il n'est pas du tout question de ça, assure Paul en tirant gentiment sur sa queue-de-cheval, dans un geste tendre de complicité qui n'appartient qu'à eux.

— Mais alors quoi ?

— Ils vont se marier !

La bouche de Fanny s'arrondit de surprise.

— Non, je n'y crois pas ! Après tous les discours pontifiants de JC pour affirmer qu'on ne peut se marier qu'avec soi-même et Charlotte, elle-même, qui se disait écœurée à vie par tout le cirque du mariage ! Qu'est-ce qui a bien pu les faire changer d'avis ?

— D'après JC, c'est une décision mûrie de longue date, la relation parfaite n'existe pas mais la relation idéale si, et apparemment celle-ci coche toutes les cases.

Fanny ferme les yeux en retenant un petit rire de gorge.

Sacré JC, au fond, il n'a pas tellement changé !

Elle se redresse d'un coup, inquiète.

— Dis-moi, ils vont se marier ici, tout de même !

Paul la rassure d'un hochement de tête.

— Évidemment, et leur dossier est beaucoup plus solide que la dernière fois, ils ont pris le temps de la réflexion. Tu seras le témoin de Charlotte, bien sûr, elle a déjà sa robe, celle qui a servi pour ses grossesses, mais elle compte sur toi pour lui trouver un bouquet de violettes sans passer par Charbonnel, elle va t'appeler pour te noyer probablement sous un tas d'idioties du même genre.

« Maintenant, écoute bien ça : l'élément déclencheur de leur décision, selon JC, c'est la toute dernière composition de Charlotte, un collage de quatre mètres sur cinq qu'elle va offrir à la mairie. Un chef-d'œuvre, paraît-il !

Fanny sourit, les chefs-d'œuvre de Charlotte sont toujours gigantesques.

— Elle lui a sûrement donné un titre...

— *Des noces en or*, le slogan de la commune, notre slogan !

Paul prend sa femme dans ses bras, la fait virevolter dans la pièce, il l'embrasse à pleine bouche, l'admire, la regarde encore, il est tellement heureux.

Car à Chantelauze, le mariage sera toujours un sujet sacré !

Note de l'autrice

Ce roman est une fiction mais il n'est pas interdit d'y croire…

Les statistiques de JC sont bien réelles et issues pour la plupart des sites de l'Insee et de l'Ined.

Quant aux paysages du Cantal, ils sont intemporels, même si Chantelauze n'est pas encore répertorié sur la carte.

Pour en savoir plus :
sylvie-baron.e-monsite.com

13827

Composition
NORD COMPO

Achevé d'imprimer à Barcelone
par CPI Black Print
le 6 août 2023

Dépôt légal août 2023
EAN 9782290385234
OTP L21EPLN003436-554579

ÉDITIONS J'AI LU
82, rue Saint-Lazare, 75009 Paris

Diffusion France et étranger : Flammarion